ÅKE SMEDBERG

Tod im Sommerhaus

Buch

In einem abgelegenen Haus werden die bestialisch zugerichteten Leichen des Ehepaars Haglund aufgefunden. Beide wurden mit einer Axt zerstückelt. Die Hintergründe der Tat bleiben schleierhaft; das einzige verwertbare Indiz ist eine Brieftasche, die unter der Leiche von Haglunds Frau lag und einem gewissen Bosse Lindberg gehört. Bosse, ein stadtbekannter Kleinkrimineller, kann zwar nicht erklären, wie seine Brieftasche an den Tatort gelangte. Doch er bestreitet, etwas mit den Verbrechen zu tun zu haben, und beteuert fest seine Unschuld. Für Roland Magnusson und Peter Larsson von der Mordkommission ist Bosse dennoch der Hauptverdächtige – auch dann noch, als Anneli Holm bei der Polizei vorspricht und ihrem ehemaligen Geliebten Bosse ein Alibi gibt.

Parallel zur Polizei beginnt der Journalist John Nielsen zu recherchieren. Nielsen findet schon bald heraus, dass das scheinbar unbescholtene Ehepaar Haglund auf eine kriminelle Vergangenheit zurückblickt: Harry Haglund war ein berüchtigter Bankräuber, der seit geraumer Zeit an Parkinson litt und sich völlig zurückgezogen hatte. Außerdem stößt Nielsen auf Bosses Freund Bella, der ihm schon oft als Komplize bei seinen kriminellen Machenschaften diente. Bella arbeitete früher als Altenpfleger – und besaß aus dieser Zeit noch einen Schlüssel zum Haus der Haglunds.

Nielsen scheint mit seinen Ermittlungen wesentlich erfolgreicher als die beiden Polizisten. Doch auch er kommt zu spät hinter die wahren Zusammenhänge der Tat. Denn in einem einsamen Sommerhaus werden erneut zwei Leichen gefunden …

Autor

Åke Smedberg, geboren 1948, ist einer der renommiertesten Autoren Schwedens. Er hat bislang Kurzgeschichten, Gedichte sowie drei Romane veröffentlicht und wurde 2000 mit dem »Augustpreis«, dem wichtigsten schwedischen Literaturpreis, ausgezeichnet.

Von Åke Smedberg außerdem bei Goldmann lieferbar:

Verschollen. Roman (45844)

Åke Smedberg

Tod im Sommerhaus

Roman

Aus dem Schwedischen
von Lotta Rüegger
und Holger Wolandt-Rüegger

GOLDMANN

Die Originalausgabe erschien 2003
unter dem Titel »Den mörka floden«
bei Albert Bonniers Förlag, Stockholm.

FSC
Mix
Produktgruppe aus vorbildlich
bewirtschafteten Wäldern und
anderen kontrollierten Herkünften

Zert.-Nr. SGS-COC-1940
www.fsc.org
© 1996 Forest Stewardship Council

Verlagsgruppe Random House FSC-DEU-0100
Das FSC-zertifizierte Papier *München Super* für Taschenbücher
aus dem Goldmann Verlag liefert Mochenwangen Papier.

1. Auflage
Deutsche Erstausgabe Mai 2006

Umschlaggestaltung: Design Team München
Umschlagfoto: Wolf Huber
BH · Herstellung: Str.
Redaktion: Nike Karen Müller
Satz: deutsch-türkischer fotosatz, Berlin
Druck und Bindung: GGP Media GmbH, Pößneck
Printed in Germany
ISBN-10: 3-442-46188-X
ISBN-13: 978-3-442-46188-2

www.goldmann-verlag.de

Ein sinnloses Verbrechen

Blutverschmiert bis zu den Ellbogen, als hätte er die Arme in einen Eimer mit Blut getaucht. Was war passiert? Er starrte auf seine Hände. Plötzlich fiel es ihm ein. Es wurde geschlachtet. Er rührte Blut. Nicht freiwillig, aber irgendetwas fesselte ihn. Eine Mischung aus Spannung und Ekel darüber, in dem warmen Blut zu rühren, damit es nicht gerann, und zuzusehen, wie es aus der durchtrennten Kehle in den Eimer tropfte …

Er war sich bewusst, dass er träumte, und versuchte, den Traum zu verscheuchen, jedoch ohne Erfolg. Vor ihm lag der Schweinekadaver auf einer alten Tür, die von zwei Böcken gestützt wurde. Der Kopf … irgendwie verblüffend *menschlich* … ja, ganz einfach wie ein Gesicht! Er starrte es an. Da schlug das Schwein plötzlich die Augen auf. »Hilf mir!«, sagte es mit gurgelnder Stimme. Er ließ den Schneebesen fallen und versuchte wegzulaufen, aber es ging nicht …

Er fuhr ruckartig aus dem Schlaf hoch. Er wischte sich den Schweiß von der Stirn. Er atmete tief ein. Er zählte seine Atemzüge, bis er wieder ruhig wurde und sich endlich entspannen konnte.

Er blieb noch eine Weile mit geschlossenen Augen liegen und versuchte sich zu konzentrieren. Er wusste jetzt wieder, wer er war. Aber irgendetwas fehlte. Der Funke. Er kam nicht an den Funken heran! Der, der aus einem

Menschen eine *Persönlichkeit* machte. Der Zugang war versperrt. Er kam einfach nicht an ihn ran. Kam nicht rein …

Die Gruppe saß wie üblich auf den Bänken im Mittelgang des Einkaufszentrums. Hauptsächlich Männer fortgeschrittenen Alters. Verquollene Gesichter, stumpfe Blicke, wild gestikulierend.

Zwei Frauen. Die eine Anfang fünfzig. Groß, einen Kopf größer als die meisten Männer. Ihr üppiger Körper steckte in einem Trainingsanzug, der mindestens eine Nummer zu klein war. Die andere Frau war bedeutend jünger, um die dreißig. Stark geschminkt, das kurze Haar kohlrabenschwarz gefärbt. Hohe Stiefel. Sehr knapper Rock.

»Hast du dich in deine Nuttenuniform geworfen, Li? Kann man einen Termin vereinbaren?«

Einer der Alten baute sich vor ihr auf, breitete die Arme aus, schwankte und hätte fast das Gleichgewicht verloren.

»Termin vereinbaren? Für dieses Elend, das du zwischen den Beinen hast? Das würde man nicht mal merken.«

Die Ältere hatte geantwortet. Der Mann drehte sich rasch zu ihr um.

»Sogar du würdest das noch merken, Mama! Da kannst du Gift drauf nehmen ...«, begann er, aber sie unterbrach ihn.

»Du meinst wohl, ich merk's am Gestank?«

Er blieb vor ihnen stehen, kaute auf seiner Unterlippe, verzog das Gesicht und suchte nach einer vernichtenden Antwort. Vergebens.

»Verdammte Fotze!«, murmelte er schließlich und entfernte sich.

Die Frau stand auf.

»Weißt du überhaupt, wie so eine aussieht?«, rief sie ihm hinterher. »Du bist doch noch nie auch nur in die Nähe von einer gekommen! Abgesehen von der von deiner Mama vielleicht. Falls du nicht den anderen Weg genommen hast, durch den Arsch?«

Die Jüngere hatte während des Wortwechsels geschwiegen. Jetzt schüttelte sie den Kopf.

»Du hättest dich da nicht einzumischen brauchen«, meinte sie. »Ich komm schon zurecht.«

»Entschuldige bitte vielmals«, sagte die Ältere und schnitt eine Grimasse. »Sollen wir ihn zurückrufen und noch mal von vorn anfangen? Dann kannst du zeigen, was du kannst.«

Die Jüngere schwieg und setzte sich auf die Bank.

»Hast du Bosse gesehen?«, fragte sie nach einer Weile.

Die Ältere schüttelte den Kopf.

»Kannst du nicht ein Auge auf ihn haben?«, fragte sie, zog eine Schachtel Zigaretten aus der Tasche und zündete sich eine an, obwohl im Einkaufszentrum zu rauchen verboten war. »Vielleicht solltest du ihn an die Leine legen?«

Der Tag vor dem 1. Mai. Es war kurz vor zwei. Das Gedränge vor dem Spirituosengeschäft wurde größer. Einer der Wachmänner hatte bereits die Gruppe auf den Bänken aufgefordert, weiterzugehen. Jetzt kam er mit Verstärkung zurück. Einige pflaumten die Wachleute an, aber die ältere Frau stand wortlos auf, worauf sich alle Richtung Ausgang begaben.

Li folgte ihnen zögernd. Sie musterte die Passanten, die hereinströmten oder das Einkaufszentrum verließen. Sie konnte ihn nirgends entdecken, überquerte den Parkplatz und ging auf das kleine Wäldchen auf der anderen Seite zu.

»Willst du einen Schluck?«

Bella tauchte neben ihr auf und hielt ihr eine Flasche hin. Sie schüttelte den Kopf.

»Nein.«

»Vielleicht was anderes? Du weißt, ich kann alles besorgen ...«

Sie blieb stehen und starrte ihn an.

»Nein, habe ich doch gesagt! Hörst du schlecht?«

Bei seinem Anblick lief es ihr unweigerlich kalt den Rücken hinunter. Sie beschleunigte ihren Schritt und erreichte das Wäldchen, wo sich die Ältere, mit dem Rücken an einen Baumstamm gelehnt, hingesetzt hatte. Li kniete sich neben sie. Die Ältere sah sie wütend an.

»Musst du mir immer so auf den Pelz rücken?«, sagte sie schroff. »Ich dachte, du kommst allein zurecht?«

Li versetzte ihr einen Stoß.

»Sei nicht so verdammt nachtragend«, erwiderte sie. »Hast du eine Kippe?«

Die andere reichte ihr die halb gerauchte Zigarette, die sie zwischen den Fingern hielt.

»Meine letzte«, sagte sie. »Dann musst du bei jemand anderm schnorren. Du kannst es ja bei deinem Freund da drüben versuchen.«

Sie nickte in Richtung Bella, der am Rand der Gruppe stehen geblieben war. Li verzog das Gesicht.

»Dieses Ekel!«

Sie merkte, dass er in regelmäßigen Abständen in ihre Richtung blickte, worauf sie ihn demonstrativ fixierte.

»Was bildet sich der Idiot eigentlich ein? Ich würde ihn nicht mal mit einer Zange anfassen!«

Die Ältere lachte.

»Vielleicht ist er ja gar nicht an dir interessiert? Was weiß man schon. Schau mal.«

Als Li ihren Blick hob, entdeckte sie ihn. Er schlängelte sich zwischen Autos und Familien mit übervollen Einkaufswagen hindurch, die für den Feiertag eingekauft hatten, und kam auf sie zu. Bella ging dicht neben ihm und schien ihm etwas ins Ohr zu flüstern. Bosse hörte zu, legte Bella eine Hand auf die Schulter und schob ihn beiseite. Bosse warf einen Blick in die Runde. Dann sah er Li in die Augen, lächelte plötzlich und schlenderte auf sie zu.

Sie stand rasch auf und musste sich regelrecht beherrschen, nicht auf ihn zuzurennen. Dieses idiotische Glücksgefühl sprudelte in ihr hoch, sobald sie ihn sah!

Auch die ältere Frau hatte sich erhoben.

»Sieh mal an, du hast also hergefunden«, stellte sie fest.

Er nickte.

»Ich habe verschlafen«, sagte er. »Bin nochmal eingeschlafen und habe geträumt.«

»Ich vermute, von mir?«

Er schüttelte den Kopf.

»Nein, ein Albtraum.«

»Das meinte ich«, sagte sie mit einem trockenen Lachen und nahm Li die Zigarette aus der Hand.

Er schüttelte erneut den Kopf und lächelte sie an.

»Wenn ich von dir geträumt hätte, Katja, dann hätte ich gar nicht aufwachen wollen.«

Er war fast der Einzige, der sie bei ihrem richtigen Namen nannte. Es war schwer zu sagen, ob ihr das gefiel oder nicht. Jetzt spitzte sie den Mund und blies den Zigarettenrauch in seine Richtung.

»Versuchst du, dich einzuschleimen, Bosse? Komm doch heute Abend einfach zu mir, dann sehen wir, ob das wirklich wahr ist.«

Sie wandte sich an Li.

»Oder was meinst du, Kleine? Du leihst ihn mir doch aus, wenn ich dich ganz lieb bitte?«

Li lachte gezwungen und glitt etwas näher an Bosse heran. Eifersucht, dachte sie. Das war lächerlich, aber sie konnte sich dagegen nicht wehren. Sie spürte einen Stich im Herzen, und sie wusste, dass sie alles tun würde, um ihn zu behalten.

Sie lag neben ihm auf der Matratze. Durch das Fenster konnte sie in den fast sternenlosen, dunklen Nachthimmel sehen. Man muss eine Weile draußen im Dunkeln stehen, erst dann werden die Sterne allmählich sichtbar. Die Kinder des Himmels. Tote Kinder, die auf uns herabblicken. Oder ungeborene? Sie erinnerte sich nicht mehr genau. Hatte Großmutter ihr das erzählt?

»Du«, sagte sie. »Du willst doch keine Kinder, oder?«

Bosse wandte sich ihr zu.

»Ich meine, es macht doch nichts, dass ich keine bekommen kann?«

Sie spürte, wie er sie im Dunkeln ansah.

»Aber nein«, sagte er schließlich. »Das macht nichts.«

Sie nickte schweigend.

»Und du hast auch noch nie welche haben wollen? Ich meine, früher?«

»Warum fragst du?«

Seine Stimme klang auf einmal wachsam.

»Ich weiß nicht«, erwiderte sie rasch. »Einfach so, ich meinte nur ... Ja, du weißt schon. Bloß Gerede ...«

Scheiße! dachte sie verärgert. Sie verfluchte sich. Warum musste ich das nur sagen? Sie wusste doch, dass er es nicht mochte, wenn man Fragen stellte und in seinem Leben herumschnüffelte. Eine Kleinigkeit reichte, dann zog er sich in sein Schneckenhaus zurück und schwieg.

»Ich habe mir nie sonderlich viele Gedanken darüber gemacht«, meinte er schließlich entspannter, »soweit ich mich erinnern kann.«

Meist trafen sie sich in seiner Wohnung. Die war größer. Jedenfalls wirkte sie so. Fast kahl. Im Schlafzimmer lag nur eine Matratze auf dem Boden. In der Küche standen ein kleiner Tisch und zwei Stühle. Das Wohnzimmer war so gut wie leer, abgesehen vom Teppich in der Mitte mit einem orientalischen Muster. Er nannte ihn immer seinen Gebetsteppich und lächelte dabei kurz.

Bei ihr zu Hause konnte man sich kaum umdrehen, Möbel, Nippes und Krimskrams überall. Das meiste war billiger Plunder. Sie wusste, dass es ihm eigentlich nicht gefiel. Er schüttelte immer den Kopf, wenn er ihre Wohnung betrat. Aber sie wollte es nicht anders. Ihr gefielen Wände voller Bilder, Stickereien und andere Dinge, die sie auf dem Flohmarkt ergatterte. Es gab Plüschtiere im Bett und auf dem Sofa und Plastik- und Seidenblumen überall, wo sie ein freies Plätzchen fand. Es war ihr egal, ob das Bosse oder den anderen gefiel!

Vor allen Dingen wollte sie die Wohnung behalten. Sie hatte eine Heidenangst davor, dass etwas passierte und sie wieder auf der Straße landete. Sie konnte schnell wieder in Ungnade fallen und wusste, dass die Nachbarn, der Vermieter und das Sozialamt ein Auge auf sie hatten.

Wenn es unerwartet bei ihr klingelte, machte sie am liebsten nicht auf. Sie verhielt sich mucksmäuschenstill, hielt den Atem an und wartete. Voller Entsetzen überlegte sie jedes Mal, wer das sein könnte. Ein Freier von früher, der ihre Adresse rausgekriegt hatte, sich aber nicht damit zufrieden geben würde, wenn sie ihn abwies, und sie dadurch in Schwierigkeiten bringen konnte. Oder jemand aus ihrer Vergangenheit, der ihr Stoff verkaufen oder schenken wollte. Das würde ihr den winzigen Stoß versetzen, der genügte, um sie wieder auf die Straße zu befördern.

Aber jetzt hatte sie Bosse. Hatte sie ihn wirklich? Eigentlich wusste sie es nicht. Wusste weder, wie lange ihr Verhältnis dauern würde, noch, was es für ihn bedeutete. Was sah er in ihr? Vielleicht nur ein Loch, in das er seinen Schwanz verschwinden lassen konnte, genau wie alle anderen. Vielleicht war es bei ihm genauso.

Sie schüttelte den Kopf. Nein, so war es nicht. Zwischen ihnen war es anders. Und er war anders. Nicht so wie die anderen. Er war wie kein anderer.

Sie lag ganz still und versuchte zu schätzen, wie spät es war. Auf jeden Fall nach zwölf. Nach einer Weile drehte sich Bosse zur Seite, erhob sich und ging in die Küche. Sie blieb liegen und hörte ihn rumoren.

»Ich geh jetzt vielleicht nach Hause«, sagte sie halblaut in seine Richtung.

Sie blieb nie über Nacht, wenn er sie nicht darum bat. Jetzt wartete sie gespannt.

»Möchtest du noch etwas, bevor du gehst?«, erwiderte er nach einer kurzen Pause.

Sie stand auf und zog sich an.

»Nein«, antwortete sie mit belegter Stimme. Sie versuchte, ihre Tränen zurückzuhalten. Sie wollte nicht, dass er sie heulen sah. »Nein, das ist nicht nötig.«

Diese verdammte Enttäuschung! Obwohl sie eigentlich keinen Grund hatte und kein Recht dazu, dachte sie. Er hatte ihr nie etwas versprochen. Warum konnte sie nicht einfach zufrieden sein und es einfach annehmen?

Sie hörte weiter unten auf der Straße Gegröle und verlangsamte ihren Schritt. Ein paar Jugendliche torkelten sturzbetrunken über die Straße. Besäufnis zum 1. Mai, dachte sie und spürte, dass sie ihnen nicht begegnen wollte. Sie fluchte innerlich. Warum war sie so ängstlich? War es das Alter? Vor Rotznasen, die sich voll laufen ließen, hätte sie sich früher keine Sekunde lang gefürchtet! Und jetzt geriet sie fast in Panik, als sie näher kamen.

Sie überquerte die Straße, doch dort war sie genauso bedroht. Der Trupp hatte sich über die ganze Straße verteilt. Sie machte kehrt und ging eilig, ohne sich umzusehen, zurück. Sie schielte auf die Haustüren und suchte nach der Nummer 53. Als sie die Nummer entdeckte, bog sie abrupt ab. Wie immer war die Haustür angelehnt, jemand hatte die Fußmatte dazwischengeklemmt. Sie schlüpfte in den Flur, rannte bis zum ersten Treppenabsatz, hielt inne und lauschte atemlos. Niemand folgte ihr.

Die Jugendlichen gingen weiter. Das Gegröle hallte zwischen den Häusern wider. Wahrscheinlich hatten sie sie gar nicht bemerkt.

Sie nahm den muffigen, säuerlichen Geruch im Treppenhaus wahr. Dann ging sie in den dritten Stock und klingelte. Es dauerte, bis sie das Rasseln der Sicherheitskette hörte und die Tür geöffnet wurde.

Die Frau, die Mama genannt wurde, musterte sie wortlos. Sie trug immer noch den Trainingsanzug. Sie schien in ihm geschlafen zu haben.

»Darf ich reinkommen?«, fragte Li.

Mama schnitt eine Grimasse.

»Jetzt?«

Dann zuckte sie mit den Achseln und trat beiseite.

»Wenn's denn unbedingt sein muss …«

Das Haus lag etwa fünfzig Meter von dem ehemaligen Waldrand entfernt. Jetzt begrenzte ein ungepflegter, einige Jahre alter Kahlschlag den eigentlichen Wald. Keine Höfe lagen in Sichtweite. Der andauernde Nieselregen vermittelte ein Gefühl von Isolation und Abgeschiedenheit.

Peter Larsson ließ seinen Blick schweifen. Der größte Teil der früheren Weiden war mit Tannen bepflanzt worden, die nun mannshoch waren. Links lag die Zufahrt zu einer Pferdekoppel, die schon seit Jahren nicht mehr benutzt wurde. Der Stall auf der anderen Seite des Hofplatzes stand leer. Vor dem Wohnhaus wuchsen zwischen Findlingen ein paar Beerensträucher. Larsson wischte sich über den Mund und spuckte aus. Er ging zum nächsten Busch, riss eine Hand voll der kleinen Blätter ab, zerrieb sie zwischen den Händen, hielt seine Handfläche unter die Nase und atmete den durchdringenden Duft schwarzer Johannisbeeren ein.

Inzwischen hatte auch Magnusson das Haus verlassen und trat neben ihn.

»Du hattest es auf einmal so eilig«, sagte er.

Peter Larsson verzog das Gesicht. Er hatte in der Tür kehrtmachen müssen und sich direkt neben der Treppe übergeben.

»Hast du so was schon mal gesehen?«, fragte er.

Magnusson betrachtete ihn.

»Ja«, erwiderte er lakonisch, »allerdings nicht oft. Das muss ich zugeben.«

Er wartete eine Weile.

»Bist du es los?«

Peter Larsson nickte. Der andere wandte sich ab.

»Wir müssen uns einen ersten Überblick verschaffen«, sagte er über die Schulter, »bevor die Spurensicherung kommt. Es ist immer schwieriger, sich alles vorzustellen, wenn überall die Kollegen herumgetrampelt sind. Der erste Eindruck ist wichtig …«

Larsson atmete tief ein und folgte ihm ins Haus.

Der Mann lag mit dem Gesicht auf dem Tisch, der unter seinem Gewicht zusammengebrochen war. Sein Oberkörper war von der Taille aufwärts äußerst brutal malträtiert worden. Der Kopf bestand nur noch aus einer blutigen Masse und war fast platt geschlagen. Eine Axt, aller Wahrscheinlichkeit nach die Mordwaffe, lag neben der Leiche.

Die Frau schien von einem einzigen, brutalen Schlag auf den Kopf getötet worden zu sein. Sie saß aufrecht in einer Ecke auf der Küchenbank. Peter Larsson warf einen raschen Blick auf ihr Gesicht. Ein Auge war durch die Kraft des Hiebs in die Augenhöhle gedrückt worden.

»Glaubst du, dass sie selbst so sitzen geblieben ist?«

Magnusson schüttelte den Kopf.

»Wohl kaum.«

Er trat in die Küche und betrachtete die Frau.

»Schau dir die Hand an«, meinte er.

Die Hände der Frau lagen übereinander in ihrem Schoß. Die Rechte war zwischen Zeige- und Mittelfinger gespalten.

»Sie muss versucht haben, sich zur Wehr zu setzen.«

Er ließ den Blick über den Boden gleiten.

»Möglicherweise lag sie da drüben. Das könnte Gehirnsubstanz und Blut sein«, sagte er und deutete auf einen klebrigen Fleck neben der Tür. Schleifspuren führten von dort zur Bank.

Der auffallend blasse Peter Larsson stand immer noch auf der Schwelle.

»Sie haben sie auf die Bank gesetzt«, sagte er leise. »Wie bei einem Kaffeekränzchen.«

Magnusson ging auf ihn zu. Er gab Acht, wo er hintrat.

»*Sie*, sagst du? Warum glaubst du, dass es mehrere waren?«

Peter Larsson hob die Schultern.

»Ich weiß nicht. Es wirkt einfach so, als wären mehrere am Werk gewesen. Zumindest zwei Personen. Kein einsamer Irrer.«

»Hast du eine Vorstellung, was sich hier drin abgespielt haben könnte?«, fragte Magnusson nach einer Weile.

Peter Larsson starrte vor sich hin.

»Wut«, meinte er schließlich. »Die muss irgendeine Rolle gespielt haben, eine besinnungslose Wut. Nein, das reicht vermutlich nicht. Da ist noch mehr, etwas Verrückteres, ich weiß nicht ... Als sei dies alles ein einziger, schlechter Scherz! Sie so auf die Bank zu setzen mit ihm davor auf dem zerbrochenen Tisch. Das tut man nicht, wenn es sich nur um einen Ausbruch von Wahnsinn handelt. Da baut man nachher nicht noch was auf.«

Magnusson nickte nachdenklich.

»Ja, das ist eigenartig.«

Er drehte sich um und schaute durch die offene Haustür. Ein Auto fuhr auf den Hofplatz.

»Dann warten wir mal ab, was die Wissenschaft dazu sagt.«

Sie traten durch den schmalen Windfang wieder in den

Nieselregen hinaus. Reyes war gerade aus seinem Wagen gestiegen. Er nickte ihnen zu.

»Nicht gerade hübsch da drin, oder?«

Magnusson schüttelte den Kopf.

»Nein, das kann man wirklich nicht behaupten.«

»Aber vielleicht interessant«, fuhr Reyes fort und begann, seine Ausrüstung auszuladen. »Etwas Abwechslung. Nicht die Durchschnittsleichen, wenn ich das mal so sagen darf ...«

Er legte den Kopf schief.

»Seid ihr da drin jetzt überall rumgetrampelt?«

Peter Larsson trat einen Schritt zur Seite, um ihn vorbeizulassen.

»Kaum. Ein Blick hat genügt. Mir jedenfalls.«

Reyes lachte.

»*Marica!*«

Er wartete.

»Dummes Frauenzimmer«, übersetzte er dann mit einem überdeutlichen Akzent.

Der Regen hatte zugenommen. Sie saßen wieder im Auto. Peter Larsson warf einen Blick auf Magnusson.

»Nehmen wir uns jetzt die Nachbarn vor?«

Magnusson hob die Hand.

»Einen Moment noch. Ich will nur abwarten, ob sie etwas über Reifenspuren oder Ähnliches zu sagen haben. Wie der – oder die – Täter überhaupt hierher gekommen sind.«

Er deutete mit dem Kopf zum Hofplatz. Reyes und sein Kollege Nyhlén hatten sich nach einer kurzen Diskussion darauf geeinigt, erst einmal den Tatort in Augenschein zu nehmen, den sie in der Küche vermuteten, um dann eventuelle Spuren im Freien zu sichern, bevor sie vom Regen weggespült wurden.

»Was die Nachbarn angeht«, fuhr er fort, »gibt es in der Nähe nur ein Haus, das das ganze Jahr über bewohnt ist, ein paar Kilometer weiter die Straße entlang. Alles andere sind Sommerhäuser, und dort werden wir heute kaum jemanden antreffen …

Er schwieg einen Augenblick und kaute nachdenklich auf seiner Unterlippe.

»Viele waren natürlich über die Feiertage hier, und wahrscheinlich herrschte reger Verkehr. Es wird nicht so leicht sein, die brauchbaren Informationen herauszufiltern.«

»Wann wurde deiner Meinung nach die Tat verübt?«, fragte Larsson.

»Sie sind seit mindestens vierundzwanzig Stunden tot«, antwortete Magnusson. »Die Leichenstarre hat sich bereits wieder gelöst. Wahrscheinlich haben sie recht lange hier gelegen. Meine Schätzung beläuft sich auf zwei bis drei Tage, eher drei als zwei. Dir ist doch der Geruch sicherlich aufgefallen? Man kann es recht gut am Geruch abschätzen, nicht wahr?«

Peter Larsson verzog das Gesicht, und Magnusson warf ihm einen Blick zu.

»Du musst noch üben«, sagte er. »Es ist von Vorteil, solche Dinge zu können. Das spart Zeit.«

Peter Larsson musterte ihn mit gerunzelter Stirn.

»Machst du Witze?«

»Kann sein. Ich weiß nicht. Ich habe keinen Humor.«

Dann zwinkerte er ihm zu und lachte leise.

»Am Vorabend des 1. Mai lebten sie jedenfalls noch«, fuhr er fort, »zumindest meint die Tochter das. Sie hat nachmittags bei ihnen angerufen. Sie und ihr Mann haben ein Wochenendhaus an der Küste und verbrachten die Feiertage dort. Sie hat ihre Eltern erst wieder am Sonntagabend angerufen, nachdem sie nach Hause gekommen war.

Niemand ging ans Telefon, und sie nahm an, dass sie schon im Bett waren. Sie unternahm am nächsten Morgen einen weiteren Versuch, und als dann wieder niemand abhob, wurde sie unruhig. Sie fuhr hierher und fand die beiden.«

Magnusson sah in den Regen.

»Sie hatte ihr Handy dabei. Trotzdem setzte sie sich ins Auto und fuhr den ganzen Weg wieder nach Hause, bevor sie uns alarmierte. Es war übrigens ihr Mann, der anrief, als er begriffen hatte, was sie ihm erzählt hatte.«

»War sie ansprechbar?«, fragte Peter Larsson.

»Etwas. Sie stand natürlich unter Schock. Ich riet ihrem Mann, einen Arzt zu konsultieren. Wir müssen sie später eingehender vernehmen.«

Larsson nickte.

»Was hältst du von der ganzen Sache?«, fragte er schließlich. »Hast du eine Theorie?«

»Dafür ist es noch zu früh. Es ist besser, für alles offen zu sein, solange wir nichts Konkreteres haben.«

Magnusson rieb sich die Augen und gähnte. Seit dem Anruf gegen sieben Uhr morgens waren sie ununterbrochen im Einsatz gewesen.

»Vielleicht ging es ja doch um Geld. Irgendwelche durchgeknallten, zugedröhnten Idioten, die geglaubt haben, dass hier was zu holen ist.«

»Und wo hätten die herkommen sollen?«

»Da gibt es viele Möglichkeiten. Bis Sandviken ist es nicht weit. Nach Gävle auch nicht. Und schaut man in die andere Richtung, kommt man auch recht schnell nach Falun und Borlänge.«

»Der oder die Täter müssen sich in dieser Gegend gut ausgekannt haben, sonst hätten sie das Haus kaum gefunden.«

Magnusson zuckte mit den Achseln.

»Tja, vielleicht. Andererseits könnte es auch ein Zufall sein. Vielleicht sind sie ziellos rumgefahren und haben etwas gesucht, was einsam genug lag und trotzdem vielversprechend aussah. Laut seiner Tochter war Haglund kränklich. Er konnte sich nur mühsam bewegen. Unter dem Vordach steht ein Rollator, den wird der Täter auch gesehen haben …«

Er unterbrach sich und starrte zu Reyes hinüber, der auf die Vortreppe getreten war und sie hereinwinkte.

Sie standen vor dem Einkaufszentrum. Es regnete. Die Luft war grau und kalt, und die Temperatur lag knapp über null.

Nervös kaute Li an ihren Nägeln, hielt inne und schaute auf ihre Hände. Sie musste damit aufhören, dachte sie. Sie wusste, dass ihm das nicht gefiel.

»Du hast ihn also nicht gesehen?«

Mama schüttelte den Kopf.

»Nein, keine Spur.«

»Weißt du, ob sonst jemand ihn gesehen hat?«

Mama schnaubte.

»Ich hatte wirklich keinen Grund, herumzurennen und nach ihm zu fragen.«

Sie betrachtete Li eine Weile.

»Bist du dir sicher, dass er nicht zu Hause ist?«

Li zuckte leicht mit den Achseln.

»Jedenfalls macht niemand auf.«

»Und du hast keinen Schlüssel, heh?«

Mama schnaubte erneut verächtlich.

»Nein, natürlich nicht. Er ist ja so was wahnsinnig *Besonderes*! Klar, dass er niemandem einen Schlüssel gibt, nicht einmal dir. Und Telefon hat er auch nicht, oder? Könnte sein, dass er gar nicht will, dass man ihn erreichen kann?«

Sie grinste anzüglich.

»Vielleicht hat er ja was Interessanteres aufgetan? Junges

Gemüse? So eine kleine frühreife Schlampe, mit der er sich eingeschlossen hat …«

Dann unterbrach sie sich.

»Ja, ich weiß! Ich bin ein alter Drachen! Du machst dir Sorgen, dass ihm was zugestoßen ist. Glaub mir, aller Wahrscheinlichkeit nach kann ihm nicht viel zustoßen.«

Sie deutete mit dem Kopf auf das Einkaufszentrum. Durch die Glastüren war der so gut wie vollzählige Trupp vor dem Spirituosenladen zu erkennen.

»Es wäre nicht verwunderlich, wenn eine von diesen Schießbudenfiguren den Löffel abgeben würde. Und wenn ich ins Gras beißen würde, wäre das auch nicht gerade eine Sensation. Aber Lindberg ist doch vollkommen gesund? Das müsstest du doch wissen, oder?«

Li sah sie verärgert an.

»Es könnte ihm trotzdem was zugestoßen sein! Irgendwas. Seit Donnerstag, dem 30. April, als ich nachts zu dir kam, habe ich ihn weder gesehen noch von ihm gehört. Niemand scheint ihn seither gesehen zu haben. Das heißt, dass er jetzt schon vier Tage weg ist. Findest du das nicht etwas sonderbar?«

»Nicht im Geringsten«, erwiderte die Ältere trocken. »Bei ihm nicht. Es ist schließlich nicht das erste Mal, dass er abtaucht, oder? Dann kannst du ja davon halten, was du willst …«

Sie schüttelte sich.

»Wie auch immer, ich habe jedenfalls nicht vor, hier draußen stehen zu bleiben und mir den Arsch abzufrieren. Kommst du mit rein, oder willst du die allgemeine Suchaktion fortsetzen?«

Li biss die Zähne zusammen.

»Ich gehe nach Hause«, meinte sie. »Wenn du was erfährst, meldest du dich doch, oder?«

Sie machte kehrt und war ein paar Schritte gegangen, als sie jemanden rufen hörte:

»Li!«

Sie erkannte die helle, etwas heisere Stimme sofort. Bella. Sie drehte sich um und sah ihn auf sich zukommen. Ein paar Meter entfernt blieb er stehen und lächelte sie an.

»Ich habe gehört, dass du nach Bosse gefragt hast?«

»Ach, was du nicht sagst.«

»Und? Was willst du? Hast du ihn getroffen?«

Er schüttelte den Kopf.

»Nicht direkt. Aber Lycken hat ihn gesehen. Du weißt schon ... Svante Lyck ...«

»Sein richtiger Name ist mir scheißegal, sag schon, was er gesagt hat!«, unterbrach sie ihn unwirsch.

Bellas Blick glitt zur Seite.

»Er hat gesehen, wie sie ihn abgeholt haben, also Bosse. Irgendwann gestern Abend ...«

»Wovon redest du eigentlich?«, unterbrach Li ihn erneut. »Welche sie? Wer hat ihn angeblich abgeholt?«

Bella machte eine ausholende Handbewegung.

»Die Cops. Die waren da ...«

Li starrte ihn an, dann lachte sie laut.

»Die *Cops*!«, äffte sie ihn nach. »Wo hast du denn das aufgeschnappt? Hast du mit den großen Jungs spielen dürfen?«

Bella schluckte und errötete.

»Die Bullen haben ihn gestern abgeholt«, beharrte er verbissen. »Aus seiner Wohnung.«

Li hatte aufgehört zu lachen.

»Was hätten die für einen Grund gehabt, Bosse abzuholen? Dass ich nicht lache! Das hast du geträumt!«

»Ich erzähle nur, was Lycken gesagt hat, das wolltest du doch, oder?«

Bellas Blick wurde wieder unsicher.

»Aber ich war schließlich nicht dabei. Ich sage nur ...«

»Du sagst nur, was er gesagt hat, ich weiß! Und ich sage, dass er vermutlich im Delirium war und zwar kräftig! Was hat er denn sonst noch gesehen, vielleicht einen ganzen Zoo oder was?«

Li starrte ihn an. Dann richtete sie ihren Blick auf Mama, die noch am Eingang stand.

»Hast du das gehört? Was für ein saudummes Gerede!«

Sie begann wieder zu lachen, hemmungslos, fast hysterisch. Die Ältere betrachtete sie eine Weile schweigend.

»Wir gehen zu mir«, sagte sie schließlich.

»Was soll denn das? Ich habe wirklich nicht vor, irgendwohin ...«

Ein neuer Lachanfall schüttelte sie, sie beugte sich vornüber und rang keuchend nach Luft.

»Komm, jetzt gehen wir zu mir, habe ich gesagt!«

Mama trat an sie heran, packte sie am Arm, schleifte sie mit sich fort und ignorierte ihre Proteste.

Sie versuchte, sich auf der Couch aufzusetzen. Ihre Zunge klebte am Gaumen, als hätte sie seit Tagen nichts mehr getrunken. Sie hatte so starke Kopfschmerzen, dass sie sich fast übergeben musste. Sie wusste nicht, wo sie war. Erst langsam begann es ihr zu dämmern. Sie drehte vorsichtig ihren Kopf zur Seite und entdeckte Mama, die in dem gegenüberliegenden Sessel hing.

»Gut geschlafen?«

Li verzog das Gesicht.

»Was hast du mir für einen Scheißdreck gegeben? Dasselbe wie letztes Mal? Eine ganze Apotheke oder was? So fühle ich mich jedenfalls.«

»Du hast etwas zur Beruhigung gebraucht.«

Li schnaubte.

»Ruhig wird man davon wirklich. Es fühlt sich an, als hätte mich jemand mit dem Kopf an die Wand genagelt!«

Mama zuckte mit den Achseln.

»Das geht vorbei.«

Li sah sie an.

»Wie lange habe ich geschlafen?«, fragte sie.

»Seit zehn, halb elf …«

Li warf einen Blick auf die Uhr und holte tief Luft.

»Verdammt! Jetzt ist fast schon Nachmittag! Ich muss los …«

»Du gehst nirgendwohin«, fiel ihr die andere ins Wort, »und jetzt hörst du mir mal ganz genau zu.«

Li rieb sich das Gesicht und erhob sich schwankend.

»Ich muss rauskriegen, was los ist! Mit Bosse. Begreifst du das nicht?«

Mama zündete sich eine Zigarette an und blickte aus dem Fenster.

»Ich habe rumtelefoniert, während du geschlafen hast, und einige Erkundigungen eingezogen.«

Sie inhalierte tief und begann zu husten.

»Dass man mit diesem Laster nicht aufhören kann«, meinte sie seufzend. »Merkwürdig, nicht wahr? Obwohl man sich die Lunge aus dem Hals hustet.«

»Was jetzt?«, fauchte Li. »Wen hast du gefragt? Und was?«

»Die da habe ich auch gekauft.«

Sie deutete auf ein *Aftonbladet*, das auf dem Couchtisch lag. Li starrte Mama an, dann riss sie die Zeitung an sich und überflog die Titelseite. Sie holte tief Luft.

»Warum zeigst du mir das hier? Was hat das mit Bosse zu tun?«

Sie wartete.

»Du glaubst doch nicht im Ernst, dass er was damit zu tun hat? Das ist doch vollkommen gestört! Wie kannst du nur behaupten ...«

»Deswegen haben sie ihn jedenfalls abgeholt«, unterbrach die Ältere sie. »Die Person, mit der ich mich unterhalten habe, konnte mir diese Auskunft erteilen.«

»Wer war das?«, kreischte Li. »Wen kennst du, der so was weiß ...«

»Das brauche ich dir nicht zu sagen«, erwiderte die andere knapp.

Sie deutete auf die Zeitung.

»So ist das nun mal«, fuhr sie fort. »Deswegen haben sie ihn eingebuchtet.«

Li starrte auf den Artikel und las weiter. Nach einer Weile begann sie, am ganzen Körper zu zittern, ließ die Zeitung sinken, krümmte sich zusammen und wiegte den Oberkörper hin und her.

»Vielleicht wollen sie ihm ja nur ein paar Fragen stellen«, meinte die Ältere beschwichtigend. »Vielleicht ist alles auch nur ein verdammter Irrtum.«

Li sah auf.

»Dann müsste er schon zurück sein, und zwar seit langem. Glaubst du etwa, dass ich das nicht begreife?«

Sie holte tief Luft und las erneut den Text auf der ersten Seite.

»Hier steht, dass es irgendwann am Freitag passiert sein soll.«

»Da war ich mit ihm zusammen.«

Mama schob das Kinn vor.

»Ach? Wirklich?«

Li begegnete ihrem Blick ohne zu blinzeln.

»Die ganze Zeit. Jede beschissene Minute. Das weißt du doch?«

Mama kniff die Augen zusammen.

»Nein, das weiß ich nicht.«

Dann zuckte sie mit den Schultern, wandte sich zum Fenster und tat erneut einen Lungenzug.

»Tja, das ist dein Leben. Mach, was du willst, aber zieh mich da nicht mit rein.«

Magnusson wandte sich dem Jüngeren zu.

»Was meinst du?«

Peter Larsson saß zurückgelehnt und mit geschlossenen Augen auf seinem Stuhl. Nach einer Weile öffnete er die Augen, reckte sich seufzend und sah Magnusson an.

»Du bist an Feinheiten interessiert?«

Diese Rolle war ihm bei ihrer Zusammenarbeit zugefallen: Er war derjenige, der Nuancen und Misstönen nachspürte. Er stellte nur selten Fragen, das war Magnussons Zuständigkeit. Stattdessen beobachtete er und lauschte. Nahm Dinge wahr, die nicht stimmten oder zu gut stimmten.

»Er war anders als erwartet«, meinte er zögernd.

»Wie meinst du das?«, fragte Magnusson.

»Dir ist das doch sicher auch aufgefallen? Er besaß eine gewisse Ausstrahlung, nicht wahr? Selbstbewusst, aber nicht draufgängerisch. Natürliche Autorität könnte man das vielleicht nennen. Und ... tja, das Aussehen ... die Art ... nicht direkt, was man in diesem Milieu erwartet, meinst du nicht auch?«

Magnusson machte eine ungeduldige Handbewegung.

»Jaja. Sonst nichts? Nichts Konkreteres?«

Larsson lehnte sich wieder zurück und verschränkte die Arme hinter dem Kopf.

»Er wirkte nicht sonderlich aufgebracht, als wir bei ihm

geklingelt und uns vorgestellt haben. Eher verdutzt, aber weder nervös noch beunruhigt. Ohne längere Diskussionen hat er eingewilligt, uns zu begleiten. Als er erfuhr, weshalb wir ihn vernehmen wollten, hat er ziemlich mitgenommen gewirkt, nicht wahr? Seine Miene war einen Moment lang ausdruckslos. Und blass war er. Als hätte ihn das Gehörte schockiert. Ist dir aufgefallen, wie er deine Fragen beantwortet hat? Er hat nicht versucht, sich rauszuwinden. Es schien ihm gleichgültig, was für einen Eindruck er auf uns machte. Anfangs dachte ich, er ist vielleicht einfach etwas dumm, zurückgeblieben. Aber das scheint nicht so zu sein.«

Er verstummte. Magnusson betrachtete ihn mit gerunzelter Stirn.

»Lügt er, oder sagt er die Wahrheit? Ist er in diese Sache verwickelt oder nicht?«

Larsson wippte auf seinem Stuhl vor und zurück und verzog das Gesicht.

»Tja. Das ist die Frage. Wenn er lügt, dann verdammt gut. Und wenn er die Wahrheit sagt, macht er das ebenfalls verdammt gut, falls du verstehst, was ich meine. Er wirkt einfach sehr überzeugend.«

Magnusson seufzte.

»Ja, das entspricht auch meinem Eindruck. Obwohl er für meinen Geschmack etwas zu gelassen wirkt.«

Er erhob sich.

»Wir müssen wohl einen weiteren Versuch unternehmen«, meinte er, zwängte sich an seinem Kollegen vorbei und öffnete die Tür zum Gang. »Vielleicht erfahren wir ja dieses Mal mehr von Herrn Lindberg und können beurteilen, ob es Sinn macht, ihn noch länger hier zu behalten.«

Peter Larsson erhob sich und folgte ihm. Er warf einen Blick auf die Uhr. Bald zwei. Er hatte nur ein paar Stunden geschlafen. Allmählich breitete sich Müdigkeit aus. Alles lief auf Sparflamme. Oder passierte wie in einem Albtraum: Man konnte noch so schnell rennen, kam aber trotzdem nicht vom Fleck. Eigentlich arbeiteten sie jetzt schon zu lange, dachte er, um noch so etwas wie wirkliche Konzentration aufbringen zu können. Aber Lindberg erging es wohl ebenso, was möglicherweise zu einem Ausrutscher führte. Dazu, dass er sich eine Blöße gab.

»Wir fassen noch einmal zusammen, worüber wir gestern Abend und heute Morgen gesprochen haben«, schlug Magnusson vor. »Dann sehen wir, ob wir damit weiterkommen.«

Er runzelte die Stirn und starrte ins Leere.

»Es war also Ihre Brieftasche, die am Tatort gefunden wurde?«

Sein Gegenüber nickte.

»Es hat ganz den Anschein.«

Magnusson warf ihm einen fragenden Blick zu.

»Schließlich war Ihr Personalausweis darin, oder? Bo Erik Lindberg. Und das Geld. Außerdem haben Sie auch zu Protokoll gegeben, dass Sie sie wiedererkannt haben.«

»Stimmt.«

»Dann können wir doch davon ausgehen, dass sie Ihnen gehört, nicht wahr?«

Lindberg nickte und holte Luft.

»Sicher, sie gehört mir, das streite ich gar nicht ab, wozu auch.«

Er schwieg. Peter Larsson, der einen halben Meter links von Magnusson saß, sah ihn an. Er setzte sich oft so hin, damit sich der Befragte die ganze Zeit seiner Anwesenheit bewusst war, aber gleichzeitig den Kopf zur Seite drehen musste, wenn er ihm direkt in die Augen sehen wollte. Viele machte das nervös, aber Lindberg ließ sich dadurch nicht stören und sah kaum in seine Richtung.

»Aber Sie können nicht erklären, wie sie an den Fundort gelangt ist?«, fuhr Magnusson fort. »Ihnen war noch gar nicht aufgefallen, dass sie fehlte?«

Lindberg schüttelte den Kopf.

»Nein.«

»Das macht immer noch keinen Sinn. Dass Sie das nicht gemerkt haben. Schließlich waren fast dreitausend in der Brieftasche. Mir wäre es jedenfalls aufgefallen, wenn mir so viel abhanden gekommen wäre, aber Ihnen nicht, Bo?«

Der Mann verharrte eine Weile zurückgelehnt auf seinem Stuhl. Dann richtete er sich auf und sah Magnusson in die Augen.

»Ja, ich weiß, das ist viel Geld, um es so mit sich herumzutragen. Das war alles, was ich übrig hatte, nachdem die Miete bezahlt war. Aber ich habe das Geld immer bei mir in der Brieftasche. Bankgeschäfte waren nie meine starke Seite. Aber ich habe nicht gemerkt, dass mir die Brieftasche abhanden gekommen war.«

Sollte er müde sein, ist ihm das jedenfalls nicht anzumerken, dachte Peter Larsson. Er wirkte eher konzentriert. Als läge ihm die ganze Sache ebenso am Herzen wie den Polizeibeamten.

Magnusson fuhr fort.

»Sie haben die Miete bezahlt, da hatten Sie Ihre Brieftasche noch. Das war letzten Donnerstag. Wir haben uns das bestätigen lassen, die Transaktion wurde am Donnerstag verbucht. Morgens früh am dreißigsten April.«

Er machte eine kurze Pause und betrachtete zweifelnd den Mann vor sich.

»Das ergibt also fünf Tage, die verstrichen sind, ohne dass Sie bemerkt haben, dass Ihre Brieftasche fehlt. Fast eine Woche. Haben Sie in dieser Zeit kein Geld gebraucht? Nichts zu essen gekauft? Überhaupt nichts?«

Bosse Lindberg sah ihm nach wie vor direkt in die Augen.

»Ich habe es schon mehrmals wiederholt, aber ich sage es trotzdem noch einmal. Vielleicht kann es ja dazu beitragen, das Ganze aufzuklären.«

Er sprach ruhig und ohne den leisesten Ärger.

»Es hätte mir vielleicht auffallen müssen, kann sein. Und früher oder später wäre es das natürlich auch. Aber ich habe gar nicht darüber nachgedacht, wo die Brieftasche sein könnte. Ich habe wahrscheinlich angenommen, ich hätte sie irgendwo hingelegt, wie man das eben so tut. Und Lebensmittel …«

Er hob seine Hand an sein mageres Gesicht und zwickte sich in die Wange.

»Ich bin kein großer Esser«, meinte er mit einem schwachen Lächeln. »Ich hatte alles, was ich brauchte. Ich hatte keinen Grund einzukaufen.«

Magnusson sah ihn lange an. Dann schüttelte er den Kopf.

»Ich finde das immer noch unglaubwürdig. Was haben Sie in diesen Tagen getan?«

»Nichts, eigentlich. Wie ich bereits sagte.«

»Nichts? Fünf Tage lang?«

Lindberg musterte seine Hände.

»Ich wollte meine Ruhe haben«, erwiderte er. »Das braucht man manchmal, zumindest ich.«

Er schwieg.

»Und Sie haben in dieser Zeit überhaupt niemanden getroffen?«, fragte Magnusson.

Sein Gegenüber schüttelte den Kopf. Er schien eher zu sich selbst zu sprechen, als er antwortete:

»Ich habe mich ganz einfach eingeschlossen und nicht aufgemacht.«

Dann atmete er tief ein, sah Magnusson an und verzog den Mund.

»Aufgemacht habe ich erst, als Sie kamen. Aber Sie haben ja auch so einen wahnsinnigen Radau gemacht, dass mir nichts anderes übrig blieb.«

Magnusson ignorierte diesen Kommentar und erwiderte: »Ich hatte den Eindruck, dass Sie unser Eintreffen nicht sonderlich überrascht hat. Es war fast so, als hätten Sie uns erwartet. Und obwohl wir Sie im Zusammenhang mit einem schweren Verbrechen vernehmen wollten, haben Sie, wenn ich mich recht erinnere, kaum Fragen gestellt. Hat Sie das überhaupt nicht interessiert?«

Lindberg schwieg. Dann beugte er sich vor und stützte seine Ellbogen auf dem Tisch ab.

»Ich bin nicht dumm. Jedenfalls nicht dümmer als die meisten. Ich habe mir nicht eingebildet, dass Sie mich mitnehmen, um mir meine Brieftasche auszuhändigen. Mir war sofort klar, dass irgendwas faul war. Aber dann ...«

Er hob die Hände.

»Nie hätte ich geahnt, dass es um etwas Derartiges geht! Dass Sie mich verdächtigen, jemanden erschlagen zu haben! Ich war ganz einfach schockiert! Und wonach hätte ich Ihrer Meinung nach fragen sollen? Was hätte es genützt? Ich weiß nur, dass ich nichts mit der Sache zu tun habe und nichts weiß!«

Magnusson nickte langsam.

»Nicht? Tja, das wird sich zeigen ...«

Er klopfte an die Tür, und einer der Kriminalassistenten schaute herein.

»Wir haben ein paar neue Informationen.«

Er sah Magnusson an, der sich einen Augenblick später erhob.

»Ach so. Ich komme«, sagte er zögerlich.

»Wir legen eine Pause ein«, sagte er, »und machen so bald wie möglich weiter.«

Peter Larsson blieb sitzen und warf seinem Gegenüber einen Blick zu.

»Durst?«, fragte er nach einem Augenblick. »Möchten Sie etwas trinken?«

Lindberg schüttelte den Kopf.

»Nein, es geht schon.«

Er lächelte schwach.

»Sie können tatsächlich sprechen?«

Peter Larsson erwiderte das Lächeln.

»Sie glauben mir nicht, stimmt's?«

Larsson machte eine abwehrende Handbewegung.

»Das gehört zu unserem Job, könnte man sagen. Wir sind misstrauisch.«

Lindberg betrachtete ihn schweigend. Dann nickte er.

»Tja, so ist das wohl. Ich weiß auch nicht, was ich an Ihrer Stelle geglaubt hätte. Aber das Leben hat nicht sonderlich viel mit Wahrscheinlichkeitsrechnung zu tun.«

»Wie meinen Sie das?«, fragte Peter Larsson.

Lindberg rieb sich das Kinn, das mit blauschwarzen Bartstoppeln bedeckt war.

»Wenn man gezwungen ist zu erklären, warum man zu einem gewissen Zeitpunkt dieses oder jenes gemacht hat, warum man sich so und nicht anders verhalten hat, dann erweckt man leicht den Eindruck eines Lügners. Oder eines Idioten.«

»Da bin ich mir nicht so sicher«, erwiderte Peter Larsson langsam. »Hält man sich an die Wahrheit, gibt's normalerweise keine Probleme.«

Der andere zog eine Augenbraue hoch.

»Was Sie nicht sagen! Da bin ich mir nicht so sicher.«

Ein paar Minuten später kam Magnusson zurück. Er hielt eine aufgerollte Zeitung in der Hand, blieb in der Tür stehen, steckte die Zeitung in die Jackentasche, ging zum Tisch und setzte sich.

»Wir machen weiter«, sagte er. Er musterte Lindberg. »Sie waren also über die Feiertage allein, wenn ich Sie richtig verstanden habe? Haben keinen Schritt vor die Tür gemacht und auch niemanden getroffen?«

Bosse Lindberg nickte.

»Ja«, erwiderte er. »Sie haben mich richtig verstanden.«

»Ich wollte mich nur vergewissern. Uns liegt nämlich die Zeugenaussage einer Person vor, die zum fraglichen Zeitpunkt mit Ihnen zusammen war. Und zwar ohne Unterbrechung bis letzten Montag. Was sagen Sie dazu?«

Er wartete einen Augenblick.

»Vielleicht haben Sie sich ja geirrt und möchten Ihre Aussage korrigieren?«

Mit gerunzelter Stirn starrte Lindberg ihn an.

»Sie sprechen von Li, nicht wahr?«

»Von wem?«

»Li. Anneli Holm. Nur sie kommt in Frage.«

Magnusson betrachtete ihn schweigend. Bosse Lindberg schüttelte den Kopf.

»Ja, leider war ich nach wie vor allein und habe niemanden getroffen. Auch sie nicht, jedenfalls nicht seit letztem Donnerstag, als sie bei mir zu Besuch war. Sie ist gegen Mitternacht oder kurze Zeit später gegangen, glaube ich.«

»Aber davon haben Sie gar nichts gesagt.«

»Meines Erachtens hat das nichts mit der Sache zu tun. Ich habe keinen Grund gesehen, sie in diese Sache reinzuziehen.«

»Ach, nein?«, fragte Magnusson. »Ist sie vielleicht Ihre Freundin?«

Lindberg zögerte, ehe er antwortete.

»Wir treffen uns, kann man sagen. Ziemlich oft.«

»Sie haben ein Verhältnis?«

Lindberg hob die Hände. Er kniff die Augen zusammen und wirkte zum ersten Mal verärgert.

»Ich schlafe mit ihr, wenn es das ist, was Sie interessiert!«

»Aber Sie wohnen nicht zusammen?«, fuhr Magnusson unbeirrt fort.

»Nein.«

»Und seit ungefähr vierundzwanzig Uhr am Donnerstag, in der Walpurgisnacht, haben Sie sich also nicht mehr gesehen? Obwohl sie das Gegenteil behauptet?«

»Nein.«

»Sie lügt also.«

»Sie hat sich wohl geirrt und die Tage durcheinander gebracht.«

»Ein bisschen komisch ist das schon, oder? Dass sie sich ausgerechnet zu diesem Zeitpunkt irren sollte? Ausgerechnet der Zeitraum, für den wir uns interessieren. Bei mir erweckt das den Anschein, als versuchte sie, Ihnen ein Alibi zu verschaffen. Für irgendetwas. Woran könnte das, Ihrer Meinung nach, liegen?«

Bosse Lindberg lehnte sich zurück und verschränkte die Arme über der Brust.

»Stimmt, es sieht so aus, als wollte sie mir helfen. Man muss schon ziemlich beschränkt sein, um das nicht zu merken. Aber ich habe sie nicht darum gebeten und nichts damit zu tun. Ich habe ausgesagt, wo ich mich in den besagten Tagen aufgehalten und was ich gemacht habe. Habe Ihre Fragen beantwortet. Mehr kann ich nicht tun, und mehr ist auch nicht nötig, finde ich.«

Magnusson nickte.

»Sie haben Recht«, sagte er. »Sie haben ganz Recht. Vielleicht ist es an der Zeit, dass wir Sie etwas ausführlicher darüber informieren, warum Sie hier sitzen. Damit Sie den Ernst der Lage begreifen …«

Er unterbrach sich und beugte sich vor.

»Das sieht entzündet aus. Wir müssen dafür sorgen, dass jemand da mal einen Blick draufwirft.«

Er deutete mit dem Kopf auf Lindbergs rechte Hand, deren gerötete Handfläche ein breites Pflaster bedeckte. Bosse Lindberg schüttelte den Kopf.

»Das? Das ist nur eine Schramme …«

»Ja, darüber sprechen wir später«, fuhr Magnusson geradezu gut gelaunt fort.

»Ich habe Sie gefragt, ob Sie die Gegend von Jädraås und Åmot an der Grenze zu Hälsingland kennen. Ob Sie sich in den letzten Tagen an einem dieser Orte aufgehalten haben. Sie haben das verneint.«

Lindberg schüttelte den Kopf.

»Das ist schon Jahre her«, erwiderte er. »Und damals bin ich auch nur durchgefahren, soweit ich mich erinnern kann.«

»Der Ortsname Rönnåsen sagt Ihnen auch nichts?«

»Nein, überhaupt nichts.«

Magnusson musterte ihn und spitzte die Lippen.

»Ein recht abgelegener Hof. Die Besitzer heißen Haglund. Dort haben wir Ihre Brieftasche gefunden.«

Er wartete einen Augenblick, zog die Zeitung aus der Tasche, schlug sie auf und legte sie auf den Tisch.

»Hier. Das hier sollten Sie sich einmal anschauen.«

»*Bestialischer Doppelmord. Hier wurde ein altes Paar massakriert. Verdächtiger in Haft.*« Die Schlagzeile nahm die Hälfte der ersten Seite ein. Darunter war das Foto eines Hauses vor düsterem Hintergrund zu sehen.

Lindberg saß reglos da, starrte erst das Bild an und überflog dann den Text. Magnusson zog die Zeitung wieder zu sich heran.

»Ja, im Augenblick reicht das vielleicht. Wir werden noch mehr über diesen Fall sprechen. Ich wollte Ihnen nur eine Kostprobe präsentieren.«

Er rieb sich das Kinn.

»Wir haben Ihnen bereits mitgeteilt, dass Ihre Brieftasche am Tatort gefunden wurde und dass wir deswegen mit Ihnen reden wollten. Später wurde dann im Hinblick auf die Art des Verbrechens – Mord beziehungsweise Totschlag – beschlossen, Sie vorläufig festzunehmen. Wie Sie sehen konnten, haben wir kaum übertrieben. Es geht also um ein älteres Paar, das auf eine Art ums Leben gebracht wurde, wie ich es noch kaum gesehen habe, obwohl ich schon recht lange dabei bin.«

Er hielt inne und hob mahnend den Zeigefinger.

»Und Ihre Brieftasche, Bosse, lag in dem Haus, in dem die Morde verübt wurden. Ja, sie wurde in der Tat *unter* einem der Opfer gefunden! Vieles spricht also dafür, dass sie dorthin gelangte, als das Verbrechen verübt wurde. Der Täter, oder jemand anders, der sich ebenfalls im Haus befand, hat sie einfach verloren. Was sagen Sie dazu, Bosse?«

Der Mann auf der gegenüberliegenden Seite des Tisches reagierte nicht. Dann zuckte er zusammen.

»Ich bin nicht …«

Er verstummte und schüttelte mehrmals den Kopf.

»Was sind Sie nicht?«, fragte Magnusson.

Lindberg holte tief Luft.

»Ich bin … ich bin nie dort gewesen!«, fuhr er fast keuchend fort.

»Ja, ja. Dafür gibt es auch keine Indizien. Dass Sie sich dort befunden hätten. Jedenfalls jetzt noch nicht. Aber in diesem Fall gibt es noch so viele Ungereimtheiten und offene Fragen, dass Sie damit rechnen müssen, noch eine Weile bei uns zu bleiben.«

Er steckte die Zeitung wieder in die Jackentasche.

»Außerdem brauchen wir noch eine Blutprobe von Ihnen«, fuhr er beiläufig fort. »Wir erledigen das, wenn sich jemand um die Verletzung Ihrer Hand kümmert.«

Er hielt inne.

»Und noch etwas. Ein Rechtsanwalt. Als wir gestern Abend davon sprachen, fanden Sie es nicht nötig, einen hinzuzuziehen. Jetzt erscheint Ihnen die Sache vermutlich in einem anderen Licht. Sie werden einen Pflichtverteidiger brauchen, das sehen Sie doch ein?«

Lindberg atmete jetzt gleichmäßiger und starrte geradeaus.

»Da gibt es jemanden, den ...«, begann er, verstummte und schien in seinem Gedächtnis zu suchen. »Ja, jemand, mit dem Sie vielleicht Kontakt aufnehmen könnten ... Henning ...«

Magnusson verzog leicht den Mund.

»Sjöström vielleicht?«

Lindberg schien den Einwurf kaum wahrzunehmen.

»Henning«, wiederholte er. »Lasse Henning.«

Magnusson sah ihn an.

»Ist das ein Anwalt, den Sie kennen?«

Der andere schüttelte den Kopf.

»Nein, ein Polizist.«

Magnusson runzelte die Stirn.

»Ein Polizist? Jedenfalls niemand, den ich kenne.«

»Nicht hier. In Stockholm. Ob er immer noch dort ist, weiß ich allerdings nicht. Das ist schon ein paar Jahre her.«

Magnusson legte den Kopf schief.

»Gibt es einen besonderen Grund, weshalb wir uns mit ihm in Verbindung setzen sollten?«

»Er weiß, wer ich bin.«

Lindberg hatte die Arme sinken lassen und schien sich plötzlich wieder zu entspannen.

»Falls es möglich wäre ... Ja, dann würde ich mich gern mit ihm unterhalten.«

Magnusson nickte.

»Wir wollen sehen, was sich machen lässt«, erwiderte er knapp.

Magnusson hatte eine Zigarette aus der Schachtel gefischt, drehte sie hin und her und steckte sie mit einem leisen Seufzer wieder zurück. Peter Larsson lehnte ein paar Meter von ihm entfernt mit verschränkten Armen an der Wand des Korridors.

»Geh halt schnell eine rauchen, wenn du Lust hast. Wir können uns danach unterhalten.«

Magnusson sah ihn kurz an und schüttelte den Kopf.

»Meine Ration, du weißt schon. Ich hebe mir die Zigarette lieber auf. Riechen muss reichen.«

Er räusperte sich.

»Bist du wütend?«

Peter Larsson zuckte mit den Achseln.

»Wütend ist vielleicht zu viel gesagt. Ich finde, du hättest diesen Auftritt vorher mit mir absprechen können.«

Magnusson zog eine Braue hoch.

»War es so schlimm?«

»Das war doch reinstes Theater, wie du ihm die Zeitung hingeknallt hast. Wir hätten das vorher besprechen müssen.«

»Es ergab sich halt so«, erwiderte Magnusson.

Larsson schnaubte.

»Unsinn! Du hast bewusst die Zeitung mitgenommen, um dein Ding durchzuziehen.«

Magnusson lächelte schuldbewusst.

»Ja, du hast vielleicht Recht. Er war mir einfach zu unbeeindruckt. Ich war gespannt, wie er reagieren würde. Irritiert oder verängstigt oder so erregt, dass er einen Ständer kriegt, wenn er es schwarz auf weiß vor sich sieht.«

»War das so schlau? Ihn das lesen zu lassen?«

Magnusson machte eine abwehrende Handbewegung.

»Das war doch nur die Titelseite. Die Schlagzeile. Nichts, was ihm nützen könnte, wenn er sich aus der Sache herausreden will.«

»Du wolltest sehen, wie er reagieren würde«, sagte Larsson nach einer Pause. »Und wie hat er reagiert?«

Magnusson runzelte die Stirn.

»Tja, ich hatte schon den Eindruck, dass ihn der Artikel erschüttert hat. Er hat ihm kurz den Boden unter den Füßen weggezogen. Aber zugegeben hat er nichts. Und gesprächiger wurde er auch nicht, das muss ich zugeben.«

Er atmete geräuschvoll ein und schnalzte mit der Zunge.

»Na ja, war ja auch nur ein Versuch. Vielleicht sollten wir eine Weile auf die Psychologie verzichten und uns auf die konkreten Hinweise konzentrieren.«

»Die ja recht spärlich sind, nicht wahr?«, entgegnete Peter Larsson säuerlich.

Magnusson warf ihm einen raschen Blick zu und schüttelte den Kopf.

»Jetzt jammer nicht, und hör mir gut zu. Wir wissen, dass die Brieftasche ihm gehört und mit aller Wahrscheinlichkeit mit den Morden im Zusammenhang steht. Außerdem haben wir seine recht fadenscheinige Erklärung, er habe sie verloren, wisse aber nichts über das Wann, Wo und Wie.«

»Irgendwie muß er dort ja auch hingekommen sein. Und wieder zurück. Was zu Fuß eher unwahrscheinlich ist. Im

Besitz eines Autos ist er unseres Wissens auch nicht. Und die Busverbindungen sind miserabel …«

Magnusson schnaubte.

»Hast du nicht selbst gesagt, es müssten mehrere Personen beteiligt gewesen sein? Reyes meint das auch. Wenn wir einfach dranbleiben, tauchen vielleicht Transportmittel und eventuell weitere Beteiligte im Zuge der Ermittlungen auf, wer weiß?«

Er hob eine Hand.

»Was Reyes angeht, wollte ich noch etwas sagen. Er hat mir eine Nachricht zukommen lassen, die interessant zu sein scheint. Blut auf Schulterhöhe am Türrahmen in der Küche. Als hätte sich jemand angelehnt oder abgestützt. Es ist Reyes gelungen, dort einen Fingerabdruck zu sichern. Verwischt zwar, aber wie er glaubt, dennoch verwendbar. Es gibt übrigens nur sehr wenig Fingerabdrücke. Auf der Axt sind überhaupt keine. Die Person, die sie gehalten hat, muss Handschuhe getragen haben, und nicht irgendwelche. Wahrscheinlich aus Latex, wie Chirurgen sie benutzen. Dehnbar und stabil. Es ist auch möglich, dass sich die Täter etwas über die Schuhe gezogen haben. Was darauf hindeuten würde, dass die Tat genau geplant worden ist. Das alles natürlich nur laut Reyes. Und der hat immer eine blühende Phantasie.«

Er sah Larsson an, der mit den Achseln zuckte.

»Er ist ein Fachmann.«

Magnusson verzog das Gesicht.

»Klar. Und darüber lässt er auch niemanden im Zweifel.«

Er verstummte, ging ein paar Schritte den Gang entlang und kam wieder zurück.

»Aber dieses Mal … ja, es ist nicht unmöglich. Ist dir Lindbergs verletzte Hand aufgefallen? Es könnte stimmen.

Irgendwann während dieses verdammten Blutbads verletzt er sich, zieht den Handschuh aus, um sich die Wunde anzuschauen, und berührt auf dem Weg nach draußen den Türrahmen. Mit etwas Glück sichern wir sowohl DNA-Proben als auch Fingerabdrücke. Dann wird er sich nicht mehr so leicht rausreden können.«

»Nur wenn es wirklich sein Blut ist«, erwiderte Peter Larsson. »Bist du dir da bereits sicher?«

Magnusson schüttelte den Kopf.

»Ganz und gar nicht. Aber ich will Gewissheit haben, bevor er hier verschwindet. Ich habe noch kurz mit Hjerpe gesprochen. Mit der U-Haft gibt es keine Probleme.«

»Und das Mädchen? Diese Zeugenaussage?«, fragte Larsson. »Über die hätten wir auch erst mal reden müssen. Vor dem Einleiten psychologischer Experimente.«

Magnusson seufzte.

»Ja, ja. Ich gebe ja alles zu, zum zweiten Mal. Ich streue mir Asche aufs Haupt. Bist du jetzt zufrieden?«

Er sah den Jüngeren eine Weile herausfordernd an und fuhr fort:

»Richtig, die Freundin, die keine Freundin ist. Sie hat vor einer Dreiviertelstunde angerufen und erklärt, von Donnerstag bis Montag ununterbrochen mit Herrn Lindberg zusammen gewesen zu sein. Aber meines Erachtens verändert dies die Sachlage kaum zu seinem Vorteil. Eher das Gegenteil ist der Fall.«

»Du glaubst, sie könnte ebenfalls in die Sache verwickelt sein?«

»Im Augenblick glaube ich überhaupt nichts. Ich ziehe es vor, erst einmal abzuwarten. In jedem Fall scheint es ihr sehr wichtig zu sein, Lindberg ein Alibi zu verschaffen, findest du nicht auch?«

»Aber er hat nicht angebissen«, erwiderte Peter Larsson.

»Nein, er war verärgert. Das wäre ich auch gewesen.«

Magnusson verzog den Mund.

»Wenn ich versichert hätte, allein gewesen zu sein. Hinter verschlossener Tür. Niemanden getroffen und nur dagesessen und den Kopf hängen gelassen zu haben, drei bis vier Tage. Etwas seltsam, aber auch nicht ganz unwahrscheinlich. Dann kommt jemand und verdirbt das Ganze, vielleicht sogar noch aus Hilfsbereitschaft. Und auf einmal wirkt alles suspekter denn je. Ich wäre auch wütend geworden.«

Peter Larsson runzelte die Stirn.

»Woher wusste sie, dass er hier ist? Und worum es geht?«

»Tja, es gibt nicht mehr viel, was sich heutzutage noch geheim halten lässt, nicht wahr?«

Magnusson schlug mit der Hand auf die Tasche, in der die Zeitung steckte.

»Hier steht eigentlich alles. Was sich ereignet hat, wann es sich unserer Ansicht nach ereignet hat, und sogar, dass wir eine Person zum Verhör abgeholt haben. Das Einzige, was fehlt, ist der Name, aber den hat sie auch so rausgekriegt.«

»Wie?«

»Das will sie uns nicht verraten. Nur, dass sie den Namen von jemandem erfahren hat. Mal sehen, was wir erfahren, wenn wir uns eingehender mit ihr unterhalten.«

»Dieser Name, den Lindberg genannt hat«, meinte Peter Larsson. »Sollen wir damit unsere Zeit verschwenden? Was meinst du?«

Magnusson kaute auf seiner Unterlippe.

»Henning? Hieß er nicht so? Ich erkundige mich mal.«

Er ging wieder im Korridor auf und ab und fingerte an der Zigarettenschachtel in seiner Jackentasche.

»Aber am wichtigsten ist im Augenblick Lindberg. Wir stellen seine Wohnung auf den Kopf und suchen dort jeden Millimeter ab. Ihn selbst auch. Wenn er in dieser Hütte in Rönnåsen war, dann kriegen wir das raus.«

»Und das Motiv?«

»Darum kümmern wir uns später. Wenn wir erst mal beweisen können, dass er sich am Tatort aufgehalten hat, dann glaube ich, dass er von sich aus erzählt. Und ich glaube nicht, dass es irgendwas Sensationelles ist. Das Übliche. Ein Einbruch, der schief ging. Irgendwas in dieser Richtung.«

Larsson betrachtete ihn nachdenklich.

»Ich bin mir da nicht so sicher«, entgegnete er schließlich. »Wie es dort aussah, pfui Teufel ... Das wirkt zu einfach.«

»Zu einfach?«

Magnusson zog die Augenbrauen hoch.

»Man merkt, dass du jung bist und alles verkomplizieren musst. Warte, bis du so alt bist wie ich. Dann ist nichts einfach genug. Je einfacher, desto besser.«

Es hatte aufgeklart, der Himmel war wolkenlos. Blau. So *verdammt* blau, dachte sie. Kindisch blau. Wie in einem Märchenbuch. Nicht ganz echt.

Li starrte nach oben, ihr Blick verlor sich, und sie fühlte sich besser. Der Druck auf der Brust ließ nach. Sie holte tief Luft und versuchte, alle Gedanken von sich fortzuschieben. An nichts zu denken und einfach nur dazustehen …

Dann war plötzlich alles wieder beim Alten. Irgendetwas in ihrem Innern wurde abgeschnürt, zusammengepresst. Jetzt war alles wieder präsent. Die ganze verdammte Scheiße. Mama hatte sich über sie gebeugt und schrie wie am Spieß. Als sei sie die Leidtragende!

»Du raffst auch gar nichts«, sagte sie mit belegter Stimme. »Verdammt, ich muss doch was sagen!«

Die andere Frau sah sie verbissen an.

»Es war total bescheuert, dort anzurufen. Aber es war deine eigene Entscheidung. Tu, was du nicht lassen kannst, das habe ich dir schon vorher gesagt. Aber halt mich da raus, das habe ich auch gesagt, oder? Und jetzt wollen die auf einmal mit mir reden! Man muss nicht gerade ein Genie sein, um zu begreifen, wieso, oder?«

Li wich ihrem Blick aus.

»Ich habe nur gesagt, du wüsstest auch, dass ich dort gewesen sei, also bei Bosse«, sagte sie schließlich. »Dass ich dir davon erzählt hätte.«

»Ich weiß überhaupt nichts!«, fiel ihr die andere ins Wort. »Wo du warst und nicht warst. Nicht das Geringste! Ist dir das klar?«

Li mied noch immer ihren Blick, ihre Wangen hatten sich leicht gerötet.

»Na, dann vielen Dank«, sagte sie nach kurzem Schweigen. »Allerherzlichsten Dank für deine freundliche Unterstützung!«

Sie ging auf die Tür zu, aber die ältere Frau versperrte ihr den Weg, packte sie, riss sie herum und schubste sie aufs Sofa.

»Nicht so eilig. Wir sind noch nicht fertig.«

»Was zum Teufel ... Was fällt dir eigentlich ein!«

Li versuchte aufzustehen, aber Mama schob sie zurück und beugte sich über sie.

»Immer mit der Ruhe. Wir müssen miteinander reden, habe ich gesagt.«

»Worüber? Du willst dich doch unbedingt raushalten? Was gibt's dann noch zu bereden? Topfpflanzen?«

Mama richtete sich auf und verschränkte die Arme vor der Brust.

»Was weißt du eigentlich über ihn?«, fragte sie nach einer Weile. »Über Bosse.«

Li starrte ihr ins Gesicht.

»Wie meinst du das?«

Mama schnaubte verächtlich.

»Wie lange hängst du schon mit ihm rum – wie lange jetzt – ein knappes halbes Jahr? Was weißt du eigentlich über ihn? Hast du ihn überhaupt mal gefragt, was er früher so gemacht hat? Einen Scheißdreck weißt du über ihn.«

Li schüttelte heftig den Kopf.

»Ich weiß genug! Ich weiß, dass er nichts mit dieser Sache zu tun hat!«

»Und wieso haben sie ihn dann mitgenommen?«

»Das ist irgendein beschissener Irrtum! Oder jemand will ihn reinlegen und versucht, ihm das anzuhängen …«

»Und wieso? Wieso sollte ihm jemand das anhängen wollen? Kennst du jemanden, der ein Interesse daran haben könnte? Ist er so interessant?«

Li schüttelte den Kopf.

»Idioten gibt's immer.«

»Reicht das, meinst du?«

»Ja, das reicht! Da ist irgendjemand, der krank im Kopf ist und ihn nicht ausstehen kann, begreifst du das denn nicht?«

Mama schnaubte erneut.

»Kannst du mir ein Beispiel nennen?«

Li starrte sie an und ballte die Fäuste.

»Ich weiß, dass es nicht Bosse sein kann! Schließlich war ich letzten Donnerstag bis spät in die Nacht bei ihm, das weißt du auch …«

»Und danach?«, unterbrach sie die andere. »Freitag, Samstag, Sonntag? Du hast nicht die geringste Ahnung, wo er da war oder was er da getrieben hat. Und das ist auch kein Zufall, oder? Du kommst, wenn er pfeift. Du hast nicht mal einen Schlüssel für seine Wohnung. Er lässt dich rein, wenn's ihm gerade passt. Stimmt's?«

Li rutschte nervös hin und her.

»Was soll denn das! Du glaubst doch wohl nicht im Ernst, dass er das getan haben könnte? Diese alten Leute totzuschlagen?«

Streitlustig streckte sie das Kinn vor.

»Ich *kenne* ihn einfach! Glaubst du nicht, dass man sowas im Gefühl hat?«

Die ältere Frau stand immer noch vor ihr und betrachtete sie schweigend. Li erhob sich abrupt.

»Okay! Ich sage denen, dass ich mich geirrt habe. Oder geflunkert habe. Du weißt überhaupt nichts, und ich habe nicht mit dir geredet. Ich war auch nicht bei dir zu Hause. Verdammt, ich kann auch sagen, dass ich nicht mal weiß, wer du bist, dass ich deinen Namen im Telefonbuch entdeckt habe! Zufrieden?«

Das Gesicht der anderen nahm einen verbissenen Ausdruck an.

»Du sagst überhaupt nichts mehr, finde ich. Jedenfalls nicht zu denen. Was du bisher gesagt hast, reicht vollkommen. Aber ich hätte gerne noch einige andere Dinge gewusst.«

Li starrte sie an.

»Warum das? Dir war es doch so wichtig, nicht in die Sache verwickelt zu werden!«

Mama verzog leicht den Mund.

»Vielleicht kann ich dir helfen. Und Bosse. Du kennst ihn doch so gut, behauptest du. Dann erzähl schon! Erzähl, was du weißt.«

Das lächelnde Monster

Nielsen stand am Fenster und beobachtete, wie er sich aus dem Auto schwang, rasch die Umgebung in Augenschein nahm und geradewegs über den Rasen und durch die Blumenbeete auf das Haus zuging. Mit resolut vorgeschobenen Schultern und großen, energischen Schritten.

Er schüttelte den Kopf, so vertraut war ihm die große Gestalt, die er nicht aus den Augen ließ. Da war etwas, was sich nicht verändert hatte, dachte er: Diese Zielstrebigkeit bei allem, was er tat.

Er wartete, bis er den Fahrstuhl hörte. Dann ging er in die Diele, schloss die Tür auf und öffnete sie. Lasse Henning stürmte herein, legte ihm im Vorbeigehen eine schwere Hand auf die Schulter, setzte seinen Weg ins Wohnzimmer fort, blieb stehen, stemmte die Fäuste in die Seiten und ließ den Blick schweifen.

»Hier hältst du dich also versteckt, Johnny?«

Nielsen war in der Diele stehen geblieben. Jetzt kam er hinterher.

»Bitte komm rein«, sagte er, »und fühl dich wie zu Hause. Lass dich durch mich nicht stören, ich wohne nur hier.«

Der andere sah ihn an und lachte.

»Aber nein. Du störst nicht. Jedenfalls nicht mehr als sonst.«

Er betrachtete Nielsen forschend.

»Übrigens vielen Dank für die Einladung.«

Fast beschämt wandte Nielsen den Blick ab.

»Ich weiß«, erwiderte er. »Ich bin eine Weile in der Versenkung verschwunden.«

»In der Versenkung?«

Lasse Henning lachte laut.

»Verdammt nochmal, ich dachte, du seist tot! Seit über einem Jahr, wenn nicht fast zwei, keinen Mucks.«

»Ich hab' doch geschrieben«, entgegnete Nielsen.

»Diese lumpige Karte mit der neuen Adresse? Stimmt! Vor einem Monat ungefähr.«

Nielsen hob die Schultern.

»Dir fällt es doch normalerweise nicht schwer, Leute aufzuspüren, wenn dir danach ist.«

Lasse Henning betrachtete ihn aus forschenden grauen Augen.

»Wenn es nötig ist, schon. Aber bei dir ist es doch anders, nicht wahr? Du bist groß genug, um auf dich selbst aufzupassen, dachte ich.«

Er setzte sich auf das Sofa.

»Und nichts in den Zeitungen, soweit ich sehen konnte. Nichts mehr seit dieser Artikelserie. Das war ja auch nicht erst gestern, sondern ist über zwei Jahre her, stimmt's? Schreibst du nichts mehr? Ich meine, einmal abgesehen von Karten mit der neuen Adresse?«

Nielsen ließ sich mit der Antwort Zeit.

»Kaum, könnte man wohl sagen.«

Der andere runzelte die Stirn.

»Machst du Witze? Wovon lebst du denn dann? Von der großen Erbschaft?«

John Nielsen schwieg.

»Reklame«, sagte er schließlich. »Ich arbeite ab und zu für ein paar Werbeagenturen. Werbetexte.«

Jetzt runzelte Lasse Henning ungläubig die Stirn.

»Reklame?«, wiederholte er. »Tampons und Zahnpasta? Und das ist dein neues Leben? Das hätte ich jetzt wirklich nicht gedacht.«

John Nielsen schwieg einen Augenblick.

»Aber so ist es«, sagte er. »Zur Zeit. Stört dich das?«

Er wartete eine Weile.

»Du bist doch nicht gekommen, um mit mir die Lage auf dem Arbeitsmarkt zu erörtern? Sagtest du nicht am Telefon, du wolltest ewas mit mir besprechen? Ein Problem?«

Lasse Henning betrachtete ihn immer noch nachdenklich.

»Setz dich«, sagte er. »Meinetwegen brauchst du nicht zu stehen. Das hier wird eine Weile dauern.«

»Danke«, antwortete Nielsen trocken, ließ sich auf den Sessel gegenüber fallen und bewegte sein linkes Bein, bis er eine bequeme Stellung gefunden hatte.

»Mühe mit dem Bein?«

Lasse Henning deutete mit dem Kopf darauf. Nielsen beugte sich vor, zog das Hosenbein ein Stück hoch und klopfte auf die Prothese.

»Neues Modell«, sagte er. »Ich habe mich noch nicht ganz daran gewöhnt. Ich habe es erst seit ein paar Monaten. Neue Technik. Titan und Kohlenstofffaser. Weißt du, dass es Leute gibt, die mit der Sportausführung nur 14 Sekunden für hundert Meter brauchen? Nicht schlecht, was?«

Lasse Henning verzog spöttisch den Mund.

»Vierzehn? Für dich wäre das vermutlich eine beträchtliche Verbesserung. Es fragt sich nur, warum man es so verdammt eilig haben soll.«

Nielsen ließ das Hosenbein wieder fallen.

»Du hast dich nicht verändert, höre ich. Genauso zartfühlend wie immer.«

Seine Freundschaft mit dem Mann auf dem Sofa reichte etliche Jahre zurück. Mehr sogar. Jahrzehnte. Fast fünfundzwanzig Jahre, um genau zu sein. Bei ihrer ersten Begegnung war er knapp siebzehn gewesen. Ende der siebziger Jahre. Die Umstände hatten nicht unbedingt eine lebenslange Freundschaft vorausahnen lassen. Lasse Henning war einer der Polizisten gewesen, die ihn nach einem idiotischen Einbruchsversuch in einer Lagerhalle festgenommen hatten. Er saß auf einem drei Meter hohen Zaun fest, ein Wachmann mit Hund auf der einen Seite, das Einsatzkommando der Polizei auf der anderen.

Lasse war es gewesen, der ihn später nach Hause gefahren und Janne und Kerstin übergeben hatte. »Das war natürlich das letzte Mal«, hatte er im Auto gesagt und auf den Teenager neben sich geschaut. »Ich meine, dass du dich erwischen lässt. Du bist doch so verdammt schlau, oder? Man konnte es vor Intelligenz regelrecht in deinem Schädel knistern hören, als dir der Köter am Arsch hing. Oder war das vielleicht, als du in die Hosen gemacht hast?« Der Siebzehnjährige hatte sich heftig zu ihm umgedreht, eine Mischung aus Hohn und Trotz in seinem jugendlichen Gesicht. »Was braucht es denn, um Bulle zu werden? Muss man dafür überhaupt einen Gedanken fassen können? Schließlich reicht's doch einfach, die Schnauze zu öffnen und zu grunzen.« Lasse Henning hatte gelacht und den Kopf geschüttelt. »Ich habe keine Ahnung. Aber es ist anzunehmen, dass derjenige, der sich erwischen lässt, dümmer ist als derjenige, der ihn festnimmt. Und du gehörst wohl zu denen, die sich erwischen lassen, oder?«

Natürlich war es nicht das letzte Mal gewesen. Nur wenige Monate waren vergangen, bis er wieder festgenommen wurde. Und so war es weitergegangen. Festnahmen, Strafen auf Bewährung, Bewährungshelfer. Erneute Festnahmen, erneute Strafen. Erziehungsheime, Jugendgefängnisse. Janne und Kerstin weigerten sich zu guter Letzt, ihn überhaupt noch aufzunehmen. Als er eines Morgens auftauchte, war das Schloss ausgewechselt und die Tür verstärkt worden. Er hatte das Haus umrundet, war die Regenrinne zum Balkon im zweiten Stock hochgeklettert, wo er die Balkontür eingetreten, den Fernseher nach draußen getragen und über das Geländer fallen gelassen hatte. Um ihnen eine Lektion zu erteilen und zu zeigen, dass man so etwas mit ihm nicht machen konnte.

Zeitweise war er ruhiger geworden. Er hatte ein paar Jobs gehabt und halbherzige Versuche unternommen, an Volkshochschulen mit Internat einen Abschluss nachzuholen. Aber das hatte er nie lange durchgehalten. Er war immer wieder zurückgefallen in sein kriminelles Leben. Er war dann fast immer erleichtert, erinnerte er sich. Als hätte es einfach so sein müssen.

Anfang der achtziger Jahre war er auf der E 4 Richtung Süden unterwegs gewesen, irgendwo bei Nyköping. Wieder auf Achse in einem Saab 900, einem Auto, mit dem er sich auskannte. Er konnte es mühelos öffnen und ebenso schnell starten, als besäße er einen Schlüssel.

Trotz Trunkenheit und Aufputschmittel hatte er sich wach und sicher gefühlt. Er konnte sich immer noch nicht daran erinnern, dass er die Kontrolle über das Fahrzeug verloren hatte. Alles um ihn herum war zum Stillstand gekommen. Ein plötzliches Schweigen, Stille. Gleichzeitig hatte ihn eine prickelnde Erwartung erfüllt. Ein schwindelnder Sog, als versuche man etwas nie zuvor Gewagtes, als wage man einen Schritt ins Leere.

Er hatte sich einfach dazu entschlossen, das Lenkrad nicht zu bewegen, nichts zu tun, einfach dazusitzen und zuzuschauen. Abzuwarten, was passieren würde.

Lasse Henning lehnte sich zurück und sah ihn fragend an.
»Hörst du mir eigentlich zu?«
Nielsen zuckte zusammen und fühlte sich ertappt.
»Klar. Ich höre.«
Er konzentrierte sich auf die Worte des anderen.
»Du hast vielleicht darüber gelesen?«
Er nickte.
»Natürlich, aber ich hatte den Eindruck, das war irgendwo weiter im Norden ...«
»Es liegt weit weg«, meinte Lasse Henning. »Mitten im Nichts an der Grenze zu Hälsingland, in den Finnskogarna. Aber Gävle ermittelt. Die dortige Bezirkskripo.«
Nielsen nickte erneut. Er hatte von den Morden gelesen. Und das nicht nur flüchtig. Er hatte den Ort im Atlas gesucht, sich das Straßennetz und die nächsten Orte angesehen und versucht, sich einen Überblick über die Entfernungen zu verschaffen. Die Sache faszinierte ihn immer noch, nicht das Verbrechen an sich, sondern das, was sich dahinter verbarg. Die Ursachen. Oder die Sinnlosigkeit. Der Handlungsablauf, der schließlich zur Katastrophe geführt hatte, unwiderruflich.
Er warf einen raschen Blick über den Tisch und hatte wie so oft das Gefühl, dass ihn der andere durchschaute. Er wusste bereits Bescheid, musste gar nicht mehr fragen.
»Es ist doch erwiesen«, knurrte er, »dass er der Täter war?«
Lasse Henning schnitt eine Grimasse.
»Erwiesen? Tja, das würde ich nicht sagen. Es gibt wohl nur Indizien. Aber ich mische mich da nicht ein ...«
»Nicht?«, fiel ihm Nielsen ins Wort. »Warum sitzt du dann hier? Und warum haben die dich überhaupt herzitiert?«
Lasse Henning hob abwehrend eine Hand.

»Dazu komme ich noch. Und wie gesagt, er wollte, dass sie mich verständigen. Auf alle Fälle hat er ihnen meinen Namen genannt. Und dann fanden sie wohl, es könnte eine gute Gelegenheit sein, um weitere Informationen zu erhalten. Ich meine, indem sie sich mit mir unterhalten. Formell habe ich mit der ganzen Sache nichts zu tun.«

Nielsen rümpfte die Nase.

»Aber du wirkst recht interessiert. Warum?«

Lasse Henning schwieg.

»Ich kann mich an ihn erinnern«, erwiderte er nach einer Weile. »Und zwar verdammt gut. Ich habe mir damals viele Gedanken über ihn gemacht. Außerdem standen mir ein paar freie Tage zu. Also dachte ich mir, ich fahre hin und schaue mir an, was da los ist.«

Er holte Luft.

»Ich glaube, das war 1989. Körperverletzung und möglicherweise versuchter Raub, verübt von einer Bande, die sich darauf spezialisiert hatte. Angetrunkene, die nachts allein unterwegs waren, auszunehmen. So schien es zumindest zu dem Zeitpunkt zu sein, als wir eingeschaltet wurden. Das Opfer war übel zugerichtet und mit Schädelverletzungen bewusstlos ins Krankenhaus eingeliefert worden.«

Lasse Henning machte eine Pause.

»Wir hatten einen konkreten Verdacht. Unweit des Tatorts war ein weiterer Raubüberfall verübt worden, für den es Zeugen gab. Wir wussten im Großen und Ganzen, nach wem wir fahnden mussten, es handelte sich um vier Täter. Und recht bald erwischten wir auch den ersten Verdächtigen. Rate mal, wo? In der Notaufnahme des Södersjukhuset. Es handelte sich dabei um einen siebzehnjährigen Jungen mit gebrochenem Arm und schweren Prellungen. Am folgenden Tag tauchte bereits der nächste, ebenfalls siebzehnjährige Junge auf, in einer Poliklinik. Er hatte Rippenbrüche, außerdem war sein Nasenbein gebrochen, es sah aus, als hätte er Hackfleisch im Gesicht. Natürlich haben die beiden alles abgestritten. Trotzdem konnten wir ihnen mit Hilfe der vorhandenen Zeugen einen Raubüberfall nachweisen. In dem anderen Fall hat die Spurensicherung die nötigen Beweise dafür erbracht, dass sich die beiden am Tatort befunden hatten. Aber bereits vorher war es uns gelungen, die anderen zwei Täter festzunehmen. Kleine Knirpse, beide erst fünfzehn. Die haben ausgepackt. Jedenfalls was den Raubüberfall Nummer zwei betraf. Bei dem hatte es sich nicht um einen Raub oder Raubversuch gehandelt. O nein! Im Gegenteil. Sie waren angegriffen worden! Von irgendeinem Verrückten, der vollkommen grundlos aufgetaucht war. Sie waren also die Opfer und nicht derjenige, der mit einem Schädelbasisbruch im Krankenhaus lag!«

»Und das war dein Mann?«, warf Nielsen ein, als der andere Atem schöpfte. »Der Bewusstlose?«

»Meiner würde ich nicht direkt sagen«, erwiderte Lasse Henning achselzuckend. »Aber jedenfalls war es der, über den wir sprechen, Bo Lindberg.«

Henning verstummte. Er runzelte die Stirn, als strenge es ihn an, sich die Bilder von vor dreizehn Jahren in Erinnerung zu rufen.

»Und zu welchem Ergebnis seid ihr gekommen?«, fragte Nielsen schließlich.

»Ja, das kann man sich fragen.«

Lasse Henning lachte auf und fuhr dann fort:

»Als Waffe war ein Schläger verwendet worden. Ein Baseballschläger. Aus Aluminium. Der war liegen geblieben und ließ sich dem Bandenältesten zuordnen, mit dessen Fingerabdrücken er übersät war. ›Wolltest du Baseball spielen?‹, habe ich gefragt. Aber nein, er habe ihn nur zur Selbstverteidigung dabeigehabt. Falls etwas passieren würde. Schließlich könne man nie wissen. Aber er habe natürlich nie die Absicht gehabt, ihn zu verwenden! Nur im Notfall. Und der sei dann ja leider eingetreten. Wegen diesem verdammten Idioten, der sie angefallen habe.«

Er schwieg und legte die Handflächen aneinander.

»Und wie lief der wirkliche Tathergang ab? Offenbar sind sie gegen ein Uhr nachts auf Lindberg getroffen. Es ist möglich, dass sie ihn nicht sofort als Opfer ins Auge gefasst haben. Er hat nicht richtig ins Bild gepasst. Etwas zu jung, Anfang dreißig, und nicht betrunken, soweit sich das beurteilen ließ. Groß. Gut durchtrainiert. Kein typisches Opfer für einen Raubüberfall. Aber sie haben es nicht lassen können, anzugeben und ihn zu provozieren. Sofort hat er sich umgedreht und ihnen Paroli geboten. Das konnten sie natürlich nicht auf sich sitzen lassen. Respekt, du weißt schon. Also zog der Älteste seinen Baseballschläger und verpasste ihm eine. Außerdem traten sie ihm an den Kopf, als er schon zu Boden gegangen war. Wahrscheinlich haben sie ihn auch noch filzen wollen, bekamen es aber dann doch mit der Angst zu tun, glaubten vielleicht, er sei tot, und hielten es für das Beste, ihn liegen zu lassen und zu verduften. Sie hatten jedoch nicht damit gerechnet, dass Lindberg nach etwa hundert Metern plötzlich blutend und blau geschlagen hinter ihnen auftauchen, den Baseballschläger an sich reißen und auf sie losgehen würde.«

Er hob die Hand, um einem Einwand Nielsens zuvorzukommen.

»Und es waren nicht nur die Funde der Spurensicherung, die auf dieses Szenario schließen ließen, falls du dich das fragst. Es ist uns gelungen, die beiden Jüngsten der Bande kräftig aufzumischen, woraufhin sie unabhängig voneinander das Gleiche erzählt haben. Bis zu dem Punkt, an dem Lindberg ihre älteren Kumpanen niedergestreckt hat, erschien uns ihre Erzählung relativ glaubwürdig. Aber – dann kommt das wirklich Merkwürdige …«

Lasse Henning beugte sich vor.

»Plötzlich hielt er inne und stieß einen wahnsinnigen Schrei aus. Torkelte auf einen Laternenpfahl zu, nahm gewissermaßen Anlauf und schlug seinen Schädel dagegen, immer wieder. Dann rannte er an ein Geländer, das den Bürgersteig begrenzte. Die ganze Zeit brüllte er. Bis er zusammensackte.«

Nielsen schüttelte langsam den Kopf.

»Ja, das klingt wirklich wie eine recht originelle Ausrede.«

»Sprich es aus«, meinte Lasse Henning. »Das klingt so verrückt, so unglaublich bekloppt, dass man sich kaum vorstellen kann, dass sie das aus der Luft gegriffen haben!«

»Du glaubst also, da war ein Körnchen Wahrheit dran? Ist das überhaupt physisch vorstellbar?«

»Dass er sich seine gesamten Verletzungen selbst zugefügt haben könnte? Nein, diese Möglichkeit haben wir gar nicht in Betracht gezogen. Aber wir haben versucht, der Frage nachzugehen, ob es in der Tat möglich gewesen sein könnte, dass er sich vorsätzlich verletzt hat. So was ist schließlich schon vorgekommen, obwohl es nicht unbedingt einfach ist. Es setzt einiges voraus. Beispielsweise, dass man verwirrt ist. Dass etwas vorgefallen ist, was das normale Reaktionsvermögen, den Selbsterhaltungstrieb, außer Gefecht setzt …«

»Oder dass man vollkommen verrückt ist«, meinte Nielsen trocken.

Lasse Henning lachte.

»Ja, das vereinfacht das Ganze.«

Er trommelte mit den Fingern auf die Tischplatte.

»Immerhin haben wir festgestellt, dass sich sowohl am Laternenpfahl als auch am Geländer Blutspuren befanden. Lindbergs Blut. Reichlich. Und auch Hautpartikel. Wie die dorthin geraten waren, ließ sich jedoch nicht eruieren. Wenn man nicht an das glauben wollte, was diese jungen Männer erzählt hatten.«

»Was hat er selbst gesagt?«, unterbrach ihn Nielsen.

»Nichts«, antwortete Lasse Henning. »Er konnte sich an die Vorkommnisse nicht erinnern, nicht einmal daran, dass er in dieser Nacht überhaupt unterwegs gewesen war.«

»Und was hat der Prozess ergeben?«

»Es gab nie einen. Das Ganze hat sich in die Länge gezogen, und der Zeuge des anderen Überfalls war auf einmal nicht mehr glaubwürdig, sagte, er könne niemanden mit Sicherheit identifizieren. Wir hatten damals den Verdacht, ihm sei gedroht worden. Außerdem hatten die beiden Jüngsten ihre Darstellung wieder geändert und waren zur ersten Version zurückgekehrt. Lindberg hat sich wie gesagt an überhaupt nichts mehr erinnert. Ich glaube, dass sogar erwogen wurde, ihn wegen Körperverletzung anzuklagen. Daraufhin verlief die ganze Sache im Sand, soweit ich mich erinnere.«

Nielsen wartete.

»Das war an sich eine interessante Geschichte«, meinte er schließlich.

»Da war aber noch etwas«, sagte Lasse Henning. »Nachdem Lindberg wieder zu sich gekommen war, habe ich mich mit ihm unterhalten. Das war ungefähr eine Woche nach dem Vorfall. Ich habe herauszufinden versucht, ob er sich nicht vielleicht doch bruchstückhaft an diese Nacht erinnerte und wie weit zurück seine Amnesie reichte. Er hat mich eine Weile angesehen. ›Es ist wie ein verdammter Flickenteppich. Ich weiß nicht, woran ich mich erinnere und woran nicht.‹ ›Wie meinen Sie das?‹, fragte ich. ›Haben Sie schon früher Gedächtnislücken gehabt?‹ Er zuckte mit den Achseln. ›Es geht hier nicht um Lücken.‹ Dann nahm er seinen Kopf in beide Hände und drehte ihn, als versuche er ihn abzuschrauben. ›Das hier ist nicht meiner. Der gehört nicht mir. Ich weiß nicht, *wer* sich da erinnert.‹«

Lasse Henning schwieg, Nielsen runzelte die Stirn.

»Und diesem Mann solltest ausgerechnet du eine Art Leumundszeugnis ausstellen? Auf seinen eigenen Wunsch hin? Das wirkt nicht sonderlich clever, ich meine, aus seiner Sicht.«

Lasse Henning starrte ins Leere.

»Ja, wahrscheinlich weiß ich immer noch nicht recht, worum es eigentlich geht. Nicht einmal jetzt, nachdem ich mit ihm gesprochen habe. Ich erzähle es dir.«

Er hatte eine Weile warten müssen, bis ein schmächtiger Mann Anfang sechzig die Treppe herunterkam und direkt auf ihn zusteuerte. Er streckte seine Rechte aus, die in Lasse Hennings riesiger Hand fast ganz verschwand.

»Roland Magnusson. Wir haben miteinander telefoniert.«

Lasse Henning musterte ihn einen Augenblick. Er sah in ein bleiches Gesicht, mit dunklen Ringen unter den wässrigen Augen, unrasiert.

»Sie haben sicher viel zu tun?«

»Tja, manchmal kommt eins zum anderen«, erwiderte Magnusson, »wenn so etwas passiert. Aber das kennen Sie sicher selbst.«

Er blieb einen Augenblick stehen und schwieg. Dann deutete er mit dem Kopf nach oben.

»Wir gehen rauf. Das Büro ist im ersten Stock.«

Ohne ein weiteres Wort drehte er sich um und marschierte los. Mit großen Schritten lief er die Treppe hinauf, bog in den Korridor im ersten Stock und blieb vor einer Tür stehen. Er öffnete sie, wartete auf den keuchenden Lasse Henning und deutete mit der Hand ins Zimmer.

»Das hier ist Larsson. Peter.«

Der Mann, der sich vom Schreibtisch erhob, war bedeutend jünger als Magnusson, knappe dreißig, schätzte Henning. Er war gute zehn Zentimeter größer als sein Kollege und hatte einen muskulösen Oberkörper, der regelmäßiges Training vermuten ließ.

»Mein Lehrling«, meinte Magnusson und zwinkerte Lasse Henning zu. »Ich bringe ihm alles bei.«

In der Tat hatten das offene, viereckige Gesicht Peter Larssons und der kurze Haarschnitt etwas Schülerhaftes. Seine braunen Augen blickten ernst und distanziert. Er sah Magnusson an und lächelte kurz.

»Sag einfach, wann's losgeht, dann bin ich ganz Ohr.«

Aber Magnusson hatte sich bereits wieder an Lasse Henning gewandt.

»Gut, dass Sie sich die Mühe gemacht haben herzukommen. Vielleicht können wir uns gegenseitig behilflich sein, was Lindberg angeht. Er scheint Ihnen ja zu vertrauen, also wäre es keine schlechte Idee, wenn Sie sich etwas mit ihm unterhielten.«

»Ich soll also für Sie das Terrain sondieren, stimmt's?«

»Genau. Haben Sie was dagegen?«

Magnusson hob eine Hand.

»Ich bin nicht auf irgendein Geständnis aus. Ich finde nur, dass Sie sich mit ihm ganz formlos unterhalten sollten. Versuchen Sie, ihn davon zu überzeugen, dass es das Beste ist, wenn er alles erzählt, und die Wahrheit sagt.«

»Sie glauben, dass er lügt?«, fragte Lasse Henning.

Magnusson wiegte zweifelnd seinen Kopf.

»Ich kann mir nicht vorstellen, dass er vier Tage zu Hause gewesen ist, ohne jeglichen Kontakt mit der Außenwelt. Ich glaube, dass er sich in diesem Punkt nicht ganz an die Wahrheit hält. Auch nicht hinsichtlich der Brieftasche. Irgendeine Vermutung muss er schließlich haben, wie sie dort hingekommen sein könnte. Oder wenigstens darüber, wie sie ihm abhanden gekommen ist.«

Lasse Henning nickte nachdenklich.

»Sie glauben also, er könnte der Täter sein?«

Magnusson kniff die Augen zusammen.

»Ich glaube, dass er mehr weiß, als er zugibt.«

Lasse Henning wandte sich an Peter Larsson.

»Stimmen Sie dem erfahrenen Kollegen zu?«

Der Jüngere verzog den Mund.

»Man kann nie wissen. Ein blindes Huhn findet auch mal ein Korn.«

Dann wurde er wieder ernst.

»Wir haben ja nichts Stichhaltiges. Nicht das Geringste. Sie teilen sicherlich meine Meinung. Bisher gibt es nur Indizien. Aber ich glaube ebenfalls, dass es sich lohnen könnte, diesen Lindberg genauer unter die Lupe zu nehmen. Es gibt auffallend viele Ungereimtheiten.«

»Aber Sie sind sich nicht sicher?«

»Das ist er nie«, mischte sich Magnusson ein. »Sofern es nicht um die Eishockeymannschaft Brynäs geht.«

Er sah Lasse Henning an und machte eine ungeduldige Handbewegung.

»Worauf warten wir noch? Bringen wir die Sache hinter uns?«

Ohne auf eine Antwort zu warten, drehte er sich um, öffnete die Tür und trat auf den Gang. Lasse Henning folgte ihm mit großen Schritten, um mit ihm mithalten zu können.

»Sie sind davon überzeugt, dass er es gewesen ist, nicht wahr?«, fragte er etwas außer Atem.

Magnusson warf einen Blick über die Schulter.

»Ich habe das Gefühl, dass da irgendwas faul ist. Aber sicher bin ich mir nicht.«

Er setzte seinen Weg fort, ohne seinen Schritt zu verlangsamen. Lasse Henning fiel zurück und starrte nachdenklich auf Magnussons Rücken. Dieser Mann war sich seiner Sache sicher, so viel war klar. Aus irgendeinem Grund war Magnusson davon überzeugt, dass Bo Lindberg in die Morde verwickelt war ...

Nielsen saß wieder mit verschränkten Armen auf seinem Stuhl und schaute an die Decke.

»Hallo!«

Lasse Henning klopfte mit dem Zeigefinger auf den Tisch.

»Bist du eingeschlafen?«

Nielsen schüttelte den Kopf und senkte seinen Blick.

»Noch nicht. Ich warte nur darauf, dass du endlich zur Sache kommst. Was er von dir wollte. Und warum du hier sitzt und mir davon erzählst.«

Lasse Henning schaute ihn an.

»Tja, was er von mir wollte. Das ist nicht so einfach zu erklären. Ich habe mich etwa eine halbe Stunde lang mit ihm unterhalten. ›Du scheinst da ja wirklich ganz schön im Schlamassel zu stecken, Lindberg‹, begann ich. Er sah mich abschätzend an. ›Ich habe dieses Paar nicht umgebracht‹, sagte er. ›Was hätte ich für einen Grund, zwei alte Leute totzuschlagen, die ich gar nicht kenne und mit denen ich nie irgendeinen Kontakt hatte? Das Ganze wirkt verdammt idiotisch und verdammt gestört. Glauben Sie wirklich, dass ich der Täter bin?‹ ›Nach dreißig Jahren in diesem Gewerbe unterlasse ich es tunlichst, Mutmaßungen darüber anzustellen, wer was getan haben könnte. Und in diesem Fall weiß ich sowieso zu wenig, um mich konkret äußern zu können‹, antwortete ich. ›Aber wie auch immer, Sie wollten mich treffen, und dafür gibt es offensichtlich einen Grund?‹ Er schwieg lange, bevor er etwas sagte. ›Könnte man so etwas tun, ohne sich dessen bewusst zu sein?‹, fragte Lindberg. Ich schüttelte sofort den Kopf. ›Was wollen Sie damit sagen? Dass Sie es getan und dann vergessen haben könnten? Gerade eben haben Sie noch versichert, Sie seien unschuldig wie ein Lamm? Von Gedächtnislücken war keine Rede.‹ Er nickte. ›Ich weiß, was ich gesagt habe und woran ich mich erinnere.‹ Dann machte er keinen Mucks mehr, und ich sah mich gezwungen, etwas zu sagen. ›Wenn Sie etwas zu erzählen haben, sollten Sie das mit den Kollegen hier besprechen. Ich habe eigentlich nichts mit dem Fall zu tun.‹ Er schien wieder wacher. ›Aber Sie erinnern sich noch an mich?‹, fragte er. ›Klar‹, antwortete ich. ›Aber damals war es anders. Das lässt sich kaum vergleichen.‹ Er beugte sich vor. ›Sie wissen, was ich meine. Ich konnte mich an überhaupt nichts erinnern. Als sei nie etwas vorgefallen. Und trotzdem war es passiert.‹«

Lasse Henning verstummte, sah Nielsen an.

»Na, was sagst du jetzt? Wirst du aus dieser Sache schlau?«

Nielsen schüttelte den Kopf.

»Das kann ich nicht behaupten.«

Lasse Henning seufzte.

»Nein, ich auch nicht, um die Wahrheit zu sagen. Ich weiß nicht, was ich davon halten soll. Könnte es sein, dass er diese Sache von vor dreizehn Jahren ausgräbt, um eine

Rückzugsmöglichkeit zu haben, damit er sich auf geistige Unzurechnungsfähigkeit berufen kann, falls das nötig sein sollte? Um zu zeigen, dass er immer ein sensibler Zeitgenosse gewesen ist?«

Nachdenklich starrte er vor sich hin.

»Der Fall wurde damals nicht abgeschlossen. Ich frage mich, ob wir etwas übersehen haben ...«

Lasse Henning schwieg. Nielsen wartete, dann zuckte er ungeduldig mit den Schultern.

»Tja, das kann man sich immer fragen. Aber wie schon gesagt, hier geht es um etwas anderes. Und du musst dir nicht den Kopf darüber zerbrechen.«

»Nein, ich nicht«, stimmte Lasse Henning zu.

Nielsen schüttelte den Kopf.

»Und ich auch nicht.«

»Die Sache macht dich also nicht neugierig? Hier hast du doch eine Geschichte, egal wie sie ausgeht. Ganz nach deinem Geschmack, scheint mir. Mit allen Zutaten.«

Nielsen schüttelte erneut den Kopf.

»Nein. Das ist nichts für mich. Nicht mehr.«

Lasse Henning beugte sich über den Couchtisch.

»Können wir dann so verbleiben, dass ich es schätzen würde, wenn du die Sache im Auge behalten könntest? Schließlich habe ich dich selten um etwas gebeten.«

Magnusson sah aus dem Fenster einem Vogel nach, der langsam gleitend am blassblauen Himmel verschwand. Er ärgerte sich, dass er nicht wusste, um welchen Vogel es sich handelte. Dem Flug und den Flügeln nach zu urteilen, war es ein Raubvogel. Ein Fischadler? Nein, dafür war er zu klein.

Sein Sehvermögen hatte nachgelassen. Er merkte das beim Autofahren, er musste sich vorbeugen und die Augen zukneifen, um Wegweiser und Schilder besser lesen zu können.

»Sind Sie es schon leid? Soll ich vielleicht gehen?«

Er wurde aus seinen Gedanken gerissen und richtete sich auf.

»Nein, keinesfalls. Sie wollen mich doch nicht enttäuschen? Ich habe mich darauf gefreut, mit Ihnen zu reden, Katja.«

Die Frau, die ihm gegenübersaß, verzog das Gesicht.

»Dann finde ich, dass Sie das auch tun sollten.«

Er betrachtete sie nachdenklich.

»Wie geht es Ihnen eigentlich?«

Sie zuckte mit den Achseln.

»Sie scheinen gut zurechtzukommen«, fuhr er fort. »Ich meine, Sie sehen gut aus ...«

Die Frau schnaubte verächtlich.

»Na ja. Danke. Ich wünschte, ich könnte das auch sagen.«

Sie lehnte sich zurück und legte den Kopf schief.

»Können wir jetzt vielleicht damit aufhören, Unsinn zu reden, Magnusson?«

Dieser musterte sie weiterhin.

»Keine Lust auf Small Talk? Also genau wie früher. Tja, ich nehme an, Sie wissen, worum es geht?«

»Nehmen Sie das ruhig an, aber ich ziehe es vor abzuwarten, bis Sie eine konkrete Frage stellen.«

Magnusson lächelte.

»Wie gesagt. Genau wie früher.«

Dann fuhr er fort:

»Sie kennen doch Anneli Holm, nicht wahr?«

Die Frau nickte.

»Ja«, antwortete sie knapp.

»Offenbar ist sie der Auffassung, dass Sie einige Angaben bestätigen können, die sie uns gegenüber gemacht hat.«

»Aha.«

»Nämlich, wo sie sich an den Tagen um den 1. Mai aufgehalten hat.«

Die Frau verschränkte ihre Arme und betrachtete Magnusson schweigend. Dann schüttelte sie den Kopf.

»Das hier scheint wirklich verdammt lange zu dauern. Wenn das so zäh weitergeht, sollte ich vielleicht die Fragen stellen? Damit wir hier heute noch mal wegkommen.«

Sie holte tief Luft.

»Sie glauben also, dass ich Ihnen sagen kann, wo Lillan, ich meine Anneli, in jenen Tagen gesteckt hat? Ja, am Abend des 31. April war sie bei mir. Oder genauer gesagt in der Nacht zum 1. Mai. Sie ist bei mir, ich glaube, gegen halb eins aufgetaucht und blieb die ganze Nacht. Ich überließ ihr das Sofa. Freitag ist sie wieder gegangen, aber erst gegen zwei Uhr nachmittags.«

»Und die anderen Tage? Als ich mich mit ihr unterhielt,

hatte ich den Eindruck, dass Sie auch darüber etwas sagen können.«

»Das stimmt nicht.«

Magnusson biss sich auf die Unterlippe.

»Sie muss sich also geirrt haben? Sie wissen nicht, wo sie sich zu dieser Zeit aufhielt?

Und Sie selbst, Katja? Was haben Sie gemacht? Haben Sie vielleicht Lust, mir das zu erzählen?«

»Nein, habe ich nicht. Außerdem gehe ich doch recht in der Annahme, daß wir uns nur ein wenig unterhalten, nicht wahr? Dies ist doch kein Verhör, oder werde ich irgendeiner Tat verdächtigt?«

»Soweit ich weiß, nicht. Jedenfalls noch nicht. Gibt es einen Grund, weswegen wir Sie verdächtigen sollten?«

Die Frau schnaubte verächtlich.

»Jetzt hören Sie auf, mit mir Katz und Maus zu spielen, Magnusson. Ich weiß, dass Sie sich für Bosse Lindberg interessieren. Sie brauchen gar nicht so die Augen zu verdrehen. Das ist kein Geheimnis.«

»Nicht? Und wie haben Sie davon erfahren, wenn ich fragen darf?«

Ungeduldig warf die Frau den Kopf in den Nacken.

»Klar, danach dürfen Sie fragen, aber das bedeutet noch lange nicht, dass ich antworte. Sagen wir mal, ich habe das einfach mitgekriegt. Und eigentlich wäre es mir auch scheißegal, wenn da nicht Li wäre.«

»Sie wollten ihr also beistehen? Das klingt ja löblich.«

»Nennen Sie es, wie Sie wollen. Aber Sie wollen schließlich wissen, wo sie sich an den Feiertagen aufgehalten hat. Wie gesagt, in der Nacht zum 1. Mai und einen guten Teil des folgenden Tages war sie bei mir. Das ist alles, was ich weiß, und jetzt hab ich's Ihnen gesagt, zwei Mal sogar.«

»Danach haben Sie sie nicht mehr gesehen?«

»Erst wieder nach dem Wochenende. Dienstagmorgen. Ich lief ihr unten im Zentrum in die Arme. Sie war unterwegs und suchte nach Bosse.«

Magnusson zog die Augenbrauen hoch.

»Ach? Dann sollten wir uns vielleicht ein wenig über ihn unterhalten. Was wissen Sie über ihn?«

»Über Bosse Lindberg? Nicht viel.«

»Aber offenbar kennen Sie ihn. Irgendwas müssen Sie doch wissen.«

Die Frau betrachtete ihn eine Weile.

»Bosse tauchte vor etwa einem Jahr auf. Er zog in ein Haus im Vikstavägen ganz in meiner Nähe. Fragen Sie mich nicht, warum. Das weiß ich nicht. Ich weiß auch nicht, was er so macht.«

»Aber Sie verkehren in denselben Kreisen, soweit ich weiß?«

Die Frau verzog die Lippen zu einem schiefen Lächeln.

»Sie meinen die Unglücklichen am Rande der Gesellschaft? Ja, das könnte man sagen. Was auch immer er dort zu suchen hat.«

»Und Sie kennen ihn nicht von früher?«

»Ich dachte, dass ich diese Frage schon beantwortet hätte. Vielleicht muss ich es ja buchstabieren? Ich kenne ihn nicht von früher und kann auch nicht behaupten, dass ich ihn jetzt kenne.«

Magnusson lehnte sich zurück.

»Ich habe das Gefühl, dass Sie Herrn Lindberg nicht sonderlich mögen«, sagte er. »Habe ich Recht, Katja?«

Sie zögerte.

»Ich will es einmal so ausdrücken. Ich bin ein zähes altes Weib, mir kann man nur schwer etwas vormachen, wie Sie wissen. Bosse Lindberg ist mir einfach zu glatt.«

Sie musterte Magnusson unschlüssig.

»Eigentlich hätte ich kein Wort darüber verloren«, sagte sie langsam. »Aber ich will nicht mit ansehen, wie Li in etwas hineingezogen wird, womit sie nichts zu tun hat.«

»Sie kümmern sich also immer noch gerne um junge Damen, Katja?«

Rasch lehnte sie sich vor.

»Lecken Sie mich am Arsch, Magnusson! Vielleicht bringt Ihnen das ja mehr, als mir zuzuhören!«

Magnusson hob abwehrend die Hand.

»Ich bitte vielmals um Entschuldigung. Aber ich finde nicht, dass Sie mir sonderlich viel erzählt haben. Außer dass Sie nichts wissen.«

Sie lehnte sich wieder zurück.

»Darf man hier rauchen?«, fragte sie.

Mit einem leicht gequälten Gesichtsausdruck sah Magnusson sie an.

»Rauchen Sie, wenn es unbedingt sein muss«, sagte er seufzend, zog eine Schreibtischschublade auf und nahm einen Aschenbecher heraus.

Sie zündete sich eine Zigarette an und blies den Rauch in seine Richtung.

»Haben Sie wieder aufgehört?«

»Ich versuche es gerade.«

Sie lächelte.

»Gut so, Magnusson. Sie sind so verdammt klug. Sie leben dafür ein paar Jahre länger. Da können Sie dann rumhocken und sich nach einer Zigarette sehnen.«

Er rückte mit dem Stuhl zurück, um dem Rauch auszuweichen.

»Wenn Sie etwas zu erzählen haben, dann sollten Sie es jetzt auch tun.«

Sie legte die Zigarette in den Aschenbecher und sah ihn durchdringend an.

»Ich will nicht, dass jemand etwas von dem erfährt, was ich jetzt sage.«

»Das kommt ganz darauf an.«

»Es ist jedenfalls nichts, woraus man jemandem einen Strick drehen könnte. Aber Lindberg oder Lillan dürfen nicht erfahren, woher diese Information stammt. Das bleibt unter uns.«

Magnusson seufzte.

»Ja, ja, ich versuche mein Bestes. Falls das möglich ist. So viel kann ich versprechen.«

Die Frau musterte ihn erneut, dann nickte sie.

»Das muss einstweilen genügen.«

Sie griff wieder nach ihrer Zigarette.

»Als Lillan Donnerstagnacht bei mir auftauchte, kam sie direkt aus Bosses Wohnung. Sie war sauer auf ihn, weil er sie nicht gebeten hatte, über Nacht bei ihm zu bleiben, sondern sie rausgeschmissen hatte. Aber wie immer verflog ihr Ärger recht schnell. Am Freitag ist sie sofort wieder zu ihm gegangen, aber niemand hat aufgemacht. So hat sie das ganze Wochenende versucht, ihn anzutreffen, was aber nie geklappt hat. Das hat sie erzählt, als ich sie letzten Dienstag getroffen habe. Da war sie vollkommen von der Rolle, sie nahm an, ihm sei etwas zugestoßen.«

»Da saß er schon bei uns«, ergänzte Magnusson. »So erklärt es sich, dass er nicht aufgemacht hat. Und vorher – tja, vielleicht wollte er einfach nicht aufmachen, weil er keine Lust hatte, Lillan zu treffen.«

»Hat er das gesagt?«, fragte die Frau. »Könnte schon sein, was weiß ich. Aber wie ich bereits gesagt habe, ist er nicht zum ersten Mal spurlos verschwunden. Mehrmals im Monat rennt sie herum und sucht ihn.«

Sie nahm einen letzten Zug, drückte die Kippe sorgfältig aus und sah Magnusson an.

»Ich habe ihn gesehen, als er am Freitag nach Hause kam«, sagte sie langsam. »Es war so gegen zehn Uhr vormittags. Li schlief noch. Er stieg aus einem Auto und verschwand in der Haustür. Von meinem Balkon aus kann ich die andere Straßenseite gut überblicken.«

Magnusson fragte verblüfft:

»Sind Sie sich da sicher? Dass er es war?«

Sie zuckte leicht mit den Schultern.

»Am Freitag war ich das jedenfalls. Die Art, sich zu bewegen, die Kleidung ... alles. Ich wäre nie auf die Idee gekommen, dass es sich um jemand andern handeln könnte.«

»Aber Sie haben Anneli Holm nichts davon gesagt?«

»Nein, das habe ich nicht.«

Nachdenklich spitzte sie die Lippen.

»Ich nahm an, dass er unterwegs gewesen war. Jemanden flachgelegt hatte. Ich hatte nie den Eindruck, dass er sich mit dem begnügt, was er hat. Aber ich habe keine Veranlassung gesehen, mich da einzumischen.«

»Wie feinfühlig Sie auf einmal geworden sind«, bemerkte Magnusson trocken.

Sie überhörte die Bemerkung, musterte ihn aber eingehend.

»Ich habe ihn noch einmal gesehen«, meinte sie dann. »Am Samstag gegen drei Uhr früh. Er ging zu den Mülltonnen in dem Schuppen, der zwischen den Häusern steht. Wir trennen ja neuerdings den Müll und müssen immer einen halben Kilometer weit laufen, um unsere Abfälle loszuwerden. Er trug irgendein Bündel.«

»Kleider?«, fragte Magnusson.

»Möglich. Er trug es zusammengerollt unter dem Arm.«

»Und anschließend ging er in seine Wohnung zurück?«

»Das weiß ich nicht. Er blieb sehr lange in dem Schuppen mit den Mülltonnen, ich habe nichts weiter beobachtet.«

Magnusson verschränkte die Hände im Nacken und betrachtete sie nachdenklich.

»Ich habe den Eindruck, dass Sie ganz schön viel mitkriegen, Katja. Sowohl tagsüber als auch nachts.«

»Das ist Gewohnheit. Ich habe gelernt, dass es gut ist zu wissen, was so passiert. Außerdem bleibt uns alten Leuten kaum mehr als zuzugucken, nicht wahr, Magnusson?«

Er lächelte.

»Kann schon sein. Aber warum erzählen Sie mir das?«

»Das habe ich schon ein paar Mal gesagt …«

»Ich weiß. Die kleine Anneli und Ihre Sorge um ihr Wohlergehen. Sonst nichts?«

Die Frau zögerte, bevor sie antwortete.

»Ich habe oft genug üble Dinge mit angesehen. Das will ich nicht mehr.«

»Also keine Störungen in unmittelbarer Nähe? Und Bosse Lindberg ist ein Störfaktor?«

»Sieht so aus, oder?«

»Kann sein, das muss sich erst noch herausstellen.«

Sie wartete einen Moment.

»Wäre jetzt alles geklärt?«

»Im Augenblick ja.«

Sie erhob sich und ging zur Tür. Im Hinausgehen lächelte sie ihm zu.

»Sie sehen gar nicht übel aus, Magnusson. Sie sind nicht unbedingt hübscher geworden, aber das gelingt wohl keinem von uns, wenn man mal ehrlich sein soll.«

Peter Larsson trat ein, ohne anzuklopfen, und nickte Magnusson zu.

»Jetzt wird's haarig, wie ich erwartet hatte.«

Magnusson starrte ihn an.

»Wie meinst du das?«

Peter Larsson knallte ihm einen Stapel Computerausdrucke auf den Tisch.

»Haglund«, sagte er. »Wusstest du, dass er schon einmal auffällig geworden ist? Ich dachte, du wüsstest über das, was sich in grauer Vorzeit zugetragen hat, Bescheid.«

Magnusson nahm sich die Papiere vor und begann zu lesen. Kurz darauf legte er sie mit einem gequälten Seufzer zurück.

»Verdammt«, sagte er. »War das *der* Haglund. Harry Haglund ...«

Er holte tief Luft.

»Ich hatte nicht die leiseste Ahnung, keinen einzigen Gedanken in diese Richtung.«

Er trommelte mit den Fingern auf die Tischplatte.

»Du hast doch von grauer Vorzeit gesprochen? Das ist wirklich keine Übertreibung. Seine aktive Zeit liegt schon zwanzig Jahre zurück. Meist hat er sich in heimatlichen Gefilden aufgehalten, in Dalarna, Falun oder Borlänge. Mit wenigen Ausnahmen waren seine Aktivitäten regional begrenzt. Aber natürlich wusste ich, wer er war. Und seit wann lebte er hier?«

»Seit Mitte der Neunziger«, antwortete Peter Larsson. »Als sie diesen Hof in Rönnåsen gekauft haben.«

Magnusson nickte nachdenklich.

»Er muss damals schon über sechzig gewesen sein. Vermutlich hatte er sich zur Ruhe gesetzt. Jedenfalls ist er nicht mehr sonderlich aufgefallen, sonst wäre mir das zu Ohren gekommen.«

Finster starrte er vor sich hin.

»Aber das ist natürlich eine böse Panne. Sein Name hätte mir gleich etwas sagen müssen. Das muss ja noch nichts zu bedeuten haben ...«

»Was glaubst du?«, fragte Peter Larsson.

Magnusson seufzte.

»Ich weiß nicht, was ich glauben soll.«

»Könnte Lindberg ihn gekannt haben?«

Magnusson schüttelte den Kopf.

»Schwer zu sagen. Der Altersunterschied ist recht groß. Und nichts deutet darauf hin. Ich glaube, ich muss mich noch einmal mit Lasse Henning unterhalten. Vielleicht weiß er etwas, was nicht im Protokoll steht.«

Peter Larsson sah ihn einen Augenblick nachdenklich an und wechselte das Thema.

»Das war also Mama?«, fragte er und deutete mit dem Kopf zur Tür.

»Du bist ihr in die Arme gelaufen? Allerdings, das war sie. Katja Walter.«

»Hatte sich offensichtlich in Schale geworfen. Eine richtige Dame.«

»Du hättest sie vor fünfzehn Jahren sehen sollen, als sie noch aussah wie ein Model. Groß, zwanzig, dreißig Kilo leichter.«

Peter Larsson lachte.

»Sie hatte offenbar einen nachhaltigen Eindruck hinterlassen.«

Magnusson schnaubte verächtlich.

»Ich hatte ja Augen im Kopf. Mir war aber auch klar, dass sich hinter dieser Fassade Granit verbarg. Und so ist es heute noch.«

»Und was wusste sie zu erzählen?«, fragte Peter Larsson.

Magnusson lehnte sich zurück und berichtete kurz.

»Donnerwetter«, meinte Larsson, als er geendet hatte. »Können wir damit was anfangen?«

Magnusson hielt Daumen und Zeigefinger einen Millimeter weit auseinander.

»Die Chancen stehen schlecht. Die Müllabfuhr war bereits da, das habe ich schon in Erfahrung gebracht. Ich habe ein paar Kollegen gebeten, sich den kompostierbaren Müll anzuschauen. Da war niemand sonderlich scharf drauf, das kann ich dir versichern. Und die Aussichten, etwas zu finden? Tja, die sind mikroskopisch klein.«

»Aber du glaubst ihr?«

»Ich würde das einmal so ausdrücken«, erwiderte Magnusson langsam. »Katja Walter ist immer noch durch und durch eine Geschäftsfrau. Ankauf und Verkauf. In diesem Zusammenhang ist es weise, nicht nur Unsinn feilzubieten. Dessen ist sie sich sehr wohl bewusst.«

Peter Larsson sah ihn zweifelnd an.

»Ihre Angaben lassen sich kaum überprüfen. Und sie haben auch keine Konsequenzen für Lindberg, falls nicht irgendwas Sensationelles im Müll auftaucht.«

Er ließ sich auf den anderen Stuhl im Büro sinken und kratzte sich am Kinn.

»Ankauf und Verkauf, hast du gesagt? Worauf ist sie denn in diesem Fall deiner Meinung nach aus?«

Magnusson zuckte mit den Schultern.

»Vielleicht auf genau das, was sie gesagt hat. Etwas Ruhe und Frieden. Meines Wissens ist sie nicht mehr aktiv, aber sie will vielleicht trotzdem nicht, dass wir in ihrer Nähe herumstochern.«

Peter Larsson überlegte.

»Könnte es nicht sein, dass Haglund früher geschäftlich mit ihr zu tun gehabt hat?«

»Das habe ich mir auch überlegt, als du erzählt hast, mit wem wir es zu tun haben. Aber ich kann mir nicht vorstellen, dass es eine Verbindung zwischen ihnen gibt. Außerdem haben wir es nicht auf sie abgesehen.«

»Bist du dir da ganz sicher?«

»Sie und Lindbergs Freundin geben Bosse ein recht gutes

Alibi für den vermuteten Zeitpunkt der Tat. Aber das ist eigentlich nur eine Nebensache. Da oben in Rönnåsen war keine Frau mit der Axt am Werk. Das wissen wir beide.«

»Und Katja Walter ist keine Ausnahme?«

Magnusson machte eine abwehrende Handbewegung.

»Du denkst daran, wie es Weine Strand ergangen ist? Das war etwas ganz anderes. Außerdem bestehen kaum Zweifel daran, dass es sich damals wirklich so zugetragen hat, wie sie behauptete.«

Er holte Luft und starrte wieder auf das Papier in seiner Hand.

»Wie auch immer, es handelt sich hier um eine verwickelte Geschichte. Und wenn die Presse erst mal Wind davon kriegt, und das wird früher oder später der Fall sein, dann wird's noch verzwickter. Motive und Verdächtige allerorten. Aber meiner unmaßgeblichen Meinung nach gilt in erster Linie immer noch die nahe liegende Lösung.«

»Also Lindberg?«

»Bis auf weiteres jedenfalls.« Magnusson nickte. »Ich frage mich, ob Reyes schon mit Lindbergs Wohnung angefangen hat. Das Letzte, was ich gehört habe, war, dass die Techniker noch nicht dazugekommen waren. Personalengpass. Krankgeschrieben, im Mutterschutz oder was weiß ich.«

Er warf einen Blick auf die Uhr.

»Und wir haben nicht ewig Zeit. Vielleicht könntest du mal bei ihm anrufen, um zu hören, wie weit er ist. Er ist immer so verdammt empfindlich.«

»Und wenn ich anrufe, ist das was anderes, meinst du?«, erwiderte Larsson zweifelnd.

»Nein«, erwiderte Magnusson, »aber du kriegst es dann ab.«

Er blieb sitzen und starrte aus dem Fenster.

Harry Haglund.

Er hatte ihn nie getroffen, ihn nie gesehen, außer auf ein paar Bildern in der Zeitung, an die er sich jetzt zu erinnern versuchte. Groß, lächelnd. »Das lächelnde Monster«, hatte ihn Ambjörnsson genannt. Ambjörnsson war damals in den Siebzigern Polizeichef gewesen, hatte vorher in Borlänge gearbeitet und immer wieder mit Haglund zu tun gehabt.

Er erinnerte sich, wie Ambjörnsson ihn beschrieben hatte. Sympathische, einnehmende Persönlichkeit, solange man ihn nicht näher kannte. Unbekümmert, humorvoll, immer lächelnd. Und vollkommen rücksichtslos.

Während einer Gerichtsverhandlung hatte er sich vorgebeugt und dem Zeugen der Anklage augenzwinkernd mitgeteilt, er werde ihm eigenhändig das Genick brechen, dann den Kopf abdrehen und seiner Familie nach Hause schicken oder wegwerfen. Was ja ungefähr das Gleiche sei. Er hatte dies so leise und freundlich vorgetragen, dass der Richter es erst gar nicht bemerkt und es später – aus Verwirrtheit oder Angst – auch gar nicht mehr als Drohung oder Rechtsbeugung zur Sprache gebracht hatte. Aber der vorgesehene Zeuge, der in denselben Kreisen verkehrte wie Haglund, hatte plötzlich alles vergessen, was er bis dahin erzählt hatte.

Einige Jahre später wurde er dennoch ermordet. Niemand war je für dieses Verbrechen verurteilt worden.

Dies alles laut Ambjörnsson, der unzählige solche Geschichten über Harry Haglund wusste.

Magnusson dachte an die übel zugerichtete Leiche im Haus. Haglund war immer noch ein großer Mann gewesen, aber er war natürlich alt, inzwischen um die fünfundsiebzig, und kränkelnd. Er hatte keinen nennenswerten Widerstand leisten können. Überdies hatte es sich nicht um die übliche Art von Gewaltanwendung gehandelt. Er schloss die Augen und versuchte, sich die Küche vorzustellen. Eine maßlose, unkontrollierte Wut war dort zum Ausbruch gekommen. Aber auch noch etwas anderes, worauf Larsson hingewiesen hatte, etwas erschreckend Eiskaltes und fast gleichzeitig Verspieltes. Als hätte jemand seinen Spaß gehabt.

Er holte tief Luft. Vielleicht war es ja ein angemessenes Ende für Haglund gewesen, wenn man Ambjörnssons Erzählungen in Betracht zog. Aber das macht das Ganze auch nicht einfacher, dachte er und runzelte verärgert die Stirn. Peter Larsson hatte Recht. Ein möglicher Zusammenhang ließ sich nicht ausschließen. Was vermutlich bedeutete, dass sie ihre Ermittlungen weiter streuen mussten. Und den Druck auf Lindberg verringern.

Trotzdem wusste er, dass Bo Lindberg derjenige war, nach dem sie suchten.

Er schüttelte den Kopf. Konnte man so was wissen? Man konnte es zumindest im Gefühl haben, dachte er. Von Anfang an war er sich sicher gewesen, dass sie sich auf Bosse Lindberg konzentrieren mussten. Und zwar nicht wegen der Umstände, der Entdeckung der Brieftasche und der weit hergeholten Erklärungen. Nein, es war etwas anderes gewesen. Dieses Kribbeln in der Magengrube, als er ihm zum ersten Mal begegnet war. Er wusste nicht genau, warum, aber er war sich bereits damals sicher gewesen.

Falls der Verdacht nicht einfach auf Bequemlichkeit beruht, weil es so das Einfachste wäre, dachte er. Oder ich irre mich schlicht und ergreifend.

Er warf wieder einen Blick nach draußen, wo ein paar Möwen im Kreis durch die Luft segelten. Er kniff die Augen zusammen und fixierte sie. Konnte es sein, dass es die gleichen waren, die er vorher gesehen hatte? Möwen verhießen nichts Gutes für die Zukunft …

Niedergeschlagen schüttelte er den Kopf. Vielleicht sollte man sich einer Sache nie zu sicher sein.

Peter Larsson stieß die Tür auf und sah Magnusson wortlos an.

»Ja?«

Magnussons Stimme klang gereizt.

»Was ist? Hat er dir solche Angst gemacht, dass es dir die Sprache verschlagen hat?«

Peter Larsson schüttelte den Kopf.

»Jemand hatte eingebrochen, als die Techniker eintrafen. Also bei Lindberg. Die Tür war aufgebrochen, und jemand schien die Wohnung durchsucht zu haben.«

Magnusson holte tief Luft und stand auf.

»Wir fahren hin«, meinte er.

Sie mochte es nicht, wenn ihr jemand zu nahe kam. Ich habe nie jemanden an mich rangelassen, dachte sie. Mit zwei Ausnahmen. Und dabei würde es auch bleiben, das hatte sie sich geschworen. Sie wusste, dass es ratsam war, sich an diesen Vorsatz zu halten.

Mit der Hand auf dem Treppengeländer hielt sie inne und sah Anneli Holm durchdringend an, die vor ihrer Tür auf der Treppe kauerte. Ihre Wimperntusche war verschmiert, ihre Augen waren rot geweint.

»Was haben sie gesagt?«

Sie sah Li noch einen Augenblick an und schüttelte den Kopf.

»Geh nach Hause, na mach schon. Dusche, schlaf, mach, was du willst.«

Anneli erhob sich entrüstet.

»Ich muss wissen, was sie gesagt haben! Über Bosse.«

»Was erzählen die mir schon. Das Einzige, was ich weiß, ist, dass er sitzt, wo er sitzt.«

»Haben sie nicht gesagt, weshalb? Wie diese verdammten Idioten auf die Idee kommen konnten, ihn einzubuchten?«

»Nichts haben sie gesagt. Hast du das etwa erwartet?«

Anneli trat beiseite.

»Und du? Was hast du gesagt?«

»Ich habe ihnen gesagt, was ich wusste. Genau wie ich es dir angekündigt hatte. Dass du in der Nacht zu mir nach

Hause gekommen und bis zum nächsten Tag geblieben bist.«

»Und über Bosse?«

Katja Walter verschränkte die Arme und betrachtete sie ausdruckslos.

»Ich habe keine Ahnung, was er gemacht hat. Das habe ich auch gesagt.«

»Was, bitte schön, soll ich ihnen denn sagen, wenn ich das nächste Mal mit ihnen rede!«, schniefte die Jüngere.

Katja Walter steckte den Schlüssel ins Türschloss.

»Das geht mich nichts an. Aber wenn du nur etwas Grips hast, dann sagst du nicht mehr, als du weißt.«

Anneli Holm rang die Hände.

»Verdammt, Mama, du weißt doch ganz genau, dass er es nicht getan haben kann!«

»Ich bin nicht deine Mama. Und seine auch nicht.«

Sie legte ihre Hand auf die Klinke.

»Jetzt will ich meine Ruhe haben. Wir können uns später unterhalten.«

»Sie sind jetzt da und durchsuchen seine Wohnung!«, schrie ihr die Jüngere hinterher.

»Was hattest du erwartet?«, entgegnete sie, ohne sich umzudrehen.

Sie streifte die Kostümjacke ab und warf sie über einen Stuhl, knöpfte die enge Hose auf und ließ sich aufs Sofa sinken. Dann massierte sie sich den Bauch. Sie fühlte sich aufgebläht, und ihr war übel. Sie sah an sich hinunter und verzog das Gesicht. Normalerweise ließ es sie kalt, aber jetzt betrachtete sie ihren Körper mit regelrechtem Widerwillen. Die Fettwülste um die Taille. Der Bauch, der nach vorn quoll, sobald sie sich hinsetzte. Bis sie vierzig gewesen war, hatte sie keinerlei Probleme mit ihrem Gewicht gehabt und eine Figur wie mit zwanzig. Flacher Bauch, schlank. Der Busen relativ klein, aber fest und wohlgeformt. Jetzt ging alles aus dem Leim.

Das lag natürlich am Alter und daran, dass es ihr egal war, wie sie aussah. Heute war eine Ausnahme gewesen. Sie hatte gewusst, dass sie einen gewissen Eindruck machen musste und nicht wie eine x-beliebige Trinkerin ins Präsidium stolpern durfte. Sie war sich auch recht sicher, dass ihr das geglückt war.

Sie massierte sich immer noch ihren schmerzenden Bauch. Das Alter. Aber wahrscheinlich waren es auch ihre Gene. Ihre Großmutter hatte genauso ausgesehen, jedenfalls glaubte sie, sich daran zu erinnern. Eine Tonne. Und Mama erst, trotz ihrer ewigen Abmagerungskuren. Sie dachte daran, wie ihr Papa ihr immer den Arm um die Taille gelegt hatte. Er hatte zugedrückt und lachend gesagt, er habe gern ordentlich was im Arm. Was wohl auch stimmte, obwohl er sich vorzugsweise andernorts bediente. Ob Mama das gewusst hatte? Wahrscheinlich. Sie selbst war kaum älter als zwölf oder dreizehn gewesen, als sie das begriffen hatte. Er hatte eine Reihe von mehr oder weniger lange andauernden Affären gehabt. Sie hatte ihm verziehen, dachte sie mit einem schiefen Lächeln. Sie hatte das gar nicht mal als Verrat empfunden, sondern eher gemeint, dass es dieser übellaunigen alten Kuh, die wehleidig zu Hause herumsaß und einen Sherry nach dem anderen trank, recht geschah. Sie war immer Papas Liebling gewesen und hätte ihm alles verziehen.

Dass er den Kontakt zu ihr abgebrochen hatte, als sie mit Weine zusammengezogen war, hatte sie mehr als ein Zugeständnis an Mama und diese ganze verdammte vornehme Sippschaft, in die er eingeheiratet hatte, aufgefasst. Sie hatte es nicht richtig ernst nehmen können.

Das Unverzeihliche hatte sich erst ereignet, als sie zu Hause angerufen und von Jenny erzählt hatte. Er hatte erwidert, dass jede mit so was rechnen müsse, die rumhurte wie eine geile Dorfhündin. Es sei wahrscheinlich das Beste so. Jetzt sähe sie vielleicht ein, dass sie ihr Leben in den Griff kriegen müsse, solange das noch möglich sei.

Sie hatte nie wieder mit ihm gesprochen. Nicht einmal, als er mit Magenkrebs im Sterben lag und in weinerlichen Briefen darum bat, sie noch ein letztes Mal zu sehen. Nicht einmal da hatte sie sich bei ihm gemeldet.

Plötzlich schüttelte sie sich. Ein unerwarteter Schmerz erfüllte sie bei diesem Gedanken. Er war so durchdringend, überrumpelte sie derart, dass sie nach Luft rang. Sie war sich nicht sicher, ob er Jenny oder ihrem Vater galt. Oder beiden. Vielleicht dem ganzen Leben.

Langsam erhob sie sich, zog die Hose aus und warf sie beiseite. Sie durchquerte das Zimmer, stellte sich seitlich ans Fenster und schaute die Straße entlang. Zwei Autos vor Hausnummer 58. Als sie nach Hause gekommen war, hatte dort nur eins gestanden, das andere musste eben erst eingetroffen sein.

Sie ging in die Küche, nahm den Gin aus dem Kühlschrank und ein Glas von der Spüle. Dann kehrte sie ins Wohnzimmer zurück und ließ sich wieder aufs Sofa sinken. Goss ein, trank langsam und starrte vor sich hin.

Wie lange sie ihn wohl festhalten konnten, wenn sie nichts fanden? Schwer zu sagen, aber es war das Klügste, damit zu rechnen, dass er bald wieder draußen sein würde. Sie hatte keine Angst, wusste aber, dass sie auf der Hut sein musste.

Reisen in die Vergangenheit

Nielsen warf einen Blick auf die Uhr. Bald halb elf. Er versuchte auszurechnen, wie lange er brauchen würde. Etwa 120 Kilometer nach Gävle, dann noch ungefähr 25 Kilometer nach Sandviken. Vielleicht eineinhalb Stunden. Außerdem würde es wahrscheinlich noch etwas dauern, bis er das Haus fand. Gegen zwölf musste er auf jeden Fall am Ziel sein.

Er beschleunigte, wechselte auf die linke Spur und überholte einen Lastwagen mit Anhänger. Er blieb auf der Überholspur, rauschte an einem halben Dutzend Autos vorbei, verlangsamte dann wieder und ordnete sich in die Kolonne ein. Eigentlich hatte er keine Eile, es gab keinen Grund, sich zu hetzen, zwanzig Stundenkilometer zu schnell zu fahren und ständig die Fahrspur zu wechseln. Er hatte das einfach im Blut. Alte Gewohnheiten. Er hatte nicht gern jemanden vor sich. Ihm gefiel dieser Sog beim Beschleunigen und sich Vordrängeln, das Verlangen, Gas zu geben und bis ans Limit zu gehen. Widerwillig zwang er sich, weiter in der Kolonne zu fahren und Abstand zu halten, während er ungeduldig aufs Lenkrad trommelte.

»Du fährst hin? Allein?«, hatte ihn Lasse Henning gefragt, als er diesen angerufen und über seine Pläne informiert hatte.

»Ja. Falls du nicht die Absicht hast, mir einen Privatchauffeur zu stellen.«

Lasse Henning seufzte.

»Du weißt, was ich meine. Ich dachte, du fährst nicht mehr. Ich hatte keine Ahnung, dass du dich wieder ans Steuer setzt. Seit wann?«

»Etwa seit einem Jahr«, antwortete Nielsen. »Nein, es sind sogar fast schon zwei.«

»Und das geht gut?«

»Denkst du an mein Holzbein? Ich würde immer noch besser Auto fahren als du, auch wenn ich zwei davon hätte. Oder vier.«

Henning stöhnte.

»Verdammt, Johnny, kannst du nicht mal aufhören? Das ist jetzt zwanzig Jahre her, und trotzdem liegst du einem damit immer noch in den Ohren. Soweit ich das beurteilen kann, hast du keinen Grund, dich zu beklagen. Und außerdem stößt du bei mir auf taube Ohren, das weißt du.«

Er schwieg einen Augenblick und fuhr dann fort:

»Daran dachte ich auch gar nicht, sondern eher an deine Trinkgewohnheiten.«

»Das ist kein Problem mehr«, antwortete Nielsen.

»Ach?«

Hennings Stimme klang skeptisch:

»Offenbar gibt es doch vieles, das man nicht mitkriegt. Du hast nicht zufällig auch noch jemanden bekehrt?«

»Darüber reden wir, wenn wir uns das nächste Mal sehen«, erwiderte Nielsen. »Jetzt konzentrieren wir uns auf diesen Fall. Das wolltest du doch, wenn ich mich recht entsinne?«

Aber er wusste, dass Lasse Henning ins Schwarze getroffen hatte. Er hatte den Verlust des linken, direkt unter dem Knie amputierten Unterschenkels nie verwunden. Es hatte sein Leben verändert, und eigentlich hätte er dankbar dafür sein müssen. Trotzdem nagte ständig ein unterschwelliges Verlustgefühl an ihm, das in den letzten Jahren noch zugenommen hatte, intensiver geworden war. Sogar die Schmerzen waren zurückgekehrt, mit einer Kraft, die ihn manchmal nachdenklich stimmte. Nein, die Gefahr, dass er vergessen könnte, war ausgesprochen gering.

Eine Erinnerung an den Unfall oder genauer an einen Augenblick kurz danach hatte sich ihm besonders stark eingeprägt. Eine sekundenschnell vorbeiflimmernde Sequenz, und er konnte nicht genau sagen, ob er sie sich nur einbildete und sich im Nachhinein so zurechtgelegt hatte. Irgendwie hatte er sich aus dem Fahrzeug befreit, hatte daneben gestanden und auf sein Bein gestarrt, von dem sein Fuß seitlich abgewinkelt war. Zuerst war ihm eiskalt geworden, und er war wie gelähmt gewesen. Dann hatte er sich beruhigt und eingesehen, dass alles nur ein Traum war. Kein Schmerz. Nichts. Er träumte. Er hatte zum Waldrand hinübergeblickt. Das Bild hatte etwas Einladendes besessen, erinnerte er sich. Die Abendsonne hatte die Wiesen und den Laubwald in goldenes Licht getaucht. Er konnte sich also genauso gut etwas Bewegung verschaffen und dorthin gehen, ehe er erwachte, hatte er gedacht und leise gelacht. Dann hatte er den ersten Schritt getan.

Dann war nichts passiert, bis sich jemand über ihn gebeugt hatte, ihm forschend in die Augen geblickt, seinen Arm gepackt und ihn geschüttelt hatte, immer wieder. Schließlich hatte er verärgert gefaucht: *Verdammt nochmal, natürlich sei er wach! Wie solle jemand bei diesem andauernden Gerüttel schlafen können!* Er hatte der ruhigen Stimme zugehört, die ihm langsam erklärt hatte, dass sein Unterschenkel nicht zu retten gewesen sei, er sei zu stark gequetscht gewesen, aber das Kniegelenk sei so gut wie intakt und der Stumpf darunter auch, was das Befestigen und die Handhabung einer Prothese ungemein erleichtern würde. Nach etwas Übung würde er sich wieder fast ungehindert bewegen können.

Er hatte sich nicht beherrschen können, sondern hatte losgekichert.

Stumpf! Das klang so verdammt lächerlich! Und er war sich dessen bewusst gewesen, dass er immer noch schlief und träumte. Er hatte die Augen geschlossen und war in eine Art Schlaf im Schlaf gefallen, in einen Traum im Traum, hatte er lächelnd gedacht.

Er konnte sich nicht erinnern, jemals so gut geschlafen zu haben wie dieses Mal. So *glücklich*, so kindlich sorgenlos. Vorher nicht, und ganz sicher anschließend auch nicht. Morphium wahrscheinlich, wohldosiert.

An die folgenden Monate konnte er sich kaum noch erinnern. Er war in einem dunklen Schacht herumgekrochen. Dann hatte er beschlossen, überhaupt nichts mehr zu tun. Es hatte kein Leben mehr gegeben. Jedenfalls nicht so, wie er es hatte haben wollen. Auf das, was man ihm anzubieten hatte, konnte er gut verzichten.

Etwa ein halbes Jahr später war Lasse Henning aufgetaucht. Ausdruckslos hatte er den Polizisten angestarrt, dessen massiger Körper fast den ganzen Türrahmen ausfüllte. Er wusste, dass Henning sich wiederholte Male bei Janne und Kerstin nach seinem Befinden erkundigt hatte. Wie so eine blöde Mutter Teresa war er ihm vorgekommen. Weder vorher noch bei seinem Auftauchen jetzt hatte er Lust gehabt, mit ihm zu reden.

Lasse Henning nickte ihm zu, schlenderte ins Zimmer und ließ sich auf einen Stuhl sinken. Er betrachtete ihn schweigend.

»Falls du interessiert bist, gibt es einen Job für dich«, meinte er schließlich.

Er antwortete ihm nicht.

»Bei der *Norrtelje Tidning*«, fuhr Lasse Henning fort. »Ein Cousin von mir ist da Chefredakteur. Das behauptet er jedenfalls selbst. Sie könnten sich vorstellen, im Sommer einen Volontär zu beschäftigen.«

»Was redest du da für einen Scheiß?«, entgegnete er verächtlich. »Was soll der Schwachsinn?«

Lasse Henning seufzte.

»Ist das so schwer zu verstehen? Eine Anstellung auf Probe. Entweder kommst du damit klar oder eben nicht.«

»Und wie denkst du dir, soll das gehen? Damit?«

Er beugte sich vor und deutete auf sein Bein. Das Hosenbein war wie bei einem Kriegsinvaliden hochgesteckt. Die Prothese hatte er in die Ecke geschmissen.

Fast uninteressiert warf Lasse Henning einen Blick auf das Bein.

»Du könntest ja versuchen, stattdessen deinen Kopf zu verwenden. Das wäre vielleicht passender.«

Er gähnte und rieb sich die Augen.

»Du, ich habe nicht so verdammt viel Zeit. Ich habe auch keine Lust, dir damit in den Ohren zu liegen. Du sagst ja oder nein, und das ist alles. Es ist ein Provinzblättchen, und das merkt man. Für die ist alles interessant. Lokalnachrichten. Aber zum Anfangen sicher nicht schlecht. Da hat man die Möglichkeit, das Handwerk von der Pike auf zu lernen.«

Er machte eine kurze Pause.

»Ich habe dir ja schon des Öfteren zugehört. Wenn man so hemmungslos und überzeugend lügen kann wie du, dann müsste man eigentlich eine Zukunft bei der Presse haben, das habe ich mir immer gedacht. Aber es gibt da noch einen Haken. Die Voraussetzung für dieses Projekt wäre, dass ich dein Bewährungshelfer werde.«

Er betrachtete Lasse Henning mit einem schiefen Lächeln und schüttelte den Kopf.

»Ach, was du nicht sagst? Und wie dankbar soll ich jetzt sein? Soll ich mich etwa untertänigst verbeugen und dir hin und wieder meinen Arsch hinhalten, wenn du gerade Lust hast?«

Lasse Henning wurde über und über rot. Unerwartet rasch stand er auf, machte einen Schritt nach vorn, hielt inne und hob die Hände.

»Ich geb's auf. Du bist ein richtig taffer Kerl, nicht wahr? Allemal zu taff für mich. Ich kann meine Zeit auch mit was Sinnvollerem vergeuden.«

Er drehte sich um und marschierte nach draußen. Er war bereits über die Schwelle getreten, als er ihm mit schriller Stimme hinterherrief:

»Und wie soll ich dahin kommen, verdammt nochmal? Vielleicht auf einem Bein hüpfen?«

Bei diesem Gedanken musste er schmunzeln. Er fuhr jetzt ruhiger, auf der rechten Spur, und machte allen, die vorbei wollten, ausreichend Platz. Seine Gedanken weilten immer noch bei dem Unfall und den Jahren danach.

Norrtälje. Fast vier Jahre lang war er dort geblieben. Er hatte über so gut wie alles geschrieben, über das es sich zu schreiben lohnte. Plus genauso viel anderes. Mit seiner etwas behäbigen Intuition hatte Lasse Henning bei ihm etwas geahnt, worüber die anderen nur gelacht hätten. Ja, er selbst auch.

War er ein guter Journalist geworden? Ja, zu diesem Schluss kam er nach einigem Nachdenken, das war er wohl. Aber nicht für eine Redaktionsleitung geschaffen. Zu stur und eigensinnig. Immer auf der Jagd nach einer eigenen Perspektive, etwas, was dem Text die besondere Würze verlieh, wie unbedeutend der Artikel auch sein mochte. Er wollte keinen Zweifel daran lassen, dass *er* ihn geschrieben hatte. Er wusste auch weshalb: Für ihn ging es ums Überleben, zu zeigen, dass er existierte.

Nach der Zeit in Norrtälje hatte er nur noch frei gearbeitet. Mit durchwachsenem Erfolg. Anfang der Neunziger hatte er einen Durchbruch erlebt, als er einen Themenbereich gewählt hatte, den er besser kannte als die meisten seiner Kollegen. Eine Mischung aus Sozial- und Kriminaljournalistik mit einem persönlichen Ton, der den Lesern zu gefallen schien. Plötzlich hatte er keine Probleme mehr damit, seine Artikel unterzubringen, eine Zeit lang konnte er sich die Zeitungen sogar aussuchen. Danach ebbte sein Erfolg ab, und es ging abwärts. Aus verschiedenen Gründen. Eine Serie von Artikeln über das unerklärliche Verschwinden von Personen für eine der Abendzeitungen Ende der Neunziger war wie ein Schlusspunkt gewesen. Sie lag nun zwei Jahre zurück.

Er konzentrierte sich wieder auf den Verkehr. Nach der südlichen Abfahrt nach Gävle war der Verkehr dichter geworden. Es ging auf zwölf Uhr zu, Rushhour. Die Autos kamen nur zäh voran, und er begann, nach Verkehrsschildern Ausschau zu halten. Er fuhr unter der die E 4 überspannenden Raststätte Gävlebro hindurch, die wie die Miniaturausgabe des Stockholmer Katarinafahrstuhls über der Autobahn schwebte, und bog auf die Bundesstraße 80 ab, Richtung Sandviken und Falun.

Ein Wohnviertel am Stadtrand, Reihenhäuser und Einfamilienhäuser. Er fuhr langsamer, wendete und fuhr zurück. Vor einem einstöckigen Haus aus weißen Betonsteinen hielt er an. An der Einfahrt war keine Hausnummer angebracht, aber die Nummern der Nachbarhäuser stimmten, und das sprach dafür, dass er das richtige Haus gefunden hatte.

Er blieb sitzen und betrachtete das Haus. Die heruntergekommene Fassade hatte einen Grauschleier. Eine Reihe unbeschnittener Büsche stand am Zaun zur Straße. Sonst wuchs auf dem Grundstück nichts. Auf dem Rasen stand eine Wäschespinne, die sich bedenklich zur Seite neigte. Die Gartenmöbel aus Plastik schienen den ganzen Winter über draußen gestanden zu haben. Zwei Autos parkten in der Auffahrt. Ein angerosteter Saab und ein neuerer Mazda.

Er stieß die Fahrertür auf, stieg aus, überquerte die Straße und ging auf das Haus zu. Mit zwei großen Schritten erklomm er die Außentreppe. Er klingelte, lehnte sich an das schmiedeeiserne Geländer und wartete. Klingelte erneut. Er hörte, wie sich jemand im Haus bewegte, in die Diele trat und dort kurz stehen blieb. Dann wurde ein Schlüssel im Schloss gedreht.

Der Mann, der ihm öffnete, war um die vierzig. Groß, leicht gebeugt, das Haar zurückgekämmt und zu einem Pferdeschwanz zusammengebunden. Er sah Nielsen fragend, mit einem nervösen Zucken um die Augen, an.

Nielsen räusperte sich.

»Rosemarie Karlsson«, sagte er. »Da bin ich doch richtig hier, nicht wahr? Ich würde mich gerne mit ihr unterhalten, falls das möglich wäre.«

Der Mann schaute sich um.

»Rosemarie«, sagte er halblaut. »Hier ist ein …«

»Hab ich gehört«, unterbrach ihn eine Stimme aus dem Innern des Hauses.

Nielsen wartete.

»Ich habe angerufen«, sagte er schließlich. »Gestern. Sie waren vielleicht nicht zu Hause?«

Der Mann sah ihn noch einen Augenblick schweigend

an. Dann drehte er sich um und ging den Flur entlang. Nielsen folgte ihm und blieb auf der Schwelle zum Wohnzimmer stehen. Die Frau stand mitten im Zimmer. Sie trug einen Morgenmantel und hatte dunkle Ringe unter den Augen. Sie war ungekämmt, als sei sie gerade erst aufgestanden. Er nickte ihr zu.

»Ich habe versucht anzurufen«, wiederholte er entschuldigend.

»Ich habe nichts mehr zu sagen. Was sollte ich denn Ihrer Meinung nach noch zu sagen haben?«

Er sah sie fragend an.

»Ja, was soll ich denn noch sagen!«, wiederholte sie. »Ich will nicht mehr daran denken! Können Sie das nicht begreifen ...«

Ihre Stimme überschlug sich, sie beugte sich vor und verschränkte die Arme. Nielsen sah sie immer noch erstaunt an. Dann schüttelte er den Kopf und machte eine abwehrende Handbewegung.

»Nein, nein«, erwiderte er. »Sie haben mich missverstanden. Ich bin nicht von der Polizei. Ich bin Journalist. Ich wollte Ihnen nur ein paar kurze Fragen stellen. Aber wenn es Sie zu sehr anstrengt ... verstehe ich das natürlich. Ich könnte vielleicht später wiederkommen? Oder anrufen ...«

Die Frau musterte ihn eindringlich, wandte sich ab und ging in die Küche. Nielsen folgte ihr und sah, wie sie vor der Spüle stehen blieb. Als sie sich zu ihm umdrehte, hielt sie ein Küchenmesser in der Hand. Er wich zurück, aber mit zwei raschen Schritten stand sie vor ihm. Das Messer zielte auf seinen Bauch.

»Verdammter Aasgeier«, sagte sie mit leiser Stimme. »Du meinst wohl, du könntest hier einfach reinspazieren, was? Und dass ich dir dann mein Herz ausschütte?«

Nielsen hielt seine Arme gesenkt, stand reglos da und versuchte, sein Körpergewicht auf das rechte Bein zu verlagern.

»Immer mit der Ruhe«, sagte er heiser. »Immer mit der Ruhe. Ich geh ja schon …«

»Da hab ich noch ein Wörtchen mitzureden!«, unterbrach sie ihn mit zunehmend lauter, schriller Stimme. »Glauben Sie bloß nicht, dass Sie so ungeschoren davonkommen! Was für Schweinereien wollten Sie ihm denn anhängen? Reicht es nicht, dass ihn jemand totgeschlagen und zerstückelt hat? Was? Sie wollen wohl für Nachschub sorgen, damit sich alle Idioten in diesem beschissenen Land, die nichts Besseres zu tun haben, noch mehr daran aufgeilen können. Und sich dabei noch einen runterholen! Brauchen Sie auch Bilder?«

Mit der Linken riss sie ihren Morgenmantel auf, streifte ihn ab und stand vollkommen nackt vor ihm. Nielsen schluckte. Ihm schwindelte. Sie vollführte eine rasche Bewegung mit dem Messer und machte einen Schnitt durch die Luft, vom Bauch zum Brustbein.

»Oder vielleicht ließe sich darüber schreiben, nicht wahr? Wie Ihnen der Bierbauch aufgeschlitzt wird und Ihre Gedärme bis über die Knie hängen!«

Ihr Blick war trübe, ihre Muskeln angespannt. Nielsen hielt den Atem an. Er befürchtete, dass jede noch so kleine Bewegung sie dazu veranlassen könnte, das Messer nach vorne zu stoßen und in seine Eingeweide zu rammen.

Der Mann hatte sich auf einem Stuhl am Küchentisch niedergelassen und saß nachlässig zurückgelehnt, als ginge ihn das alles nichts an. Nielsen bemerkte aus den Augenwinkeln, wie er aufstand und auf die Frau zutrat. Sie zuckte zusammen, drehte sich rasch zu ihm um und hielt das Messer von sich gestreckt. Er schob einfach nur ihre Hand beiseite und legte ihr einen Arm um die Schultern.

»Komm jetzt«, sagte er leise. »Ich kümmer mich um ihn.«

Er nahm ihr das Messer ab, führte sie an den Tisch, setzte sie auf einen Stuhl, holte den Bademantel und legte ihn ihr um. Dann wandte er sich an Nielsen.

»Machen Sie, dass Sie wegkommen«, sagte er, »worauf warten Sie noch! Sie sind hier nicht willkommen, das müsste Ihnen doch aufgefallen sein.«

Seine Stimme war laut, klang aber seltsam tonlos und unbeteiligt. Nielsen fixierte ihn und warf dann einen Blick auf die Frau, die über den Küchentisch gebeugt dasaß. Unbeholfen ging er zur Haustür. Der Mann folgte ihm.

»Ich gehe ja schon!«, krächzte er mit heiserer Stimme, stieß die Haustür auf und versuchte, sie hinter sich ins Schloss zu werfen.

Aber der andere fing sie mit der flachen Hand ab, trat auf die Treppe hinaus und folgte ihm dann. Nielsen drehte sich hastig um und musterte ihn wachsam.

Der Mann war ebenfalls stehen geblieben. Seine Hände steckten in den Hosentaschen, und in sein knochiges Gesicht trat ein leicht amüsierter Ausdruck.

»Sie ist etwas außer sich«, sagte er.

Nielsen schnaubte verächtlich.

»Ja, das habe ich gemerkt.«

»Was verständlich ist«, fuhr der andere ungerührt fort. »Eigentlich wollte sie zum Arzt, aber es gab erst in einer Woche einen Termin. Man muss schon mit einem Bein im Grab stehen oder bereits das Zeitliche gesegnet haben, damit die ein bisschen Tempo machen.«

Er schüttelte den Kopf.

»Und dann haben auch noch die Bullen angerufen und wollten sie nochmal verhören. Wir dachten, Sie sind deswegen gekommen und nicht, weil Sie ein Journalist sind, der hier herumschnüffeln will. Das war jetzt zu viel für sie.«

Er starrte Nielsen aus seinen hellblauen Augen an.

»Wollen Sie Anzeige erstatten?«

»Was wäre, wenn ja?«

Der Mann lächelte plötzlich und entblößte mehrere Zahnlücken in seinem Oberkiefer.

»Ihnen ist vermutlich auch klar, wie ich aussagen würde. Dass ich nicht das Geringste gesehen hätte. Oder dass Sie sich einfach ins Haus gedrängt hätten, obwohl wir versucht hätten, Sie daran zu hindern. Hausfriedensbruch. Widerrechtliches Eindringen. Na, Sie wissen schon …«

»Und Sie gehen davon aus, dass man Ihnen glauben würde?«

Der Mann lächelte wieder.

»Schwer zu sagen. Aber es wäre jedenfalls ganz schön unangenehm für Sie, oder nicht?«

Nielsen holte tief Luft.

»Sie brauchen sich keine Sorgen zu machen«, meinte er dumpf. Aber das mit dem Arzt ist sicher keine schlechte Idee, und zwar so schnell wie möglich. »Was hat sie eigentlich so aufgebracht?«

Der Mann runzelte die Stirn.

»Dass Sie irgendeinen Dreck über Harry schreiben würden, was sonst?«

Als Nielsen ihn verständnislos ansah, verzog er das Gesicht.

»Sie kapieren wohl gar nicht, wovon ich rede? Und Sie wollen Journalist sein? Wissen Sie nichts von Harry, dem Großen?«

Er schüttelte den Kopf und lachte leise.

»Das hätte ihn nicht gefreut, das kann ich Ihnen sagen. Auf diese Art abgesägt zu werden, ohne dass das überhaupt jemandem auffällt. Ich weiß gar nicht, was ihn wütender gemacht hätte …«

Er musterte Nielsen spöttisch.

»Sie kannten ihn gar nicht? Harry Haglund, den Dynamitmeister? Der Letzte seiner Art, damit hat er immer angegeben. Ja, wirklich wahr, heutzutage gibt sich niemand mehr damit ab. Mit Panzerschränken. Lohnt sich wohl nicht mehr. Heutzutage herrscht regelrechter Krieg mit halbautomatischen Gewehren, Panzergranaten und was weiß ich noch alles …«

Nielsen starrte vor sich hin. Es dämmerte ihm, dass er den Opfern zu wenig Beachtung geschenkt hatte. Er hatte sich mit dem Bild eines älteren Paares, das aus unbekanntem Anlass brutal ermordet worden war, begnügt. Ein brutales, sinnloses Verbrechen. Zufällig.

»Eigentlich hätte er sicher nichts gegen die neuen Methoden einzuwenden gehabt«, fuhr der Mann fort. »Für ihn kam das einfach nur zu spät, er war bereits dabei, sich aus dem Geschäft zurückzuziehen. Seine Glanzzeit ist in den sechziger und siebziger Jahren gewesen. Obwohl er wohl immer noch von seiner Größe überzeugt war. Jedenfalls bis vorige Woche.«

Wieder lachte er leise.

»Sie sprechen von Ihrem Schwiegervater, als würden Sie nicht besonders um ihn trauern?«

Der andere schwieg. Dann zuckte er mit den Schultern.

»Tja, was soll ich sagen? Ich habe dazu auch keine Veranlassung. Er war ein verdammtes Schwein.«

Er schwieg von neuem. Nielsen überlegte, wie er die Unterhaltung in Gang halten könnte.

»Inwiefern?«, fragte er.

»Damals, als wir in Borlänge gewohnt haben. Wir waren gerade zusammengezogen. Eines Abends tauchte Haglund auf. Er sah mich eine Weile an. ›Du hast nicht sonderlich viel zwischen den Ohren, was?‹, sagte er. Dann lachte er und zwinkerte mir zu. ›Aber wahrscheinlich hast du auch nicht sonderlich viel zwischen den Beinen. Und das ist auch gut so, denn wenn du nicht gleich deine Sachen packst und verschwindest, dann bist du das eh gleich los. Na mach schon. Und zwar dalli.‹ Rosemarie war zu Hause. Sie kam in die Diele und sah ihn einfach nur an, bis er klein beigab. ›Wenn du einen so verdammt schlechten Geschmack hast …‹, sagte er und deutete auf mich. ›Aus Dreck wird nun mal nur Dreck.‹ ›Ja, du musst es ja wissen‹, entgegnete sie.«

Er schüttelte sich angewidert.

»Sie waren ihm nicht fein genug?«, fragte Nielsen.

Der Mann lachte.

»Vielleicht nicht. Obwohl es wohl keine Rolle gespielt hätte, wen sie sich ausgesucht hätte. Er behandelte alle wie Dreck. Außer Rosemarie. Sie war die Einzige, die ihn in seine Schranken weisen konnte. Übrigens nicht nur ihn. Es gibt nicht viele, die mit ihr fertig werden …«

Er rieb sich die Hände und schaute nervös zum Haus hinüber.

»Aber Sie hatten weiterhin Kontakt?«, fragte Nielsen rasch. »Bis jetzt?«

»Sporadisch«, sagte der andere nach kurzem Schweigen. »In den letzten Jahren häufiger.«

Er ging ein paar Schritte den Kiesweg entlang und blieb stehen.

»Blut ist dicker als Wasser, heißt es ja. Auf alle Fälle ist er uns hinterhergezogen. Hat sich die Hütte oben in Rönnåsen gekauft. Gegen Ende war er nicht mehr ganz so unausstehlich. Wäre ihm wohl auch gar nicht gelungen, schließlich hatte er Parkinson. Ein paarmal im Monat ist sie zu ihm hochgefahren. Hat nach ihm geschaut, ihm seine Medikamente und was er sonst noch so brauchte gebracht. Sie hat sich nie auf die ambulante Altenpflege verlassen und auf seine Alte auch nicht.«

Als er Nielsens fragende Miene bemerkte, schnitt er eine Grimasse.

»Sie war nicht ihre Mutter, falls Sie das glauben. Nein, die hat er sich auf seine alten Tage zugelegt. Und dressiert.«

Nielsen nickte nachdenklich.

»Und Rosemarie hat die beiden gefunden. Sie waren nicht dabei?«

Mit einem schiefen Lächeln schüttelte der Mann den Kopf.

»Selbst wenn man mir Geld dafür gegeben hätte, wäre ich da nicht hingefahren. Ich bin Harry vor fünf oder sechs Jahren zum letzten Mal begegnet. Damals war er noch gesund, wenn man das in seinem Fall überhaupt so sagen kann. Er kam hierher, wollte Rosemarie besuchen. Mich sah er gar nicht, oder er sah gewissermaßen durch mich hindurch. Bei seinem Aufbruch trat er an mich heran, lächelte, so wie er immer zu lächeln pflegte, wie ein übergeschnappter Weihnachtsmann. ›Du, wenn ich hierher komme, hast du unsichtbar zu sein‹, sagte er. ›Will Mia dich hier haben, ist das ihre Sache. Aber wenn ich komme, dann hast du dich fern zu halten. Verschwinde in irgendeinem Loch wie ein Wurm. Dich gibt es nicht. Verstehen wir uns?‹«

»Offenbar war er ein richtig fieser Typ«, meinte Nielsen. »Also geschah ihm letzten Endes recht?«

Der Mann sah ihn mit ausdrucksloser Miene an und schwieg.

»Es muss jemand gewesen sein, der ihn gekannt hat, nicht wahr?«, fuhr Nielsen fort. »Jemand, der ihn wie die Pest gehasst hat?«

Der Mann sah ihn unverwandt an. Seine Miene hatte auf einmal etwas Wachsames.

»Keine Ahnung«, erwiderte er schließlich. »Wie zum Teufel soll ich das wissen?«

Die Haustür hatte sich geöffnet, und die Frau trat ins Freie. Der Mann drehte sich um und ging zum Haus zurück.

Nielsen fuhr langsam zurück. Die Ereignisse im Haus ließen ihm keine Ruhe. Die Frau, die mit dem Küchenmesser auf seinen Bauch zielte. Ihr flackernder Blick.

Haglund. Er überlegte, konnte sich aber nicht entsinnen, schon einmal auf diesen Namen gestoßen zu sein. Vielleicht eine lokale Größe.

Er war wütend. Hatte Lasse Henning wirklich nichts davon gewusst? Am besten ließ er die Sache einfach auf sich beruhen. Teilte Lasse mit, dass er nicht mehr interessiert sei und dass er sich einen neuen Spielgefährten suchen musste …

Dann holte er Luft und schüttelte den Kopf. Wenn Lasse Henning von Haglunds Hintergrund gewusst hätte, hätte er etwas gesagt. Es hätte sowieso keinen Unterschied gemacht. Er wäre trotzdem einfach dort reingestiefelt. Die Schuld lag einzig und allein bei ihm. Er war ein Idiot, weil er sich auf diese Sache eingelassen hatte.

Er befand sich jetzt einige Dutzend Kilometer nördlich von Sandviken. Die Landschaft wurde hügeliger, die Straße schmaler. Sie wies alte, nur notdürftig reparierte Frostschäden auf, die die Stoßdämpfer an ihre Grenzen brachten. Er sah sich genötigt, noch langsamer zu fahren. Die Abstände zwischen den Häusern waren sehr groß. Hundezwinger, in denen Jämtländische Hirten- oder Jagdhunde dem vorbeifahrenden Auto aufgeregt hinterherbellten. Menschen waren keine zu sehen.

Auf einem Hügelkamm hielt er an, nahm den Straßenatlas vom Beifahrersitz und blätterte, bis er Rönnåsen gefunden hatte. Winzige Quadrate, als Symbole für verstreute Bebauung. Das konnte alles bedeuten, ein paar Häuser oder ein kleinerer Ort. Rönnåsen lag sehr abgeschieden, war aber in ein unregelmäßiges Netz von Forstwegen eingebunden. Für jemanden, der die Gegend kannte, musste es eine Vielzahl an Möglichkeiten geben, dorthin zu gelangen und auch wieder von dort wegzukommen. Ungesehen noch dazu.

Das Wohnhaus war relativ neu. In etwa vierzig Metern Entfernung lag ein halb verfallenes Holzhaus, wahrscheinlich der alte Hof. Daneben der Stall, der nur noch als Werkstatt und Garage zu dienen schien. Karosserieteile, Getriebe, ein paar rostige Motorblöcke lehnten an der Wand.

Nielsen fuhr auf den Hofplatz und stieg aus. Als er auf das Haus zuging, hörte er, wie plötzlich im Stall ein Motor aufheulte. Er ging quer über den Hofplatz auf das halb offene Tor an der Schmalseite des Gebäudes zu. Ein Mann auf einem Moped hob den Kopf und sah ihn an. Er ließ den Motor noch ein paarmal aufheulen, horchte, nahm die Hand vom Gas, drehte den Zündschlüssel herum und richtete sich auf.

»Na dann. Genug gespielt.«

Er wischte sich die Hände an den Hosen ab.

»Gehört dem Großen«, sagte er erklärend. »Er ist jetzt alt genug. Ab und zu muss ich ihm beim Schrauben helfen.«

Nielsen schaute sich um. Kompressor, ein paar Schweißgeräte. Gasflaschen. Ein kleinerer Kran. An den Wänden Werkzeuge und Werkzeugschränke.

»Und nicht nur ihm, oder?«, sagte er. »Sie scheinen nicht mehr viel Platz für Kühe zu haben.«

Der andere lachte.

»Nein. Das ist schon eine Weile her. Mein Vater hatte noch Milchkühe. Ich habe ein paar Rinder auf der Weide. Das ist alles.«

»Und dann noch diese Werkstatt«, meinte Nielsen und nickte Richtung Stallgebäude. »Viel zu tun?«

»Wieso?«, fragte der Mann und warf Nielsen einen forschenden Blick zu.

Dieser schüttelte den Kopf.

»Ich komme nicht vom Finanzamt, falls Sie das glauben.«

Der Mann schwang sich vom Moped und schob es an die Seite. Dann trat er ins Freie, lehnte sich an die Bretterwand und zündete sich eine Zigarette an.

»Spielt doch keine Rolle, wo Sie herkommen.«

»Sind Sie Göran Nordin?«, fragte Nielsen.

Der Mann nickte.

»Sie wissen, wie ich heiße. Also haben Sie doch einen Grund für Ihren Besuch?«

»Ich würde Sie gern ein paar Sachen fragen. Über Ihren Nachbarn. Über Haglund.«

Der andere betrachtete Nielsen einen Augenblick lang eingehend. Dann pfiff er leise.

»Jaja, das hätte mir gleich klar sein müssen. Von einem der Boulevardblätter, nicht wahr?«

Er ließ die Zigarette fallen, trat sie aus und wandte sich wieder an Nielsen.

»Dann informiere ich Sie lieber gleich darüber, dass ich nichts zu sagen habe, und zwar nicht das Geringste!«

»Sie wissen doch noch gar nicht, was ich Sie fragen wollte«, meinte Nielsen.

Göran Nordin zuckte die Achseln.

»Das spielt auch keine Rolle. Ich weiß, was ich antworten wollte. Genau das, was ich eben gesagt habe.«

Nielsen nickte nachdenklich.
»Sie wollen da nicht mit reingezogen werden?«
Der andere wirkte verärgert.
»Wundert es Sie etwa? Ich will nicht, dass meine Familie und ich mit einer Axt im Schädel aufwachen, bloß weil jemand auf die Idee kommt, wir könnten was wissen.«
»Das klingt etwas übertrieben, finde ich«, sagte Nielsen.
»Finden Sie? Nach allem, was passiert ist?«
»Schließlich sitzt bereits jemand in Untersuchungshaft.«
»Und? Wie sicher kann man sich da sein? Dass es nur einer war? Bei so jemandem wie Haglund kommen Dutzende in Frage!«
»Kannten Sie ihn gut?«
Göran Nordin spuckte aus.
»Ich kannte ihn überhaupt nicht. Aber ich wusste, was von ihm zu halten war ...«
Er verstummte jäh und machte eine ausholende Handbewegung.
»Hören Sie, ich muss noch einiges erledigen. Ich finde, wir sollten jetzt Schluss machen.«
Er ging auf das Wohnhaus zu.
»Ich muss Sie in dem Artikel ja nicht erwähnen«, rief Nielsen ihm hinterher. »Das könnte für Sie ganz einträglich sein.«
Der andere blieb stehen und drehte sich um.
»Für welche Zeitung schreiben Sie?«, fragte er.
»Aftonbladet«, log Nielsen rasch. »Wir dachten, dass wir noch mal was über den Fall bringen sollten ...«
»Wie viel?«, unterbrach ihn Nordin. »Fünf? Zehn?«
Nielsen lachte, schüttelte den Kopf.
»Da haben Sie wohl was missverstanden. Niemand bekommt solche Beträge. Sie müssen auf dem Teppich bleiben.«

Er streckte zwei Finger in die Luft. Göran Nordin schien eine Weile nachzudenken und nickte dann.

»Ich geb Ihnen zehn Minuten«, sagte er, »dann will ich Sie nicht mehr sehen.«

Nielsen nickte.

»Haglund war nicht gerade ein angenehmer Nachbar, wenn ich Sie recht verstanden habe?«

Göran Nordin kniff die Augen zusammen.

»Das erste Jahr ging noch. Fünfundneunzig sind sie hergezogen. Da hat man sie fast überhaupt nicht gesehen. Nur, wenn sie vorbeifuhren. Ich habe nichts dagegen einzuwenden, wenn jemand seine Ruhe haben will. Wenn es so geblieben wäre, hätte ich nicht geklagt. Aber bereits im zweiten Jahr ging das Elend los. Da sperrte er bei sich drüben den Weg, weil er keinen Durchgangsverkehr haben wollte. Der störe ihn.«

Er sah Nielsen an.

»Waren Sie noch nicht dort oben, wo sie gewohnt haben, wo es passiert ist? Der Weg führt an Haglunds Haus vorbei noch ein paar Kilometer weiter. An seinem Ende liegen ein paar Sommerhäuser. Die Parzellen haben früher mal zu unserem Besitz gehört. Mein Vater hat die Grundstücke Anfang der sechziger Jahre verkauft. Der Wald war dort ohnehin nichts wert. Erst waren es nur zwei, dann sind es mehr geworden. Heute stehen dort neun Sommerhäuser, um genau zu sein. Ich kümmere mich um die Häuser, wenn die Eigentümer nicht da sind. Ich bin auch für die Instandhaltung des Weges verantwortlich. Dafür nehme ich ein paar Kronen, aber das ist es den meisten auch wert.«

Er machte eine kurze Pause.

»Haglund hatte ein paar große Felsblöcke auf den Weg geschleift und ein Schild aufgestellt, der Weg sei gesperrt. Einer der Sommerhausbesitzer kam zu mir und erzählte,

Haglund hätte ihm Prügel angedroht, als er versucht habe, mit ihm zu reden. Wenn sie so verdammt interessiert daran seien, raus in die Natur zu kommen, dann könnten sie auch den Forstweg benutzen, hatte er gesagt. Das ist ein Umweg von knapp vierzig Kilometern in Richtung Svartnäs. Mehrere Abschnitte des Forstwegs sind kaum befahrbar. Als ich das hörte, nahm ich den Frontlader und schob die Steine vom Weg. Ich sah, wie er auf die Außentreppe trat und eine Weile zu mir herüberstarrte. Dann verschwand er wieder nach drinnen. Als ich das nächste Mal wieder aufsah, stand er nur ein paar Meter von mir entfernt und zielte auf mich mit einer Schrotflinte! Ich zog sofort den Kopf ein, riss das Lenkrad herum, ließ die Kupplung kommen, und der Traktor machte einen Satz direkt auf ihn zu. Er konnte sich gerade noch zur Seite werfen, in den Graben. Ich wendete und fuhr, so schnell ich konnte, davon. Ich kann mich noch dran erinnern, wie ich am ganzen Körper zitterte. So was hatte ich noch nie erlebt. Klar, dass man da eine wahnsinnige Angst kriegt. Hätte ich Zeit gehabt nachzudenken, hätte ich mir wahrscheinlich in die Hosen geschissen!«

»Da wussten Sie noch nicht, wer er war?«, fragte Nielsen.

»Nein. Keiner hatte sich die Mühe gemacht, uns davon in Kenntnis zu setzen. Aber ich ahnte natürlich, dass er kein gewöhnlicher Büroangestellter war. Schon allein die Tätowierungen. Man konnte kaum erkennen, ob er seine Ärmel hochgekrempelt hatte oder nicht. Aber wenn er sich nur wie ein Mensch benommen hätte, dann hätte es auch keine Probleme gegeben, und es wäre mir egal gewesen, was er vorher getrieben hat. Aber nach diesem Zwischenfall habe ich mich ans Telefon gehängt, um etwas über seine Vergangenheit in Erfahrung zu bringen. Da erfuhr ich dann, dass er nicht nur mal im Konsum etwas mitgehen hat lassen. Ich kann mich nicht entsinnen, vorher schon mal von ihm gehört zu haben, aber damals war ich kaum erwachsen. Außerdem verbrachte er den größten Teil der siebziger Jahre im Knast. Wie auch immer, mir war klar, dass das nicht das Ende, sondern erst der Anfang war.«

Nordin verstummte.

»Und dann?«, fragte Nielsen.

»Ich wusste, dass er montags immer früh hier vorbeifuhr. Ich postierte mich mit dem Traktor unten am Weg. Als er kam, fuhr ich vor. Erst blieb er im Auto sitzen und starrte mich an. Aber dann stieg er aus und stellte sich mitten auf den Weg. Er war ein Riese, müssen Sie wissen. Ein Glück, dass ich auf dem Traktor saß, sonst hätte ich mir vermutlich den Hals verrenkt. ›Ich mag keinen Streit‹, sagte ich. ›Aber wenn das so weitergeht, dann werden wir zusehen, dass Sie hier nicht alt werden.‹«

Nielsen hob die Brauen.

»Sie waren also nicht allein, als Sie mit ihm sprachen?«

»Nein. Das schien mir, nach dem, was vorgefallen war, nicht ratsam.«

Göran Nordin musterte Nielsen mit prüfendem Blick, ehe er fortfuhr:

»Es gibt nur vier Familien, die das ganze Jahr über hier wohnen. An diesem Weg wohnen nur Carina und ich. Aber weiter unten gibt es noch drei Höfe. Ich hatte dort angerufen. Zwei von ihnen, Lasse Resare und Simonsson waren an dem Morgen hergekommen. Ich hatte also Rückendeckung, könnte man sagen. ›Da haben Sie ja eine ganze Armee zusammengetrommelt‹, sagte Haglund und lachte. ›Glauben Sie, dass ich gefährlich bin?‹ ›Sah gestern ganz so aus‹, erwiderte ich. Da lachte er von neuem. ›Ach das? Verstehen Sie denn keinen Spaß? Die Flinte war nicht mal geladen.‹ ›Aber das hier ist kein Spaß‹, sagte ich. ›Sie können es sich aussuchen.‹ Er sah uns eine Weile an. ›Dann vergessen wir die Sache eben und leben in Zukunft wie gute Nachbarn. Kein Problem‹, sagte er grinsend. »Das will ich hoffen‹, erwiderte ich. Dann wollte ich mit dem Traktor zurücksetzen, hatte aber Mühe, ihn anzulassen. Da kam Haglund und klopfte an die Windschutzscheibe. ›Keine Eile‹, sagte er. ›Ich kann warten. Darin habe ich Übung.‹ Dann ging er zurück und setzte sich in sein Auto.«

Er verstummte und sah Nielsen an.

»Haben Sie nie erwogen, die Polizei zu verständigen«, meinte dieser nach einem Augenblick, »statt die Bürgerwehr zu mobilisieren?«

Göran Nordin verzog verächtlich den Mund.

»Doch, etwa dreieinhalb Sekunden lang.«

Er schüttelte den Kopf.

»Wir hatten hier auch mal eine Bande, die zogen in ein paar abbruchreife Häuser hinter Åmot. Es war das alte Lied. Fahrräder, Rasenmäher, Autos und was weiß ich nicht alles verschwanden. Nachts sind sie mit hundertvierzig über die Nebenstraßen gebrettert und waren so zugedröhnt, dass sie nicht mal aufrecht stehen konnten, wenn sie wirklich mal angehalten wurden. Außerdem noch Erpressungen, Körperverletzungen, Einbrüche und Drogenhandel. Und vieles mehr. Ich weiß nicht, wie oft die Polizei anrückte. Trotzdem wohnen die immer noch da, soweit ich weiß. Stattdessen ziehen die normalen Leute weg. Nein, es schien mir nicht sonderlich sinnvoll, mit der Polizei zu reden.«

Nielsen nickte nachdenklich.

»Und was geschah?«

Der andere seufzte.

»Sie meinen, abgesehen davon, dass mir das ein Magengeschwür beschert hat?«

Dann breitete er resigniert die Arme aus.

»Ja, weiß Gott, er hat nichts vergessen. Aber es war nie was, was man ihm hätte nachweisen können, obwohl mir klar war, wer dahintersteckte. Mit der Post kam massenhaft Müll, den jemand in meinem Namen bestellt hatte. Pornofilme, unbeschreiblich, mit Kindern! Ich habe wirklich keine Lust, darüber zu sprechen ... Anonyme Anrufe. In einem Frühjahr verschwand ein Mastkalb, und wir fanden den Schlachtplatz, aber sonst nichts. Ich blieb mit dem Traktor draußen im Wald stecken und ließ ihn über Nacht stehen, und jemand schüttete mir Zucker in den Tank. Nach hundert Metern war der Motor kaputt. Das kostete mich mehrere zehntausend Kronen. Aber wie gesagt, nichts, womit man bei Gericht durchgekommen wäre, keine Beweise dafür, dass es Haglund gewesen war. Das ging phasenweise so. Manchmal vergingen mehrere Monate, ohne dass etwas passierte. Als wollte er einen glauben machen, er sei der Sache nun überdrüssig.«

»Sie haben keinen weiteren Versuch unternommen, ihm ins Gewissen zu reden, Ihre Nachbarn und Sie?«

Göran Nordin sah müde aus, als er antwortete.

»Das war ja nur leeres Geschwätz. Klar haben wir versucht ihn einzuschüchtern, aber dazu hatten wir schließlich kaum die Möglichkeiten. Weder Resare noch Simonsson sind Schlägertypen und ich auch nicht. Die anderen beiden betraf es ja auch nicht so wie mich. Nein, Carina und ich haben ernsthaft überlegt, hier wegzuziehen, die Kinder mitzunehmen, und irgendwo von vorn anzufangen. Wie das auch immer hätte gehen sollen. Schließlich sind wir hier verwurzelt. Und der Hof lässt sich auch nicht so ohne weiteres verkaufen.«

Er sah Nielsen wieder an.

»Dann war es auf einmal vorbei, als hätte jemand einen

Wasserhahn abgedreht. Er bekam Parkinson. Vor zwei oder drei Jahren. Offenbar war er schon eine ganze Weile krank gewesen, aber dann ging es plötzlich rasch bergab. Er durfte nicht mehr Auto fahren und konnte sein Haus kaum noch verlassen. Er zitterte so stark, dass er nicht einmal mehr ohne Hilfe essen konnte. Das weiß ich, weil Carina in der mobilen Altenpflege arbeitet. Sie war allerdings nie bei ihm, sie hat sich immer strikt geweigert, wenn man sie dorthin schicken wollte. Schließlich wäre es ja so praktisch gewesen, fanden die, weil er ja unser unmittelbarer Nachbar war. ›Dann kündige ich ab sofort‹, sagte sie. Also mussten Kollegen hinfahren, aber sie erfuhr natürlich, wie es um ihn stand. Vermutlich verstößt es gegen die Schweigepflicht, aber das ist mir egal. Außerdem muss ich zugeben, dass es mich ungemein erleichterte, als ich davon erfuhr. Es passiert nicht oft, dass man jubeln möchte, wenn man hört, dass jemand an einer unheilbaren Krankheit leidet, aber in diesem Fall war es wirklich so.«

Nielsen überlegte.

»Er war also nicht sonderlich beliebt. Vielleicht war es geradezu eine Erlösung, dass er ermordet wurde?«

Göran Nordin wurde misstrauisch.

»Was wollen Sie damit sagen?«

Nielsen zuckte mit den Schultern.

»Ich meine nur, dass er viele Feinde zu haben schien …«

»Hören Sie«, unterbrach ihn der andere. »Mir ist schon klar, worauf Sie hinauswollen. Aber versuchen Sie jetzt bloß nicht, mich da reinzuziehen! Schließlich hat man bereits einen Irren für die Tat festgenommen, das haben Sie doch selbst gesagt?«

Er holte Luft.

»Und Ihre zehn Minuten, die sind auch schon längst um.«

Nielsen schwieg einen Augenblick und überlegte, ob er noch einen weiteren Versuch unternehmen sollte. Aber dann nickte er nur kurz und ging auf sein Auto zu.

»He, Sie!«, hörte er den anderen rufen. »Was ist mit den Zweitausend?«

Nielsen öffnete die Fahrertür und setzte sich ans Steuer.

»Ich kann mich nicht erinnern, dass ich irgendeine Zahl genannt hätte«, erwiderte er.

Nordin machte ein paar Schritte auf das Auto zu.

»Wie war noch gleich Ihr Name?«

»Habe ich Ihnen nicht verraten.«

Nielsen schloss die Tür und ließ den Motor an.

Magnusson stellte sich Reyes in den Weg.

»Ich muss mit dir reden. Über Lindberg.«

»Was Besonderes?«, fragte Reyes. »Ich dachte, ihr hättet alles bekommen?«

»Ich würde aber gerne von dir persönlich wissen«, sagte Magnusson, »was du darüber denkst. Vielleicht hilft mir das weiter.«

»Ach, nee? Ich dachte, man hält mich für eine eitle Primadonna?«

Magnusson lachte betreten. »Soll ich das gesagt haben?«

Dass Reyes sich gerne Komplimente machen ließ und außerdem leicht überempfindlich reagierte, war eine bekannte Tatsache. Er wusste, dass er gelegentlich darauf hingewiesen hatte, was die Zusammenarbeit zwischen ihnen nicht unbedingt erleichterte.

»Ja, man sagt viel, wenn der Tag lang ist«, fuhr er beschwichtigend fort, »aber ich weiß ja, dass du dich auskennst. Und in dieser Angelegenheit hätte ich gerne deine persönliche Meinung zu ein paar Dingen gehört.«

Reyes presste die Lippen zusammen, und es war ihm nicht anzusehen, ob er besänftigt war.

»Was willst du wissen?«, fragte er.

»Ihr habt also bei Lindberg zu Hause nichts gefunden?«, fragte Magnusson, »nichts, was mit den Morden zusammenhängen könnte?«

Reyes schüttelte den Kopf.

»Nichts. Wir warten zwar noch auf ein paar Ergebnisse, aber ich habe keine große Hoffnung.«

»Ja, offenbar hatte er gründlich aufgeräumt«, meinte Magnusson.

Reyes ließ seine graugrünen Augen auf Magnusson ruhen.

»Ich weiß nicht, ob ich das behaupten würde. Wenn es etwas von Interesse gegeben hätte, hätten wir das vermutlich gefunden.«

Magnusson schnaubte.

»Wenn es nicht schon verschwunden war.«

Reyes verzog das Gesicht.

»Du denkst an den Einbruch? Wonach ich gesucht habe, hätte nicht so leicht verschwinden können. Du weißt schon, mikroskopisches Material. Irgendwas hätte sich da finden lassen müssen.«

»Was sagst du zu dem Einbruch?«

»Die Tür war aufgebrochen. Rein technisch war es also ein Einbruch. Und in der Wohnung … Ein paar Schubladen herausgezogen. Offenbar hatte auch jemand die Kleiderschränke durchsucht. Aber richtige Unordnung herrschte nicht. Der Eindringling nahm, was er haben wollte, und verschwand. Vielleicht wurde er auch überrascht.«

»Wirkte das Ganze professionell?«

»So halbwegs.«

Reyes dachte nach.

»Die Wohnungstür – da braucht man vielleicht gewisse Vorkenntnisse, um das sauber hinzukriegen. Aber ein gutes Brecheisen, rohe Gewalt und etwas Glück können auch ausreichen. Obwohl das Vorgehen in der Wohnung darauf hindeuten könnte, dass es jemand war, der wusste, was er tat. Nichts Überflüssiges und keine Fingerabdrücke.«

Er hob ratlos die Hände.

»Aber das könnte auch ein Zufall sein. Schwer zu sagen.«

Magnusson seufzte.

»Und stimmt es, dass der Abdruck aus Rönnåsen nichts ergeben hat?«

Reyes schüttelte den Kopf.

»Das war kein guter Fingerabdruck. Unvollständig. Und undeutlich. Die Blutspuren am Türrahmen stammten weder von Lindberg noch von einem der Opfer.«

Magnusson starrte ins Leere.

»Er muss also jemanden dabeigehabt haben.«

»Falls er überhaupt dort war«, erwiderte Reyes.

Magnusson warf ihm einen irritierten Blick zu.

»Er war dort.«

Reyes zog ungläubig die Brauen hoch.

»Das ist deine Ansicht. Ich habe jedenfalls nichts gefunden, womit sich eindeutig beweisen ließe, dass er sich in dem Haus aufhielt. Ich glaube allerdings auch, dass es mehrere Täter waren, obwohl es auch da nichts Konkretes gibt. Die gesamte Vorgehensweise deutet aber darauf hin.«

Er schwieg einen Augenblick.

»Wir sollten uns vergleichbare Fälle der letzten Jahre anschauen.«

»Es gibt nichts Vergleichbares«, erwiderte Magnusson schroff.

»Doch, doch«, widersprach Reyes, »auch wenn es nicht immer so übel ausgegangen ist. Überfälle auf alte Leute. Einbrüche. Versuchter Raub …«

Magnusson sah ihn durchdringend an.

»Ich nehme an, dass du bereits losgelegt hast?«

Reyes hob die Hände.

»Ich habe nur ein paar Nachforschungen angestellt. Hast du was dagegen?«

Magnusson antwortete nicht. Er massierte sein bleiches Gesicht und merkte plötzlich, wie müde er war. Er hätte auf der Stelle einschlafen können, wenn er die Augen zugemacht hätte. Blinzelnd musterte er Reyes. Wie alt mochte er sein? Zweiunddreißig, dreiunddreißig? Ungefähr wie Larsson. Wie war er selbst in diesem Alter gewesen? Er konnte sich beim besten Willen nicht erinnern. Er war jedenfalls keiner gewesen, der sich hervorgetan hatte. Keiner, der auffiel. Er hatte getan, was man von ihm erwartete, aber auch nicht mehr.«

»Wie viele hast du dir angeschaut?«, fragte er.

»Etwa zwanzig.«

»Was Interessantes dabei?«

»Ein paar davon sollte man sich näher ansehen.«

Magnusson nickte.

»Dann tu es. Vielleicht ergibt sich ja ein Muster oder eine andere Übereinstimmung. Na, du weißt das ja genauso gut wie ich.«

Er schickte dem Jüngeren ein schiefes Lächeln.

»Wenn nicht sogar besser, nicht wahr?«

Schon wieder hatte sie ihren Termin beim Arbeitsamt platzen lassen. Sie hatte sich einfach nicht aufraffen können. Jetzt schon zum zweiten Mal. Morgen musste sie zum Sozialamt. Erklären. Auch dazu fehlte ihr eigentlich die Kraft, aber was blieb ihr schon übrig. Sie musste die Leute davon überzeugen, dass es ihr nicht scheißegal war.

Und dann die Miete.

Bei diesem Gedanken wurde ihr eiskalt. Sie konnte es einfach nicht begreifen. Sie wusste, dass sie das Geld gehabt hatte. Sie musste ihnen auch noch verklickern, warum sie nicht hatte zahlen können.

Sie presste ihre Fäuste fest an die Schläfen. Sie wusste, dass sie das Geld gehabt hatte! Wie zum Teufel hatte sie sich nur derart verrechnen können?

Sie ging vom Zentrum Richtung Vikstavägen. Zum dritten Mal an diesem Tag. Sie machte Umwege, sobald sie ein bekanntes Gesicht sah. Sie wollte sich mit niemandem unterhalten, sondern nur ziellos herumlaufen. Dann musste sie nicht mehr daran denken. Eine Weile lang zumindest.

Plötzlich schossen ihr die Tränen in die Augen. Das würde noch furchtbar enden. Alles. Das wusste sie. Das konnte einfach nicht gut gehen. Nicht bei ihr. Immer wenn sie zwei Stufen nach oben stieg, fiel sie vier wieder hinunter. Sie war glücklich, und dafür musste sie jetzt bezahlen!

Sie konnte nicht nach Hause gehen. Sie hatte einfach

nicht die Kraft dazu. Woanders konnte sie auch nicht sein. Auch nicht bei Mama.

Trotzdem betrat sie das Haus Nummer 53 und ging wie in Trance die Treppe hinauf.

Katja Walter sagte nicht viel, saß entspannt zurückgelehnt auf dem Sofa und hörte zu. Sie zündete sich eine Zigarette an, inhalierte tief und blies den Rauch in Lis Richtung.

»Du kriegst es zurück, das weißt du«, sagte Li und rutschte nervös hin und her. »Ehrenwort.«

»Wie kannst du nur so verdammt dumm sein?«, herrschte die Ältere sie an.

Li starrte verbissen auf den Boden.

»Ich dachte, ich hätte es. Dann kam auf einmal diese ganze andere Scheiße ... Ich weiß nicht, vielleicht habe ich mich verrechnet ...«

Katja Walter zog wieder an ihrer Zigarette.

»Trotzdem ist es total bescheuert. Du weißt doch, wie pingelig die sind. Auch wenn du jetzt noch zahlst, setzen die dich trotzdem vor die Tür. Die können dich rauswerfen, wenn sie dein Geld nur eine Stunde zu spät bekommen haben, wenn ihnen danach ist.«

Sie setzte sich auf.

»Außerdem habe ich nicht mal genug für mich selbst.«

Li stand auf und ging rasch auf die Tür zu.

»Lauf nicht weg! Ich bin noch nicht fertig. Es gibt da noch ein paar Typen, die mir eine Hand voll Öre schulden. Ich muss mich nur auf die Socken machen und die Kohle einfordern. Du musst dich bis heute Abend gedulden. Geht das?«

Li hielt inne.

»Mensch, Mama. Ich weiß nicht, was ich sagen soll ...«

Sie ging zum Sofa, streckte die Hand aus und berührte ihre Schulter.

»Du kriegst es zurück. Jede Öre. Verdammt, das verspreche ich hoch und heilig!«

Die ältere Frau zuckte bei der Berührung zusammen.

»Na, das will ich mal hoffen«, sagte sie nach einer kurzen Pause.

Dann stand sie auf, trat ans Fenster und schaute hinaus.

»Waren sie wegen Bosse wieder hinter dir her?«

Li nickte schweigend.

»Gestern. Sie waren zu zweit. Haben mich wegen diesem verdammten Einbruch in der Wohnung ausgefragt. Fast eine Stunde hat das gedauert. Pfui Teufel. Die haben so getan, als würden sie mich verdächtigen!«

»Dann kommen sie wohl auch bald zu mir, vermute ich«, murrte Katja Walter heiser.

»Dich habe ich mit keinem Wort erwähnt«, entgegnete die junge Frau rasch.

»Das war auch gar nicht nötig. Schließlich haben sie bereits die Witterung aufgenommen.«

Katja Walter starrte vor sich hin.

»Sie haben nicht mehr nach diesen Feiertagen und diesem ganzen Zeug gefragt?«

»Doch, danach auch.«

»Und was hast du gesagt?«

Li schluckte.

»Dass ich mich möglicherweise geirrt und die Tage verwechselt hätte.«

»Gut so«, erwiderte die andere, »ein bisschen Grips hast du wohl doch noch im Schädel.«

Li rang die Hände.

»Bosse war's nicht! Das weißt du ganz genau!«

Katja Walter zuckte mit den Schultern.

»Dann braucht er sich ja auch keine Sorgen zu machen. Und du auch nicht, oder?«

Magnusson betrachtete Bo Lindberg aufmerksam. Der Befragte wurde immer ärgerlicher, und Magnusson beschloss, noch einmal zu dem Thema zurückzukehren.

»Sie haben also nicht die geringste Ahnung, was hinter diesem Einbruch stecken könnte, Bosse?«

Der Angesprochene konnte sich nur mit Mühe beherrschen.

»Mir kommt es so vor, als hätte ich diese Frage gerade eben schon beantwortet.«

»Sie behaupten also, dass Sie keine Ahnung haben«, stellte Magnusson fest. »Und es ist nichts verschwunden, sagen Sie?«

»Sie kennen die Antwort. Soweit ich sehen konnte, nichts. Aber Sie haben mich ja auch nur ein paar Minuten herumgeführt. Ich hatte keine Gelegenheit, mir einen genauen Überblick zu verschaffen, falls Sie das meinen.«

Magnusson verzog den Mund.

»Ja, das dürfte doch nicht so schwer sein. Sie scheinen nicht sonderlich viel zu besitzen. Aber Ihnen ist nicht aufgefallen, ob etwas Wertvolles verschwunden ist?«

»Es gab nichts Wertvolles«, sagte Bosse Lindberg. »Aber ich habe auch nicht gesehen, dass was Wertloses gefehlt hat.«

»Seltsamer Einbruch, finden Sie nicht auch?«, fuhr Magnusson fort.

»Spielt es irgendeine Rolle, was ich finde?«

Magnusson riss die Augen auf.

»Natürlich ist das wichtig, Bosse. Sie glauben doch nicht, dass ich Sie schikaniere?«

»Sie versuchen anzudeuten, dass ich irgendwie in den Einbruch in meine Wohnung verwickelt bin. Und dass irgendwas von dort verschwunden ist. Etwas, was Sie gerne in Ihren Händen hätten. Das glaube ich.«

»Und das ist nicht der Fall?«

Bosse Lindberg seufzte leise.

»Ist das nicht wieder dieselbe Frage? Und zum wievielten Mal? Noch einmal, nein. Und es ist sinnlos, weiterhin diese Frage zu stellen, oder nicht? Wenn das wirklich der Fall wäre, würde ich Ihnen das doch wohl kaum auf die Nase binden?«

»Sagen Sie das nicht.«

Magnusson schmunzelte jovial.

»Viele haben plötzlich das Bedürfnis, endlich die Wahrheit zu sagen, wenn man die Frage nur oft genug stellt.«

Er lehnte sich vor und stützte sich mit den Ellbogen auf den Tisch.

»Außerdem ist es recht schwer, ausdauernd überzeugend zu lügen. Irgendwann verrät man sich doch.«

Lindberg erwiderte seinen Blick. Dann schüttelte er den Kopf.

»Dieser Anwalt, der meinen Pflichtverteidiger spielen soll. Es wäre langsam Zeit, dass er hier auftaucht.«

Magnusson hob die Hände.

»Sie wissen doch, wie es mit den öffentlichen Finanzen aussieht. Leider kann er heute nicht kommen. Er hat zu viel zu tun. Aber beim nächsten Verhör könnten wir ihn wahrscheinlich hinzuziehen. Wenn wir ihn rechtzeitig verständigen.«

»Dann äußere ich mich bis dahin nicht mehr.«

Magnusson runzelte bedauernd die Stirn.

»Manchmal ist es nicht empfehlenswert zu schweigen.«

Er musterte sein Gegenüber.

»Ihre Verlobte kann sich offenbar nicht mehr so gut erinnern. Aber das spielt keine größere Rolle. Schließlich waren wir uns ja recht einig darüber, dass ihre Aussage hauptsächlich als missverstandene Loyalität zu deuten sei, nicht wahr?«

Er wartete einen Augenblick.

»Aber es gibt noch einen anderen Zeugen. Jemand, der Sie gesehen hat, als Sie Freitagmorgen nach Hause gekommen sind. Obwohl Sie vor unserem Eintreffen Ihre Wohnung nicht verlassen haben wollen. War das nicht so? Diese Person hat auch gesehen, wie Sie in der Nacht auf Sonntag zum Schuppen mit den Mülltonnen gegangen sind, um etwas zu entsorgen, das Sie nicht unbedingt im Haus haben wollten. Was sagen Sie dazu?«

Bosse Lindberg fixierte ihn einen Augenblick. Dann schüttelte er den Kopf. Jetzt wirkte er nicht mehr verärgert, sondern eher belustigt.

Magnusson beugte sich noch weiter vor.

»Sie sind mit einem Auto gekommen. Jemand hat Sie abgesetzt. Sie haben diese Sache also nicht allein durchgezogen. Das haben wir auch nie geglaubt. Es ist unklug, die ganze Schuld auf sich zu nehmen, wenn das gar nicht zutrifft. Vielleicht haben Sie nicht mal die Hauptrolle gespielt? Sondern wurden gegen Ihren Willen irgendwo reingezogen und hätten nie damit gerechnet, dass es so endet? Das Beste für Sie wäre doch, wenn Sie uns einfach alles erzählten.«

Bosse Lindberg lächelte plötzlich.

»Sie reden von Katja, stimmt's? Katja Walter?«

Magnusson sah ihn mit ausdrucksloser Miene an.

»Wir haben einen Zeugen, der Sie am Freitag mit einer anderen Person nach Hause kommen sah. Wie gesagt, wäre es nicht das Beste, wenn Sie uns sagen, wer diese Person ist?«

Bosse Lindberg grinste und schüttelte wieder den Kopf.

»Sie haben nichts, nur ein verlogenes altes Weib. Der werden Sie doch wohl kaum glauben?«

Er verschränkte die Arme vor der Brust.

»Sie haben nichts«, wiederholte er. »Und ich sage Ihnen auch, warum ... Magnusson ... so heißen Sie doch, oder? Weil es nichts gibt. So einfach ist das. Es gibt nichts zu erzählen.«

Peter Larsson starrte nachdenklich auf einen Punkt an der Wand. Magnusson betrachtete ihn.

»Und?«

Larsson schielte in seine Richtung.

»Es läuft nicht so gut, oder?«

Magnusson neigte den Kopf zur Seite.

»Ich weiß nicht. Es läuft gar nicht mal so schlecht, wir müssen nur methodisch vorgehen. Kein Grund zur Panik.«

»Ach nein?«

Peter Larsson atmete geräuschvoll aus.

»Wir müssen uns Haglunds Bekanntenkreis ansehen. Vielleicht findet sich ja dort ein Motiv. Wir müssen in Erfahrung bringen, wer ihn in letzter Zeit besucht hat. Und zwar sofort.«

»In Ordnung«, erwiderte Magnusson, »machen wir. Aber wir müssen uns auch um Lindbergs Bekanntenkreis kümmern. Vielleicht stoßen wir ja auf den Freund, der ihn gefahren hat. Das ist nicht ausgeschlossen und liefert uns möglicherweise die fehlenden Puzzleteile.«

Peter Larsson schüttelte den Kopf.

»Wir sollten uns nicht so auf ihn festlegen. Wir müssen auch noch andere Möglichkeiten in Betracht ziehen.«

»Wir legen uns auch gar nicht fest. Und wir können uns weiträumig umsehen. Aber wir müssen ihn in jedem Fall im Auge behalten. Vorläufig jedenfalls. Was ihn betrifft, gibt es zu viele offene Fragen.«

»Es könnte aber auch sein, dass er nicht das Geringste damit zu tun hat und dass wir nur unsere Zeit verschwenden.«

Magnusson machte eine unwirsche Geste.

»Dann legen wir mal los! Schließlich wollen wir keine Zeit verschwenden.«

Er erhob sich, aber Peter Larsson blieb sitzen.

»Und die Theorien von Reyes?«, fragte er.

»Er darf da ruhig noch weiter herumstochern. Aber wir verlieren darüber kein Sterbenswort.«

»Glaubst du, das bringt etwas?«

»Das bezweifle ich, aber vielleicht hält es ihn ja bei Laune. Und damit wäre allerhand gewonnen.«

Er wurde wieder ernst.

»Außerdem wüsste ich gerne, ob Lindberg in eines dieser Muster passen könnte, nach denen Reyes sucht.«

Der Jüngere holte rasch Luft:

»Ich dachte, wir sollten uns nicht festlegen. Das hast du doch gerade noch gesagt?«

Magnusson betrachtete ihn nachdenklich.

»Irgendwas stimmt nicht mit diesem Lindberg. Spürst du das nicht auch? Irgendwas an ihm ist nicht so, wie es sein sollte. Fällt dir nicht auch auf, dass er glaubt, er könne mit uns Katz und Maus spielen und uns insgeheim auslachen?«

»Du übertreibst. Und siehst nur die Dinge, die du sehen willst.«

»Es wird sich ja herausstellen, ob ich mich irre«, entgegnete Magnusson schroff. »Und wenn ja, dann ist das mein Problem und nicht deins.«

Er öffnete die Tür. Peter Larsson erhob sich seufzend und folgte ihm.

»Hast du noch mal mit Henning gesprochen?«, fragte er.

»Du hoffst, das könnte mich eines Besseren belehren? Ich rede mit ihm, keine Sorge. Vielleicht erfahre ich dann noch etwas über Lindberg, und das wäre ja auch nicht verkehrt, oder?«

Sie saßen draußen auf der großen Terrasse. Die Straße schräg unter ihnen verschwand zur Hälfte hinter einem Birkenhain. Nielsen schaute sich um. Ausnahmslos niedrige Häuser mit Eigentumswohnungen. Er überlegte einen Augenblick, wie teuer sie wohl sein mochten. Inzwischen kosteten sie wahrscheinlich ein Vermögen. Eine Summe, für die man sich auf dem Land ein kleineres Gut kaufen konnte. Oder zwei. Lasse Henning hatte ein gutes Geschäft gemacht. Genauer gesagt Gisela, die wahrscheinlich sowohl über den Geschäftssinn als auch über die notwendigen finanziellen Mittel verfügte. Lasses Vermögen war bei der Scheidung draufgegangen.

Aus südlicher Richtung war das leise Rauschen der E 4 zu hören. Er beugte sich vor. In einiger Entfernung konnte er zwischen Häusern und Grünflächen die Autobahnauffahrt ausmachen. Auf der anderen Seite lagen die Vororte Bredäng und Sätra. Die alten Jagdgründe seiner Kindheit, nachdem er als Zehnjähriger mit Janne und Kerstin dorthin gezogen war. Seit Jahren war er nicht mehr dort gewesen. Seit Jahrzehnten. Obwohl Kerstin noch lange nach Jannes Tod, bis in die neunziger Jahre, in der alten Wohnung gewohnt hatte. Weshalb? Er hatte es einfach nicht über sich gebracht. Zu viele ungeklärte Dinge, denen er sich nicht hatte stellen wollen, und für die er sich geschämt hatte. Ein Teufelskreis der Schuld, aus dem er sich nicht befreien konnte.

Er wandte den Blick ab und schüttelte den Kopf bei dem Gedanken, dass Lasse ausgerechnet hier gelandet war, wo er Teile seiner Kindheit verbracht hatte.

Lasse Henning kam mit einem Tablett heraus. Er schob eine Flasche Mineralwasser über den Tisch, ließ sich auf einen der Stühle sinken und öffnete eine Dose Bier.

»Auf das neue Leben, Johnny«, sagte er und deutete auf das Mineralwasser.

Nielsen hob die Schultern.

»Ich weiß nicht, ob es einen Grund zum Anstoßen gibt. Weder, was das Neue, noch, was das Alte betrifft.«

Er goss sich dennoch Mineralwasser ein und hob das Glas.

»Du bist so verdammt heikel«, schnaubte Lasse Henning. »Das warst du schon immer. Man soll nicht mit seinem Schicksal hadern. Lernst du das denn nie?«

Er nahm einen Schluck aus seiner Bierdose, kratzte sich am Kinn und musterte den anderen nachdenklich.

»Das mit Haglund war schlampig«, fuhr er nach einer Weile fort. »Das hätte ich herausfinden müssen. Aber du hast dann ja trotzdem alles Nötige erfahren. Und noch mehr. Dir scheint die Fähigkeit, andere zum Reden zu bringen, nicht abhanden gekommen zu sein.«

»Das ist keine Kunst«, meinte Nielsen. »Die Leute wollen erzählen, hast du das nie bemerkt? Dafür braucht es nicht viel, nur einen kleinen Stups, dann legen sie los.«

»Besonders wenn man ihnen ein Honorar verspricht«, ergänzte Lasse Henning.

»Nordin?«

Nielsen wirkte schuldbewusst.

»Ja, das war nicht gerade nett. Obwohl ich ihm genau genommen nichts versprochen habe. Er hatte sich eher selbst etwas versprochen. Ich habe ihm, wie gesagt, nur einen kleinen Stups gegeben. Und bei der Tochter und dem Schwiegersohn war nicht mal das nötig. Die quasselten ohne mein Zutun gleich drauflos.«

Lasse Henning nickte.

»Das war ein regelrechter Wortschwall. Obwohl sie vermutlich nichts mit den Morden zu tun hat. Weder sie noch ihr Typ. Laut Magnusson haben sie ein Alibi für das gesamte Wochenende. Sie waren in ihrem Sommerhaus am Meer nördlich von Gävle. Die Nachbarn konnten das bezeugen.«

»Und Nordin?«

»Der stand eigentlich nie unter Verdacht. Genauso wenig wie die Besitzer der Sommerhäuser. Schließlich haben sich bisher alle auf Lindberg konzentriert.«

Nielsen nahm einen Schluck Mineralwasser.

»Die Opfer. Das Ehepaar Haglund«, meinte er. »Weißt du jetzt mehr?«

»Zumindest über ihn. An einiges erinnere ich mich sogar noch.«

Lasse Henning kratzte sich erneut das Kinn und räusperte sich.

»Harry Haglund, geboren 1928. Bereits Ende der Vierziger zum ersten Mal verurteilt, oben in Borlänge. Kleinkriminalität, ich glaube, dass er ein paar Monate einsaß. Und dann ging es immer so weiter. In den Fünfzigern wird er mehrmals wegen Körperverletzung und Diebstahl verurteilt. Aber meistens konnte man ihm nichts nachweisen. Es war nicht leicht, jemanden zum Reden zu bringen, wenn es um Haglund ging. Er war berüchtigt für seine Niedertracht. Man legte sich mit ihm nicht an, wenn es sich vermeiden ließ. Bei ein paar ungeklärten Todesfällen – Totschlag beziehungsweise Mord – tauchte er auf der Verdächtigenliste auf. Gegen Mitte der Sechziger kletterte er ein Stück die Leiter nach oben und beschäftigte sich mit Geldschränken. Er wurde ein paarmal verurteilt, obwohl er immer alles abstritt. Zweiundsiebzig wurde er wieder festgenommen. Er hatte nachweislich zwei Tresore gesprengt und kam für zweieinhalb Jahre in Haft. Fünfundsiebzig wurde er wieder entlassen, aber nach ein paar Jahren war es dann wieder so weit. Zusammen mit zwei Kumpanen nahm er sich eine Reihe von Geldschränken vor. Borlänge, Avesta, Hedemora, bis nach Västmanland. Außerdem verübte er einen Raubüberfall, über den recht viel in den Zeitungen stand. Ein Juwelier wurde schwer misshandelt – regelrecht gefoltert –, zusammen mit seiner Familie gefesselt und ein paar Tage eingesperrt. Unterdessen wurden sein Laden und sein Haus vollständig ausgeräumt, wobei die Diebe mit Ausnahme der Tapeten so gut wie alles mitnahmen. Der Juwelier trug eine bleibende Behinderung davon, und ich glaube, dass die Staatsanwaltschaft wegen versuchten Mordes Anklage erhob, jedoch ohne Erfolg. Immerhin wurde Haglund zu fünf Jahren verurteilt und saß fast die ganze Strafe ab.«

Er verstummte. Nielsen sah ihn an.

»Und dann? Besann er sich eines Besseren?«

»Sozusagen, vielleicht«, meinte Lasse Henning. »Es gab Gerüchte über das, was dann passierte. Er war um die sechzig, als er rauskam, und überschätzte offenbar seine Fähigkeiten. Er wollte überall mitmischen und trat den falschen Leuten auf die Zehen. Irgendwann waren sie den alten Sack einfach leid. Er bezog eine so gründliche Tracht Prügel, dass er auf der Intensivstation landete. Es dauerte ein Jahr, bis er wieder auf den Beinen war. Das muss 86 oder 87 gewesen sein und hat das Ende seiner Karriere eingeläutet, könnte man sagen. Jedenfalls gibt es seitdem nichts mehr über ihn.«

Er schwieg kurz, holte Luft und fuhr fort.

»Und nun zu Frau Haglund, die eigentlich nicht Frau Haglund war, sondern Marie Pettersson. Die beiden hatten nie geheiratet. Sie war zehn Jahre jünger als er und wohnte mit einem anderen üblen Gesellen zusammen, ehe Haglund sie übernahm. Diese Bruchbude im Wald gehörte übrigens ihr. Jedenfalls in der Theorie. Haglund besaß nichts, außer Schadensersatzforderungen aus seiner aktiven Zeit.«

Nielsen starrte die Mineralwasserflasche in seiner Hand an. Er versuchte, sich ein Bild von Harry Haglund zu machen, was ihm nicht recht gelingen wollte. Alles deutete darauf hin, dass er ein Schwein gewesen war. Aber war das Grund genug, ihn und eine weitere Person fünfzehn, zwanzig, fünfundzwanzig Jahre später umzubringen? Er bezweifelte das. Alles verlor an Bedeutung. Hass, Liebe, Trauer. Nach ein paar Jahren fiel es einem schwer, sich noch zu erinnern, worum es eigentlich gegangen war …

Er sah Lasse Henning an.

»Gibt es eine Verbindung zwischen Lindberg und Harry Haglund?«

»Meines Wissens nicht«, antwortete der andere. »Und offenbar ist auch niemandem sonst so etwas bekannt. Eigentlich gibt es in diesem Fall überhaupt nichts über Lindberg. Außer seine Brieftasche.«

Er schwieg.

»Obwohl es, als ich zuletzt mit Magnusson in Gävle gesprochen habe, eine neue Zeugenaussage gab«, meinte er nach einer Pause. »Er schien das für einen Durchbruch zu halten. Ein Zeuge hat ausgesagt, gesehen zu haben, wie Lindberg am Morgen des 1. Mai vor seinem Haus aus einem Auto gestiegen ist. In der darauf folgenden Nacht soll er das Haus verlassen und etwas in den Müll geworfen haben.«

Nielsen rümpfte die Nase.

»Aber dich scheint das nicht sonderlich zu beeindrucken?«

Lasse Henning hob die Hände.

»Das besagt eigentlich nicht viel. Wäre ich der Staatsanwalt, würde ich nicht gerade in Jubelrufe ausbrechen. Es handelt sich bei der Zeugin um eine circa fünfundfünfzigjährige Frau, die in derselben Gegend wohnt wie Lindberg und in denselben Kreisen verkehrt. Sie wurde in den siebziger Jahren wegen Kuppelei verurteilt und steht nach wie vor unter dem Verdacht krimineller Machenschaften. Einer Anklage wegen Hehlerei wurde aus Mangel an Beweisen nicht stattgegeben. Zuletzt wurde sie vor vier bis fünf Jahren eingehend verhört, nachdem ihr Lebensgefährte das Zeitliche gesegnet hatte. Also nicht gerade eine Traumzeugin.«

»Und was sagt Lindberg dazu?«, wollte Nielsen wissen.

»Er leugnet. Übrigens sagt er wohl überhaupt nichts mehr. Er verweigert jegliche Zusammenarbeit.«

John Nielsen goss sich die letzten Tropfen Mineralwasser ins Glas, trank es aus und verzog das Gesicht. Allmählich gewöhnte er sich daran, dass es nach nichts schmeckte und auch keine Wirkung hatte, außer dass es ihn in schlechte Laune versetzte.

»Weshalb machen wir das überhaupt, Lasse?«, fragte er plötzlich. »Warum stochern wir in dieser Angelegenheit herum? Das ist doch wirklich keine Sache, mit der du dich nebenher beschäftigen solltest. Wahrscheinlich gibt es wahnsinnigen Ärger, wenn es rauskommt.«

»Warum denn? Ich sagte doch schon, dass diese alte Geschichte mit Lindberg – ja, einiges schien mir da noch offen zu sein ...«

»Das genügt nicht«, unterbrach ihn Nielsen.

Lasse Henning warf ihm einen irritierten Blick zu.

»Ich bin eben neugierig! Klingt das besser?«

Nielsen nickte.

»Auf jeden Fall ehrlicher. Dir ist also langweilig. Hättest du stattdessen nicht anfangen können, Golf zu spielen?«

Es dämmerte. Die Luft hatte sich abgekühlt. Nielsen vertrat sich die Beine und starrte zu den Lichtern auf der Autobahn und dem fernen Skärholmen hinüber.

»Und Eva und du, ihr habt überhaupt keinen Kontakt mehr?«

Lasse Henning schüttelte den Kopf.

»Seit der Scheidung kaum mehr. Sieben Jahre ist das nun her, und damals herrschte Krieg. Der dauert noch an. Auch wenn er jetzt kälter ist. Eiskalt. Du weißt schon.«

Nielsen nickte. Er wusste Bescheid. Anfang der Neunziger hatte Lasse Henning umgesattelt. Er hatte sich beurlauben lassen und Jura studiert. Anschließend hatte man ihn gefragt, ob er nicht beim Dezernat für Wirtschaftskriminalität anfangen wolle. Er hatte sich die Entscheidung nicht leicht gemacht, aber schließlich zugesagt und war sechs Jahre geblieben. Dann hatte er sich bei der neu gegründeten Behörde für Wirtschaftskriminalität beworben. In dieser Zeit hatte er Gisela kennen gelernt und war aus der Ehe mit Eva ausgebrochen. Die beiden waren fünfzehn Jahre lang verheiratet gewesen, und ihre Söhne waren zehn und zwölf Jahre alt. Die Trennung hatte ihm Eva nie verziehen.

»Man sollte meinen, dass sich die Wellen mal hätten glätten müssen«, sagte Lasse Henning seufzend. »Nach all den Jahren. Es wäre nett, wenn man sich mal wieder sehen könnte. Schließlich verbindet uns immer noch einiges.«

Er sah Nielsen an, als suche er bei ihm Bestätigung. Aber dieser wandte mit einem Achselzucken den Blick ab.

Er kannte Eva fast genauso lange wie Lasse. Er hatte ihre Kinder heranwachsen sehen. Aber das war Teil der Vergangenheit, und er hatte keine Lust, unaufrichtige Worte des Bedauerns zu äußern oder Partei zu ergreifen.

»Vielleicht. Aber so läuft es vermutlich nicht immer.«

Er betrachtete das breite, etwas rötliche Gesicht seines

Gegenübers. Sein graublondes, zurückgekämmtes Haar war feucht von Schweiß. Er war gealtert. Seine Gesichtshaut war faltiger geworden, und die Wangen waren weniger straff. Sein Haaransatz war deutlich nach hinten gewandert. Die Lachfältchen um Augen und Mund waren tiefer geworden und schienen keine Freude mehr auszudrücken. Eher Überdruss, vielleicht sogar Bitterkeit.

Vielleicht war das ja auch die Erklärung dafür, dass sie hier saßen und etwas durchkauten, wovon sie besser die Finger gelassen hätten. Sie wollten die Uhr zurückdrehen oder sich einfach nur die Zeit vertreiben.

»Lindberg«, begann er. »Erzähl mir, was du über ihn weißt, vor dieser Geschichte mit dem Überfall.«

Lasse Henning wurde wieder munter. Er rieb sich die Hände und dachte einen Augenblick nach.

»Er stammt aus der Gegend von Söderhamn, aber seine Eltern sind nach Gävle gezogen, als er noch recht klein war. Er ist dort aufgewachsen, später auch an mehreren Orten der Mälarregion. Seine Eltern leben nicht mehr, und er hat keine Geschwister. Auch als Erwachsener ist er wiederholte Male umgezogen, hat ein paar Jahre in Malmö gewohnt, in Göteborg, zweimal auch in Stockholm. In Gävle wohnt er jetzt wieder seit zwei Jahren. Er hat keinerlei Ausbildung vorzuweisen. Meist war er nur kürzere Zeit irgendwo beschäftigt. In der Krankenpflege. Bei der Post. Aushilfe im Restaurant. Wenn er überhaupt gearbeitet hat, versteht sich. Die meiste Zeit hat er einfach in den Tag hineingelebt oder schwarz gearbeitet. Die letzten zehn Jahre, seit dem Überfall, war er auch oft krankgeschrieben.«

»Vorstrafen?«, fragte Nielsen.

»Er wurde ein einziges Mal verurteilt und zwar in den achtziger Jahren, als er in Malmö gewohnt hat. Einbruch in ein Einfamilienhaus. Damals habe ich ihn natürlich auch dazu befragt. Er hat nicht versucht, sich herauszureden, hat nur gemeint, dass er verdammt dumm gewesen sei. Und jung, erst Anfang zwanzig. Eine ganze Bande war beteiligt gewesen, aber nur er wurde erwischt. Nachbarn hatten eine Streife alarmiert, der er dann geradewegs in die Arme gelaufen ist, als er ein Gemälde im Wert von zwanzigtausend Kronen aus dem Haus schleppen wollte. Aber darüber hinaus? Nichts.«

»Und wenn man weiter zurückgeht? Gibt es jemanden, mit dem man reden könnte, der etwas über ihn weiß?«

»Wie weit zurück?«, fragte Lasse Henning.

»So weit wie möglich.«

Lasse Henning dachte nach.

»Es gab da einen Verwandten. Den nächsten Angehörigen. Daran erinnere ich mich. Ein Onkel väterlicherseits, glaube ich.«

»Kannst du seine Adresse herausfinden? Vielleicht lebt er noch.«

Lasse Henning nickte.

»Und diese Freundin?«, fuhr Nielsen fort. »Die ihm ein Alibi liefern wollte?«

Lasse Henning zögerte einen Augenblick.

»Da musst du dich gedulden. Darüber darf ich nichts sagen, und das weißt du. Schließlich handelt es sich um eine laufende Ermittlung.«

Nielsen schnaubte verächtlich.

»Ich kriege das schon noch selbst raus. Das dauert dann nur etwas länger. Aber sie steht unter keinem Verdacht, soweit ich weiß? Es ist also kein Verbrechen, mit ihr zu reden.«

Eine neue Fährte

Peter Larsson war mitten auf dem Hof stehen geblieben. Alles sah jetzt anders aus. Der Himmel war klar und blau, wolkenlos. Die Landschaft wirkte offener, luftiger. Das Haus war schön gelegen, bemerkte er jetzt, wäre nicht der Kahlschlag dahinter gewesen.

Er betrachtete das Haus eine Weile. Es sah bereits unbewohnt aus. Das Küchenfenster gähnte leer. Ihm fiel ein, dass zerbrochene Blumentöpfe auf dem Fußboden gelegen hatten. Das Gras vor der Außentreppe stand bereits hoch. Auf dem Kiesweg, der zum Haus führte, waren keine Spuren zu sehen. Schon seit langem schien hier niemand mehr gegangen zu sein.

Er machte eine Runde ums Haus und betrachtete die Fenster. Als er zur Haustür zurückkam, stieg er die Außentreppe hinauf, rüttelte an der Tür und stellte sich wieder in den Hof.

Er dachte an den Anblick in der Küche, als sie die Tür geöffnet hatten und eingetreten waren. An den Gestank. Er hatte auf dem Absatz kehrtgemacht und war ins Freie gestürzt. Hatte sich auf dem Kiesweg heftig übergeben, obwohl er auf das, was ihn erwartete, vorbereitet gewesen war.

Was sagte Magnusson immer? Der erste Eindruck. Und wie war der gewesen? Hauptsache weg hier! Daraus ließ sich kaum auf die Vorkommnisse im Haus schließen. Oder vielleicht erst recht.

Eine Gänsehaut lief ihm den Rücken hinunter. Er hatte keine größere Lust, darüber nachzudenken. Er war auch nicht hergekommen, um seinen ersten Eindruck aufzufrischen. Es ging um etwas Konkreteres, was ihm seither keine Ruhe gelassen hatte.

Er ging zum Auto zurück und dachte an Magnusson, der gerne als sturer, etwas langweiliger Pragmatiker gesehen werden wollte. Jemand, der sich immer erst die Fakten anschaute. Vielleicht glaubte er es ja sogar selbst. Die Wahrheit sah jedoch anders aus. Während der letzten vier Jahre, die sie nun zusammenarbeiteten, war es oft vorgekommen, dass sich der Ältere von seiner Intuition, von seinen Gefühlen, hatte leiten lassen. Bereits im Frühstadium einer Ermittlung entschied er für gewöhnlich, welche Richtung er einschlagen wollte. Man müsse die Fährte aufnehmen, pflegte er auch zu sagen, wobei er jeweils unterstrich, dass er auf der Jagd nach *Fakten* sei. Man könne es sich ja jederzeit anders überlegen, wenn sich die Witterung ändere. Was selten geschah. Aber in diesem Fall würde es vielleicht nötig sein.

Möglicherweise hatten sie sich zu sehr auf Bo Erik Lindberg konzentriert. Eigentlich mussten sie Schritt für Schritt zurückgehen und jedes Detail wieder unter die Lupe nehmen und dabei vorerst von Lindberg absehen. Das war nicht das Einfachste, jedenfalls nicht jetzt.

Er wischte sich den Schweiß von der Stirn und richtete sich auf. Eigentlich hatte er erst am nächsten Morgen wieder Dienst. Es war sein erster freier Tag seit eineinhalb Wochen. Er hätte etwas anderes damit anfangen sollen, dachte er. Er hätte trainieren, ein paar Kilometer joggen sollen. Das hätte er wirklich nötig gehabt. Eigentlich hätte er etwas unternehmen müssen, das seinen Kopf frei machte. Stattdessen stand er wieder am Ausgangspunkt ihrer Ermittlungen. Es gab eine Fährte, der er einfach folgen musste, er musste sehen, wohin sie führte.

Der Dienstagmorgen war grau. Ein steter Nieselregen prasselte gegen die Scheiben. Magnusson stand am Fenster und starrte hinaus.

»Aha«, meinte er nach einer Weile. »Du warst also auf eigene Faust unterwegs?«

Peter Larsson schüttelte den Kopf.

»Das würde ich nicht behaupten. Schließlich hatten wir besprochen, Schritt für Schritt zurückzugehen und die Einzelheiten nochmals unter die Lupe zu nehmen. Genau das habe ich getan.«

»Im Gegensatz zu mir, meinst du?«

»Willst du noch weitermosern, oder darf ich ausreden?«, fragte Peter Larsson.

Magnusson antwortete nicht und schaute mit finsterer Miene aus dem Fenster.

»Wir sind die ganze Zeit davon ausgegangen, dass sie den Täter ins Haus gelassen haben müssen«, fuhr Peter Larsson fort. »Dass er unter irgendeinem Vorwand angeklopft hat und dann einfach reingestiefelt ist. Oder dass ganz einfach nicht abgeschlossen war. Aber als ich mich gestern Nachmittag mit der Tochter unterhalten habe, hielt sie das für ausgeschlossen. Niemals hätte ihr Vater jemanden reingelassen, den er nicht kannte, und seine Lebensgefährtin auch nicht. Die Haustür sei ausnahmslos immer abgeschlossen gewesen.«

»Ausnahmen gibt es immer«, meinte Magnusson.

Larsson verschränkte die Arme.

»Schon möglich. Trotzdem können wir davon ausgehen, dass sie für gewöhnlich abgeschlossen war. In Anbetracht von Haglunds Vergangenheit ist das auch nicht verwunderlich. Die einzigen Modernisierungen dieser Bruchbude seit Haglunds Einzug wurden an der Haustür und an den Fenstern vorgenommen. Das fiel mir schon bei unserem ersten Besuch auf. Außerordentlich solide. Kriegt man nicht so ohne weiteres auf. Und nichts war beschädigt oder aufgebrochen.«

Er machte eine kurze Pause.

»Wie gesagt. Die Tochter war sich vollkommen sicher, dass sie keinem Unbekannten aufgemacht hätten. Im Laufe des letzten Jahres sei Haglund in dieser Hinsicht noch heikler geworden. Oder ängstlicher. Auch in Bezug auf sie. Er hat darauf bestanden, dass sie ihre Besuche stets telefonisch ankündigte. Eine plausible Vermutung wäre also, dass sie den Täter gekannt haben. Oder dass es jemand war, der einen Schlüssel gehabt hat.«

Magnusson verzog skeptisch sein Gesicht.

»Deine Folgerungen weisen einige Schwachstellen auf. Viele Unstimmigkeiten. Ein Profi kommt auch ohne Schlüssel ins Haus. Und es kann immer mal vorkommen, dass man jemanden ins Haus lässt, den man nicht reinlassen sollte. Man kann auch einfach vergessen abzuschließen. Und so weiter.«

»Ich weiß«, erwiderte Peter Larsson mürrisch. »Ich bin auch nicht dumm. Aber wenn ich jetzt trotzdem diese schwache Argumentation weiterverfolge, nur um zu sehen, wo sie mich hinführt? Ich habe die Tochter gefragt, ob möglicherweise irgendwelche Schlüssel auf Abwege geraten sein könnten. Sie bezweifelte dies. Laut ihrer Aussage gab es die Haustürschlüssel in dreifacher Ausführung. Einmal für sie. Einmal für Haglund, und die lagen noch im Haus, und einmal für die mobile Altenpflege, die zweimal pro Woche bei Haglund vorbeischaute. Außerdem trug er ein Alarmarmband, falls etwas passierte, wenn seine Lebensgefährtin nicht zu Hause war. Und so ein Alarm macht wenig Sinn, wenn die Pfleger nicht ins Haus können. Also hingen seine Hausschlüssel auch in einem Schlüsselschrank im nächstgelegenen Altersheim in der Nähe von Åmot, denn dort ist die mobile Altenpflege stationiert. Die Tochter ging davon aus, dass sich die Schlüssel nach wie vor dort befinden. Ich rief also an, um nachzufragen.«

Magnusson zog die Brauen hoch.

»Und?«

»Es gab keine Schlüssel.«

»Wie bitte?«

»Sie konnten sie jedenfalls nicht finden und auch nicht erklären, was mit ihnen passiert war.«

Wütend schüttelte Magnusson den Kopf.

»Und die hielten es nicht für nötig, uns davon in Kenntnis zu setzen? Weder davon, dass sie Schlüssel zu Haglunds Haus besaßen, noch davon, dass sie verschwunden sind!«

»Sie bemerkten es erst, als ich anrief und nachfragte. Die Schlüssel lagen zwar da, aber niemand verlor einen Gedanken daran.«

»Und jetzt sind sie weg«, meinte Magnusson grimmig. »Wie lange können sie schon verschwunden sein? Und wie viele Personen hatten Zugang zu diesen Schlüsseln?«

Peter Larsson hob ratlos die Hände.

»Tja, sie haben die Schlüssel vor etwa einem Jahr bekommen und haben sie bisher noch nicht benutzen müssen. Im Prinzip können sie irgendwann in der ganzen Zeit verschwunden sein. Jeder der Mitarbeiter könnte die Schlüssel aus dem Schlüsselschrank genommen haben. Insgesamt handelt es sich um etwa vierzig Personen, wenn man sowohl die Tag- als auch die Nachtschicht mitrechnet. Außerdem gab es in dieser Zeit ferien- oder krankheitshalber mehrere Vertretungen.«

Magnusson nickte.

»Wir müssen mit allen reden. Soweit sich das machen lässt. Fragen, ob sich jemand an etwas erinnern kann.«

»Es könnte auch sein, dass die Schlüssel wieder auftauchen«, meinte Peter Larsson, »und dass sie nur verlegt wurden. Außerdem wissen wir gar nicht, ob diese Schlüssel etwas mit den Morden zu tun haben.«

Magnusson lächelte.

»Ahmst du meine Redeweise nach? Nein, natürlich wissen wir das nicht. Aber im Augenblick gibt es sowieso genug, was wir nicht wissen. Und das hier ist dann doch so augenfällig, dass wir es näher untersuchen sollten.«

»Eines wissen wir jedenfalls bereits«, meinte Peter Larsson. »Göran Nordin, der unmittelbare Nachbar, mit dem wir uns unterhalten haben, hat eine Frau, die in der Hauspflege arbeitet.«

Magnusson starrte ins Leere.

»Stimmt. Soweit ich mich erinnere, hat sie die Schlüssel nicht erwähnt. Was natürlich nicht heißen muss, dass sie sich dadurch verdächtig macht. Oder ihr Mann. Aber wir müssen der Sache nachgehen.«

Er erhob sich und ging im Zimmer auf und ab, hielt inne und sah Peter Larsson an.

»Lindberg. Der hat doch im Gesundheitswesen gearbeitet, erinnerst du dich? Vertretungsweise in ein paar Krankenhäusern.«

»Das ist lange her«, meinte Peter Larsson. »Außerdem war das in der Stockholmer Region. Nie bei uns. Hier hat er wohl überhaupt nicht gearbeitet. Vor allen Dingen hat er nie in Rönnåsen gearbeitet, kein einziges Mal. Danach habe ich fast als Erstes gefragt.«

Magnusson seufzte.

»Nein, das hätte zu gut gepasst …«

Er stellte sich wieder ans Fenster und starrte missmutig in den Regen, der stärker geworden war.

»Sieht so aus, als sei der Sommer endlich da. Endlich.«

Dann wandte er sich wieder dem anderen zu.

»Ich habe hier auch nicht nur Däumchen gedreht, falls du das denkst. Reyes und ich sind ein paar Fälle durchgegangen, die er für interessant hielt. Dabei ging es ihm vor allem um zwei, die allerdings außerhalb unseres Bezirkes passiert sind. Der eine vor etwa eineinhalb Jahren in der Gegend von Sveg. Eine Achtzigjährige wurde tot in ihrem Haus aufgefunden. Sie wies erhebliche Schädelverletzungen auf. Anfangs wurde vermutet, sie sei unglücklich gestürzt. Doch dann schlug eine Enkelin Alarm, weil Wertsachen fehlten. Die Polizei sah sich die Sache nochmals an. Die alte Frau war zu jenem Zeitpunkt bereits eingeäschert worden, aber die erste Untersuchung ließ den Schluss zu, dass es sich bei ihrer Verletzung um Gewalteinwirkung gehandelt haben könnte. Bei dem anderen Fall handelte es sich ebenfalls um eine ältere Frau, etwa um die 75, die in ihrem Haus misshandelt und ausgeraubt worden war. In Enviken in Dalarna. Sie überlebte trotz schwerer Verletzungen, war aber vor dem Vorfall schon recht verwirrt gewesen. Sie konnte überhaupt keine sachdienlichen Hinweise über Anzahl und Aussehen der Täter geben oder darüber, wie sie sich Zutritt verschafft hatten ... Nur einmal hat sie behauptet, der Doktor habe sie geschlagen ... ja, manchmal hat sie auch gesagt, es wäre im Krankenhaus passiert ... Inzwischen ist sie gestorben. Sie hat einige Gemälde und eine Sammlung antikes Silber besessen, die bei dem Überfall verschwanden.«

Er verstummte, und Peter betrachtete ihn eine Weile.

»Worin besteht der Zusammenhang?«

»Auch hier handelte es sich um einen Raubüberfall. Außerdem gingen die Täter ähnlich vor. Sie hinterließen kaum Spuren, was in solchen Fällen recht ungewöhnlich ist. Ja, im ersten Fall vermutete man anfänglich nicht einmal ein Verbrechen. In beiden Fällen handelte es sich um alte Frauen, die schwer verletzt wurden, eine von ihnen erlag ihren Verletzungen. Die Überfälle waren zwar nicht so extrem wie in Rönnåsen, aber es gibt Parallelen, oder etwa nicht? Außerdem gibt es eine Tatsache, die zu deinen Überlegungen passt. Die Täter gelangten ins Haus, ohne eine Tür aufzubrechen oder ein Fenster einzuschlagen. Außerdem scheinen sie gewusst zu haben, wonach sie suchten.«

»In Rönnåsen sah es nicht so aus, als hätten sie gewusst, worauf sie aus waren«, meinte Peter Larsson. »Außerdem fehlte nichts.«

»Soweit wir wissen, nicht«, erwiderte Magnusson. »Aber Haglund könnte ja während seiner aktiven Jahre etwas beiseite gelegt haben, das wäre doch denkbar? Jedenfalls könnte jemand das geglaubt haben ...«

»In Rönnåsen haben sie außerdem etwas zurückgelassen«, fiel ihm der andere ins Wort. »Etwas, womit wir mit gewisser Wahrscheinlichkeit Rückschlüsse auf den Täter ziehen können.«

Magnusson warf ihm einen schrägen Blick zu.

»Tja, irgendwann passiert das eben auch, nicht wahr?«

»Dann geht es also nur noch darum, Lindberg in diesem Szenario unterzubringen?«

Magnusson überlegte.

»Wir sollten jedenfalls untersuchen, wie seine Brieftasche dorthin geraten ist. Wir sollten auch herausfinden, was er in diesen Tagen getrieben hat. Meiner Meinung nach ist er immer noch interessant für uns.«

Peter Larsson schüttelte leicht den Kopf.

»Dann müssen wir uns aber beeilen. Wenn wir etwas

entdecken wollen, das ausreicht, um die Untersuchungshaft zu verlängern. Wir haben nicht mehr viel Zeit.«

Er sah Magnusson an.

»Außerdem müssen wir damit rechnen, dass die Presse wieder neue Zeitungsartikel veröffentlicht. Die Tochter hatte Besuch von einem Journalisten.«

»Nun«, seufzte Magnusson. »Wen wundert's. Von welcher Zeitung?«

Peter Larsson schüttelte den Kopf.

»Keine Ahnung. Das wussten sie nicht. Stattdessen haben sie mich gefragt, ob ich was gehört hätte.«

Magnusson kratzte sich am Ohr.

»Woher hatte er ihren Namen? Und ihre Adresse? Glaubst du, diese Informationen stammen von uns?«

Peter Larsson zuckte mit den Achseln.

»Wer weiß. Das wäre nicht das erste Mal.«

Die Klingel schien nicht zu funktionieren, also hämmerte Nielsen an die Tür. Der Mann, der ihm kurz darauf öffnete, war um die siebzig. Er war groß und kräftig. Er hatte ein kantiges Kinn und einen forschenden Blick. Jemand, der es gewohnt ist, das Sagen zu haben, dachte Nielsen. Was hatte er wohl für einen Beruf gehabt? Polier? Vorarbeiter? Sein Haus lag am Rande von Skutskär, die Fabrikschornsteine waren von hier aus deutlich zu erkennen.

Dann schüttelte er schwach den Kopf. Er konnte jeden beliebigen Beruf ausgeübt haben. So etwas ließ sich nicht erraten oder nur in Ausnahmefällen. Was hätte man bei ihm selbst vermutet? Vertreter vielleicht für eine Ware, die beim besten Willen niemand kaufen wollte. Wahrscheinlich war das auch der erste Gedanke des Mannes an der Tür gewesen, überlegte er, als er den misstrauischen Blick des anderen bemerkte.

»Ich bin John Nielsen«, stellte er sich vor.

Der Mann starrte ihn an, dann nickte er.

»Nielsen? Richtig, Sie hatten angerufen. Kommen Sie rein.«

Nils Lindberg. Der Onkel. Offenbar der einzige nähere Verwandte von Bo Lindberg, der noch am Leben war. Nielsen hatte ihn am Vortag mit dem Vorsatz angerufen, so weit wie möglich mit offenen Karten zu spielen. Der Mann hatte ihn erst schweigend angehört und dann gequält geseufzt.

»Bo Erik? In was ist er denn jetzt schon wieder verwickelt?« Nielsen hatte nachgedacht. »Es gibt noch keine eindeutigen Beweise«, hatte er schließlich geantwortet. »Es könnte sich auch um einen Irrtum handeln. Um einen unglücklichen Zufall.« Der andere hatte geschwiegen. »Ich habe ohnehin nichts zu erzählen. Ich habe ihn schon seit Jahren nicht mehr gesehen.« Nielsen hatte gewartet und überlegt, wie er fortfahren sollte. »Wenn es zum Prozess kommt, wird wahrscheinlich mehr über diese Sache in den Zeitungen erscheinen. Und über ihn. Dann wäre es vielleicht von Vorteil, wenn es jemanden gäbe, der ein differenzierteres Bild vermitteln könnte, finden Sie nicht auch?« Nach einer längeren Denkpause hatte der andere geantwortet: »In Ordnung. Kommen Sie vorbei, dann sehen wir weiter.«

Jetzt folgte ihm Nielsen in das kleine, eingeschossige Haus. Der Mann deutete mit dem Kopf auf eine Couchgarnitur im Wohnzimmer, und er nahm gehorsam Platz. Er ließ seinen Blick schweifen. Verblichene Lithographien hingen an den Wänden. An einer Wand stand ein Großbildfernseher, in Fächern darunter eine Vielzahl von Videokassetten. Auch das Bücherregal war überwiegend mit Videos gefüllt. Bei den Büchern schien es sich hauptsächlich um Reiseberichte zu handeln.

»Als es gerade passiert war, habe ich viel von der Sache gehört«, sagte Nils Lindberg. »Die Nachrichten haben recht viel darüber gebracht. Aber ich hätte mir nie träumen lassen, dass es sich bei dem Festgenommenen um Bo Erik handelt! Und bei mir hat sich noch niemand gemeldet. Hätten sie das nicht tun müssen?«

Er sah Nielsen erwartungsvoll an und beantwortete seine Frage dann selbst.

»Nein, vermutlich nicht. Schließlich ist es Jahre her, dass ich ihn zuletzt gesehen habe.«

»Aber Sie wussten, dass er wieder hierher gezogen war?«, fragte Nielsen.

Der Mann warf ihm einen raschen Blick zu.

»Ja, davon hatte ich gehört«, erwiderte er ausweichend.

»Wissen Sie, weshalb?«, fragte Nielsen.

Der Mann hob ratlos die Hände.

»Wie soll ich das wissen? Aber aus irgendeinem Grund wollte er wohl wieder zurück. Schließlich ist er hier aufgewachsen, hier in der Stadt. Hier hat er als Kind gewohnt. Sie kamen von Söderhamn hierher, als er etwa fünf Jahre alt war. Dann ist Erik gestorben. Mein Bruder. Schlaganfall, er war erst 36 Jahre alt. Bo war da noch nicht mal zehn. Und dann begann der Zirkus. Sie hat ihn durch halb Schweden geschleift, also Lisbet, seine Mutter.«

Nils Lindberg verstummte und schüttelte den Kopf.

»Sie hat ihn kaputtgemacht. Damals fing alles an. Es musste ja so kommen.«

Mit gerunzelter Stirn sah Nielsen ihn an.

»Wie meinen Sie das?«, fragte er.

Der andere schaute ihn verärgert an.

»Es ging doch alles schief. Kein Wunder bei dem chaotischen, unsteten Lebenswandel. Dauernd hatte sie andere Männer. Und dann ist sie die ganze Zeit umgezogen. Als wäre das Leben ein verdammter Orientierungslauf. Gleichzeitig hat sie den Jungen wahnsinnig verwöhnt. Sie ließ ihm alles durchgehen. Das konnte ja nur so enden. In seinem ganzen Leben hat er keine einzige ordentliche Arbeit gehabt. Und jetzt das ...«

John Nielsen betrachtete den Mann, der ihm gegenüber am Couchtisch saß.

»Sie glauben, dass er es gewesen ist? Dass er dazu fähig wäre?«

Nils Lindberg starrte ihn mit ausdrucksloser Miene an.

»Aber nicht doch! Das habe ich nie behauptet!«

Er ließ sich zurück in den Sessel sinken.

»Nein«, fuhr er mit leiserer Stimme fort. »Nein, Bo nicht. Das könnte er nicht. Das kann ich mir beim besten Willen nicht vorstellen ...«

»Aber es ist doch schon so lange her, seit Sie ihn zuletzt gesehen haben?«, erwiderte Nielsen.

»Vermutlich ein paar Jahre, und da auch nur ganz kurz. Er hat mich hier besucht.«

Nils Lindberg strich sich nervös ein paar Haarsträhnen aus dem Gesicht.

»Aber als er kleiner war, habe ich mich oft um ihn gekümmert. Zeitweise hat er auch bei mir gewohnt. Es gab kaum Probleme. Solange man ihm gesagt hat, wo's langgeht, ging alles gut. Einige Sommer war er auch bei seinem Großvater in der Gegend von Ljusne, als der noch lebte. Da war es genauso. Zucht und Ordnung. Da lernte man gehorchen, daran erinnere ich mich auch noch recht deutlich. Daran ist noch niemand gestorben.«

»Wieso hat er bei Ihnen gewohnt?«, fragte Nielsen.

Lindberg hustete verächtlich.

»Ein neuer Mann war aufgetaucht. Bei Lisbet. Und da musste sie den Jungen irgendwo abladen. Ich konnte nicht nein sagen, schließlich war er Eriks Sohn. Aber irgendwann hat es mir dann gereicht, und ich habe mich geweigert. Sie sollte sich gefälligst selbst um ihr Kind kümmern. Ja, aber das konnte sie eigentlich nicht, wie sich später herausstellte.«

Nachdenklich rieb sich Nielsen das Kinn.

»Sie meinen also, dass aus Bo nichts Ordentliches wurde?«

»Nein, man muss sich doch nur mal ansehen, was er geleistet beziehungsweise nicht geleistet hat!«

Nils Lindberg setzte sich aufrecht hin.

»Hat er eine Ausbildung gemacht? Hatte er jemals eine richtige Arbeit? Nein, nichts, nicht einmal annäherungsweise. Er hat rumgegammelt, das hat er! Hat sich mit Abschaum abgegeben! Habe ich Recht?«

Er sah Nielsen auffordernd an.

»Aber er hat doch selbst nichts verbrochen, wenn ich das richtig verstanden habe«, meinte Nielsen. »Einmal abgesehen von diesen Ausrutschern, als er Anfang zwanzig war?«

Lindberg zuckte mit den Achseln und verzog das Gesicht.

»Ich weiß nicht, womit er sich beschäftigt hat. Oder wovon er gelebt hat. Gearbeitet hat er jedenfalls kaum.«

Er atmete tief ein.

»Ich finde nur, dass das eine verdammte Vergeudung war. Er war begabt. Hatte was im Kopf. Genau wie Erik, mein Bruder. Der war auch begabt, konnte alles Mögliche ausrechnen. Im Kopf. Ehe sich jemand die Zahlen aufschreiben konnte. Bo Erik war genauso. Kaum warf er einen Blick auf die Hausaufgaben, konnte er schon alles. Er hätte es weit bringen können. Wenn er nur etwas Disziplin gehabt hätte. Aber er besaß schließlich auch Gene von der anderen Hälfte, wie gesagt ...«

Er verstummte.

»Und er hat Sie weiterhin besucht?«, fragte Nielsen nach einer Weile.

Lindberg schien zu zögern. Er warf Nielsen einen raschen Blick zu.

»Ja. Schließlich brauchte er Geld. So war das jedes Mal, wenn er hier auftauchte, er wollte Geld leihen.«

Nielsen schien überrascht.

»Viel?«

»Ein paar Hundert Kronen. Mal tausend. So viel wie er kriegen konnte.«

»Und Sie haben ihm das Geld geliehen?«

»Tja, wenn es ging. Ich hatte wohl immer noch ein Verantwortungsgefühl. Bis letzten Winter. Da habe ich zu ihm gesagt, dass Schluss ist.«

Nielsen schwieg eine Weile.

»Ich dachte, Sie hätten ihn in den letzten Jahren kaum getroffen?«

Der andere zuckte zusammen.

»Getroffen ist vielleicht das falsche Wort«, meinte er verärgert. »Ab und zu war er halt hier. Ich kann mich schließlich nicht an jeden Scheißdreck erinnern!«

Er starrte Nielsen an. Dann sah er zu Boden.

»Auf alle Fälle weiß ich nichts über ihn. Jedenfalls nicht mehr, als ich gesagt habe. Aber das hatte ich Ihnen ja bereits erklärt. Dass es keinen Sinn hat, mit mir zu reden.«

Nielsen nickte und erhob sich.

»Ich finde trotzdem, dass ich etwas klüger geworden bin«, meinte er. »Und es war furchtbar nett, dass Sie etwas dazu beigetragen haben.«

Lindberg sah ihn erstaunt an.

»Schließlich geht es um die Familie«, meinte er dann. »Man will gerne was tun ...«

Nielsen war Richtung Diele gegangen und blieb vor dem Bücherregal stehen. Er schaute sich die Titel an.

»Sie interessieren sich für fremde Länder?«

Nils Lindberg war ebenfalls aufgestanden und hatte sich neben ihn gestellt.

»Verreisen Sie oft?«, fuhr Nielsen fort.

Der andere sah ihn ausdruckslos an.

»Es kommt vor«, erwiderte er knapp und schob Nielsen zur Tür.

Er bog auf die alte Landstraße und ließ den Wagen langsam weiterrollen. Dann fuhr er an den Straßenrand und hielt an. Reglos blieb er sitzen.

Zum ersten Mal hatte er das Gefühl gehabt, sich ein Bild von Lindberg machen zu können. Bo Erik Lindberg. Ein sekundenschnelles Bild mit scharfen Konturen. Etwas an diesem Bild ängstigte und beschämte ihn. Als hätte er jemanden in einem unbeobachteten Augenblick überrascht. Hätte etwas zu Gesicht bekommen, was nie für die Augen eines anderen bestimmt gewesen war.

Aber das Ganze führt zu nichts, dachte er. Sagte nichts darüber aus, ob er schuldig oder unschuldig war. Ob er in die Sache verwickelt oder nur zufällig zum Opfer geworden war. Das Gespräch mit der Freundin würde vermutlich zu einem ähnlich mageren Ergebnis führen.

Trotzdem fuhr er wieder auf die Fahrbahn und bog nach Gävle ab. Er zog sein Notizbuch aus der Jackentasche und schlug die Seite mit Anneli Holms Adresse auf.

Drogenabhängig bereits mit dreizehn, Fixerin schon lange bevor sie zwanzig gewesen war. Hatte wiederholte Male an Entziehungskuren teilgenommen, war aber abgehauen und rückfällig geworden. Dann hatte sie Methadon bekommen, war wieder rückfällig geworden. Zwei Abtreibungen. Vor drei Jahren war sie wieder schwanger geworden, hatte das Kind aber verloren, nachdem sie von ihrem damaligen Freund schwer misshandelt worden war. Seither war sie laut der ihm vorliegenden Angaben, für die nicht viel sprach, clean gewesen.

Nielsen ging in Gedanken noch einmal Lasse Hennings kurz gefassten Bericht durch, während er die Frau betrachtete, die mit einer Hand am Türrahmen, der anderen auf der Klinke, vor ihm stand. Ihr Gesicht war weicher, als er es sich vorgestellt hatte, fast kindlich, aber aus ihrem Blick sprach Lebenserfahrung. Härte. Sie wirkte sowohl wachsam, als auch eine Spur aufreizend. Ihre wiederholten Kaubewegungen und die Narben an ihrem Unterarm, den ein hochgerutschter Ärmel entblößte, verrieten, was für ein Leben sie geführt hatte. Sie bemerkte seinen Blick und zog den Ärmel herunter. Mit leeren Augen sah sie ihn an.

Eigentlich hatte er gar nicht damit gerechnet, dass sie ihn reinlassen würde, und noch weniger, dass sie in lautes Gelächter ausbrechen würde, nachdem sie ihm einen Augenblick zugehört hatte.

»Es soll also Bosse nützen, wenn Sie sich mit mir unterhalten dürfen?«, sagte sie mit heiserer Stimme und einem leichten Lispeln. »Und das soll ich Ihnen abnehmen? Für wie dumm halten Sie mich eigentlich?«

Sie schüttelte den Kopf und lachte wieder.

»Aber Sie können ja vielleicht *mir* helfen?«, fuhr sie fort und betrachtete ihn. »Haben Sie eine Zigarette?«

Nielsen nickte.

»Klar.«

»Gut«, erwiderte die Frau.

Sie drehte sich um und ging in die Wohnung. Nielsen folgte ihr, zog eine Zigarettenschachtel aus der Tasche und reichte sie ihr.

»Bitte.«

Anneli Holm lächelte spöttisch.

»Oho! Sie sind ein wirklicher Freund, was?«

Sie fischte eine Zigarette aus der Schachtel, zündete sie an und stand mit verschränkten Armen vor ihm, während sie den Rauch langsam durch die Nasenlöcher blies.

»Ich habe schon seit einer Woche kein Geld mehr, um mir selber welche zu kaufen. Ich habe mir auch sonst nichts kaufen können. Ich habe, verdammt nochmal, keine Öre! Können Sie sich das vorstellen? Vielleicht könnten Sie mir auch bei diesem Problem helfen?«

Ihr Ton war herausfordernd, fast höhnisch. Aber Nielsen ahnte die Verzweiflung, die sich dahinter verbarg. Nach kurzem Zögern steckte er seine Hand in die Innentasche und zog einen Fünfhunderter hervor. Er betrachtete ihn mit düsterem Blick und überreichte ihr dann den Schein. Wortlos nahm sie ihn entgegen und stellte sich ans Fenster.

»Dafür kriegen Sie ein Gespräch«, sagte sie nach einer Weile. »Sonst nichts, falls Sie sich das eingebildet haben sollten.«

Nielsen betrachtete ihren Rücken.

»Schlechte Finanzen?«, fragte er.

Sie zuckte leicht mit den Achseln.

»In der Regel komme ich zurecht.«

»Aber momentan nicht?«, fragte Nielsen.

Sie drehte sich zu ihm um.

»Nicht dass Sie das etwas anginge, aber ich bin alles losgeworden, oder fast alles.«

»Wie das?«

Sie lachte und schüttelte den Kopf.

»Was Sie für Fragen stellen! Ich habe es vielleicht verloren, ich weiß nicht. Oder habe mich irgendwie geirrt. Verrechnet. Sind Sie jetzt zufrieden?«

»Es war nicht das hier?«, fragte Nielsen und klopfte mit einem Finger auf seinen Unterarm.

Anneli Holm zuckte zusammen.

»Was bilden Sie sich ein?«

Nielsen sah sie direkt an.

»Sie haben ganz und gar aufgehört?«

»Es geht Sie einen Scheißdreck an, was ich tue oder auch nicht!«

»Und Bosse Lindberg, nimmt der auch nichts?«

Wütend starrte sie ihn an.

»Was sind das für beschissene Fragen?«

»Oft handelt es sich um so was«, fuhr Nielsen unbeeindruckt fort, »wenn alte Leute zu Hause ausgeraubt werden. Jemand braucht die Kohle für den nächsten Schuss. Aber das gilt also weder für Sie noch für Bosse Lindberg, wenn ich Sie recht verstehe?«

»Der schluckt nicht mal ein Aspirin!«, fauchte Anneli Holm.

Sie machte einen Schritt auf ihn zu.

»Weder Bosse noch ich haben mit dieser Schweinerei was zu tun!«

Nielsen musterte aufmerksam ihre Miene.

»Sie sind überzeugt davon, dass Lindberg nichts mit dieser Sache zu tun hat?«

Er sah, wie sie nach Luft rang und ihr plötzlich die Tränen in die Augen traten.

»Er war es nicht! Das weiß ich einfach!«

Nielsen sah sie unverwandt an.

»Offenbar gibt es einiges, was gegen ihn spricht«, meinte er.

»Irgendein Schwein versucht, ihm das anzuhängen«, sagte sie mit belegter Stimme. »So etwas muss es sein …«

»Wer?«, unterbrach sie Nielsen. »Und warum?«

Sie schüttelte den Kopf.

»Irgendein verdammtes Aas. Irgendein verdammtes Aas, das ihn nicht ausstehen kann!«

Nielsen schwieg einen Augenblick.

»Tja, kann sein. Aber er hat kein Alibi für den Tatzeitpunkt, oder?«

»Ich war doch bis spätnachts bei ihm!«

»Aber Sie sind von dort zu einer Freundin gegangen und

haben auch noch einen guten Teil des nächsten Tages dort verbracht.«

Misstrauisch starrte sie ihn an.

»Woher wissen Sie das denn?«

Nielsen zuckte mit den Achseln.

»Man hört so alles Mögliche. Und so war es doch, nicht wahr?«

Anneli Holm trat unruhig von einem Fuß auf den anderen. Sie hatte die Arme auf der Brust verschränkt, als umarme sie sich selbst.

»Er war zu Hause und zwar die ganze Nacht. Er wollte nirgendwohin, als ich ging …«

»Aber er war nicht da, als Sie zu seiner Wohnung zurückkehrten?«

Sie schüttelte sich und starrte vor sich hin.

»Vermutlich war er spazieren gegangen. Schließlich war es ja am Spätnachmittag des darauf folgenden Tages«, sagte sie mit tonloser Stimme. »Ich habe ganz tief geschlafen. Ich hatte ein Schlafmittel genommen …«

Sie schwieg abrupt und wandte sich an Nielsen.

»Er war es nicht! Aber alle diese Schweine versuchen, ihm etwas anzuhängen! Niemand glaubt ihm! Sie auch nicht!«

Sie trat einen Schritt auf ihn zu.

»Das war nur leeres Geschwätz, stimmt's? Dass Sie ihm *helfen* könnten? Ihnen ist es doch scheißegal, was aus Bosse wird. Oder aus mir. Ich hätte nicht mit Ihnen reden dürfen! Was habe ich davon?«

Nielsen machte eine abwehrende Handbewegung.

»Eigentlich müssten sie ihn bald laufen lassen«, sagte er. »Wenn sie nicht genug Beweise haben, um Anklage zu erheben.«

Anneli Holm unterbrach ihn.

»Das glaube ich erst, wenn ich es sehe! Wer weiß schon,

was die sich alles ausdenken? Vielleicht lassen sie ihn einfach versauern.«

Sie verstummte und sah ihn an, als sei ihr plötzlich etwas eingefallen.

»Ihre Adresse«, sagte sie. »Telefonnummer.«

Nielsen sah sie nachdenklich an und schnaubte kurz.

»Ich will doch nur Ihre verdammte Adresse! Damit ich Sie erreichen kann. Kapieren Sie das denn nicht?«

Nielsen holte tief Luft, suchte in seinen Taschen und zog sein Notizbuch und einen Stift hervor.

»Hier«, sagte er, nachdem er etwas aufgeschrieben und eine Seite herausgerissen hatte. »Aber behalten Sie die für sich, okay?«

Anneli Holm nahm den Zettel und lächelte.

»Meine Güte, wie übervorsichtig! Glauben Sie, dass Sie so wahnsinnig interessant sind?«

Sie betrachtete den Zettel, dann sah sie ihn wieder an.

»Ich werde schon noch rauskriegen, wer dahintersteckt. Welches Schwein ihm diese Sache anhängen will und ihn verpfiffen hat.«

Nielsen schüttelte den Kopf.

»Stellen Sie jetzt bloß nichts an. Machen Sie keine Dummheiten. Damit wäre Lindberg nicht gedient.«

Sie starrte ihn ausdruckslos an.

»Rufen Sie mich an, wenn was sein sollte«, sagte er nach kurzem Schweigen, »oder auch nur, wenn Sie sich unterhalten wollen.«

Sie seufzte.

»Meine Güte, sind Sie jetzt aber eifrig. Sie erwarten wohl noch etwas anderes für Ihren Fünfhunderter?«

Nielsen zuckte mit den Achseln, drehte sich um und ging auf die Tür zu. Hinter sich hörte er ihre Stimme. Sie überschlug sich fast vor Wut und Verzweiflung.

»Mir darf es doch auch mal gut gehen! Habe ich nicht auch ein Anrecht auf ein kleines bisschen Glück! Ein einziges, verdammtes Mal!«

Peter Larsson wartete bereits im Amtsgericht. Magnusson blieb draußen stehen und zündete sich eine Zigarette an, bereits die dritte an diesem Tag, und inhalierte tief und gierig. Nach ein paar Zügen ging er zum Blumenkübel links neben dem Portal und drückte die Zigarette im Sand aus.

Er blieb stehen und warf einen Blick über die Bahngleise auf das Polizeipräsidium. Das Auto würde gleich eintreffen. Die Strecke war kurz, es konnte kaum länger als ein paar Minuten dauern. Missmutig starrte er auf einen einfahrenden Zug und rieb sich die Augen. Müdigkeit steckte ihm in den Knochen. Wahrscheinlich hatte Peter Larsson Recht. Er hatte sich verrannt. Er war zu weit gegangen, und es fiel ihm schwer, den Fall unvoreingenommen aus neuen Blickwinkeln zu betrachten.

Er holte tief Luft, ging die Treppe hoch, und betrat das Gebäude. Larsson stand vor dem Gerichtssaal. Magnusson sah sich suchend um.

»Ist Reyes noch nicht da?«

Peter Larsson schüttelte den Kopf.

»Nein. Aber hätte er noch was rausgekriegt, wüssten wir davon.«

Magnusson nickte.

»Stimmt.«

Larsson musterte ihn prüfend.

»Also hängt alles an einem Haar?«

Magnusson lachte.

»Haar? Hätten wir ein Haar vorgefunden, gäbe es jetzt kein Problem, oder?«

Er hob ratlos die Hände.

»Aber wir haben doch einiges. Für die Haftprüfung müsste das reichen.«

»Hjerpe wirkte skeptisch«, erwiderte Peter Larsson.

Magnusson spitzte die Lippen.

»Tja, abwarten. Schließlich geht die Welt nicht unter, wenn sie ihn rauslassen.«

Peter Larsson runzelte die Stirn.

»Findest du das wirklich?«

Magnusson vergrub die Hände in den Hosentaschen, ging ein paar Schritte den Korridor entlang, drehte um und kam zurück.

»Ich würde es natürlich vorziehen, wenn er in Haft bliebe. Aber wenn das nicht geht, dann geht's eben nicht. Dann müssen wir uns etwas anderes einfallen lassen.«

Er schüttelte den Kopf. Er wusste nicht, ob er wirklich dieser Ansicht war, aber er hatte keine Lust, sich noch länger über Lindberg und Rönnåsen den Kopf zu zerbrechen. Er hatte das Gefühl, dass ihm der Fall immer weiter entglitt. Er hatte sich nun schon zu lange damit abgemüht. Er musste ihn loslassen, zumindest für ein paar Tage ...

Ein plötzlicher Schrei ließ ihn zusammenzucken. Es folgten aufgeregte Rufe. Er stürzte mit Peter Larsson auf den Fersen zum Ausgang und stieß die Tür auf. Der Transporter stand mit offenen Türen in einer Parklücke. Ein Polizist, den er vom Sehen kannte, lag auf dem Asphalt und hielt sich mit schmerzverzerrtem Gesicht das Knie.

»Das Schwein hat mich zu Boden getreten!«

Magnusson starrte ihn an.

»Wo ist er?«

Der Mann machte eine Kopfbewegung.

»Über die Gleise Richtung Hauptbahnhof! Svenning ist hinter ihm her. Er hatte nicht viel Vorsprung …«

»Hast du Alarm ausgelöst?«, unterbrach ihn Magnusson. Aus den Augenwinkeln sah er, dass Peter Larsson bereits die Straße vor dem Amtsgericht überquert hatte und über den Zaun auf den Bahndamm sprang.

»Dann tu es jetzt«, sagte er barsch, als der andere den Kopf schüttelte.

Er zog sein Handy aus der Tasche und wählte. Der Beamte richtete sich auf und schleppte sich mühsam auf die Fahrerseite des Transporters.

Eine Viertelstunde später kam Peter Larsson zurück. Magnusson hatte vor dem Amtsgericht auf ihn gewartet. Der jüngere Mann schwang sich über den Zaun und rannte auf ihn zu.

»Du hast ihn doch erwischt, schließlich bist du ja fit, oder?«

Atemlos baute sich Peter Larsson vor ihm auf. Er überhörte die Frage.

»Hast du jemanden losgeschickt?«, fragte er.

Magnusson nickte.

»Zwei Streifen suchen bereits nach ihm. Mal sehen, wie viele Kollegen wir noch lockermachen können.«

Er besann sich einen Augenblick.

»Wo ist er hin?«, fragte er dann. »Hast du eine Vermutung?«

Peter Larsson wischte sich den Schweiß aus der Stirn. Er deutete zum Bahnhof.

»Er ist vor einem einfahrenden Zug über die Gleise gerannt. Unser Mann musste warten. Dann war er weg.«

Gehetzt fuhr er fort:

»Jemand behauptete, er sei eilig in ein Auto gestiegen. Aber darauf sollten wir uns nicht verlassen. Andere sagten, er sei Richtung Stadt weitergerannt. Und einer meinte, er habe sich wie ein normaler Reisender unter die vielen Wartenden auf dem Bahnsteig gemischt. Ich bin noch eine Weile geblieben und habe mir, so gut es ging, die Namen möglicher Zeugen aufgeschrieben.«

Er schwieg kurz und sah Magnusson an.

»Übrigens, der Zug. Du hast doch auch gesehen, dass er Richtung Süden fuhr?«

Magnusson nickte.

»Ja. Die in Uppsala erledigen das. Ich habe bereits angerufen. Die eingefahrenen Züge sollen warten, bis wir sie durchsucht haben. Das ist geregelt.«

Er rieb sich das Kinn.

»Ich glaube allerdings nicht, dass wir ihn dort finden. Vermutlich müssen wir uns auf die Suche machen.«

»Du scheinst dir ja keine besonderen Sorgen zu machen?«, meinte Peter Larsson.

»Wo soll er schon hin? Die Bude seiner Freundin lassen wir überwachen. Seine eigene auch. Falls er in dieser Gegend auftaucht, erfahren wir das.«

»Wenn das mit dem Auto stimmt, ist er schon über alle Berge.«

»Du hast doch selbst gesagt, dass das recht unwahrscheinlich ist, oder nicht? Natürlich müssen wir dem nachgehen, aber auf jeden Fall wird er sich nicht lange versteckt halten können. Es dauert nie lange, bis wir was hören, wenn wir es nur methodisch angehen. Nein, Sorgen mache ich mir keine.«

Magnusson war fast erleichtert. Endlich passierte etwas. Es gab etwas Konkretes, womit er sich auseinander setzen konnte. Er wusste, dass ihm das am meisten lag. Die Resignation und Müdigkeit, die ihm noch am Morgen zu schaffen gemacht hatten, waren wie weggeblasen.

Peter Larsson drehte sich um und starrte auf den Transporter, der noch immer dort stand.

»Ich fasse es nicht, dass er ihnen entkommen ist«, meinte er kopfschüttelnd.

»Das ist meine Schuld«, meinte Magnusson und verzog sein Gesicht. »Nichts hat darauf hingedeutet, dass Fluchtgefahr besteht. Aber ich hätte trotzdem damit rechnen müssen. Diesen Vorwurf muss ich mir jetzt gefallen lassen. Das hätte besser organisiert werden müssen.«

Er trat ein paar Schritte beiseite und zog sein Handy aus der Tasche.

»Katja Walter«, erklärte er. »Ich habe versucht, sie zu erreichen. Die Sache ist heikel, aber ich finde, dass wir es ihr schuldig sind, sie zu informieren.«

»Du glaubst, dass sie in Gefahr schwebt?«

Magnusson schüttelte den Kopf.

»Eigentlich nicht. Aber schließlich hatte ich auch nicht erwartet, dass Lindberg einen Kollegen zu Boden treten und türmen würde. Er wird wohl ahnen, dass sie die erwähnte Zeugin ist. Deswegen finde ich, dass sie Anspruch darauf hat, über den Vorfall informiert zu werden.«

Peter Larsson sah ihn eine Weile an.

»Wieso ist er deiner Meinung nach abgehauen?«

Magnusson hob ratlos die Hände.

»Darauf weiß ich keine Antwort. Genauso wenig wie du. Was nicht unbedingt für ihn spricht.«

Es musste etwas geschehen sein. Das Auto stand schon seit einer Stunde dort. Die Bullen. Sie konnte es förmlich riechen.

Li trat vom Fenster zurück, ließ sich auf das Sofa sinken und kaute an ihren Fingernägeln. Was wollten die hier? Wieso saßen die da unten und observierten sie? Wollten sie sie einschüchtern? Sie schikanieren? Sie wusste nicht, was sie im Schilde führten, hatte aber keinesfalls die Absicht, noch einmal mit ihnen zu sprechen. Beim letzten Mal, als sie sie über den Einbruch ausgefragt und ihr die Worte im Mund umgedreht hatten, bis sie selbst nicht mehr gewusst hatte, was sie gesagt hatte, hatte sie sich entschieden. Denen würde sie nichts mehr sagen! Sie wusste genau, was sie über sie dachten, das war ihnen anzusehen gewesen. Diese Fixerhuren logen alle, sobald sie den Mund aufmachten! Man kam ihnen lieber nicht zu nahe, schließlich konnte man sich anstecken …

Sie stand auf und ging zum Telefon. Sie musste Mama erreichen. Sonst fiel ihr niemand ein. Dann besann sie sich eines Besseren. Vielleicht hörten die ihr Telefon ab? Einen Augenblick lang blieb sie unentschlossen stehen, dann zuckte sie mit den Schultern. Was spielte das noch für eine Rolle? Was immer sie auch sagte, es konnte ohnehin nicht schlimmer werden. Sie wählte, aber es hob niemand ab. Wo war sie bloß?

Gestern hatte sie wieder vor ihrer Wohnung gestanden. Sie hatte eine halbe Ewigkeit geklingelt, aber niemand hatte geöffnet. Dann hatte sie versucht, durch den Briefkastenschlitz zu schauen, jedoch nur die Post sehen können. Reklame. Außerdem Mamas abgelatschte Joggingschuhe. Sie standen mitten in der Diele. Aus der Wohnung war kein Laut gedrungen, und es hatte sehr muffig gerochen. Ob sie wohl da drinlag? Ob ihr etwas zugestoßen war?

Rasch hatte sie den Kopf zurückgezogen, nur weg hier. In dieser Hinsicht hatte sie schon genug gesehen. Alte Freunde, die tage- und wochenlang dagelegen hatten. Mit heruntergeklappter Kinnlade, stumpfen, toten Augen. Und dann die Gesichtsfarbe. Diese furchtbare Farbe! Diese Flecken …

Sie legte den Hörer zurück und starrte ins Leere. Dann schüttelte sie den Kopf. Nein. Mama nicht. Das konnte nicht sein. Aber wo steckte sie dann? Warum hätte sie ausgerechnet jetzt wegfahren sollen?

Sie dachte an Bella, dem sie im Einkaufszentrum begegnet war. »Mama? Die hat Urlaub genommen«, hatte er grinsend gesagt. »Sie fand, sie bräuchte eine Luftveränderung.« Sie hatte ihn angestarrt. »Seit wann seid ihr so verdammt intim?« Bella hatte nur mit den Schultern gezuckt und dann gefragt: »Hast du was von Bosse gehört? Weißt du, ob er bald rauskommt? Oder wollen die ihn weiter festhalten?« Wütend hatte sie erwidert: »Wieso sollten die ihn festhalten, verdammt nochmal? Er hat nichts verbrochen!« Bella hatte genickt. »Ja, ja, ist schon gut«, hatte er besänftigend erwidert. »Das versteht sich. Man kann nur hoffen, dass das auch reicht …« Dann war er einen Schritt näher gekommen. »Du weißt schon, falls du was brauchst …« Aber sie war rasch zurückgewichen. »Was sollte ich von dir schon brauchen?«, hatte sie geantwortet und ihn fixiert, bis er ihrem Blick ausgewichen war.

Sie schüttelte sich. Es war ihr immer unangenehm, an ihn zu denken, obwohl er ihr nie etwas getan hatte. Sie konnte sich das auch nicht recht erklären. Sie konnte ihn eben einfach nicht ausstehen. Schon allein seine verdammten Fischaugen ...

Sie zuckte zusammen, als es an der Tür klopfte. Ihr wurde eiskalt, und sie stand wie versteinert da. Dann spürte sie, wie ihr das Blut ins Gesicht schoss, ihr Herz begann zu rasen, und sie lief in die Diele.

Rätsel

Nielsen lag der Länge nach auf seinem Bett und betrachtete die Wolken, die unendlich langsam über den Himmel zogen. Schließlich zwang er sich, den Blick abzuwenden und sah auf die Uhr. Schon nach neun, aber immer noch ein wenig hell. Im Sommer verlor man jegliches Gefühl für die Zeit, fand er, und die Länge der Tage nahm geradezu nordschwedische Ausmaße an.

Er setzte sich auf. Ein Tag war bereits verstrichen, seit er von den Gesprächen mit Lindbergs Onkel und seiner Freundin zurückgekehrt war. Er hätte sich bei Lasse Henning melden müssen. Aber aus unerfindlichem Grund zögerte er, irgendetwas hielt ihn zurück. Eine Art betäubende Müdigkeit, die ihn befiel, wenn er nur an Lindberg und die ganze Geschichte dachte. Vielleicht sein Unterbewusstsein, das ihm riet, sich aus dieser Sache rauszuhalten. Außerdem brachte das Ganze wahrscheinlich sowieso nichts.

Möglicherweise befürchtete er auch einfach, dieser Aufgabe nicht gewachsen zu sein. Diese Geschichte weder aufspüren, noch niederschreiben zu können.

Er trat ans Fenster und starrte hinaus. Seine Wohnung lag im fünften Stock. Auf der anderen Seite der Ausfallstraße konnte er Märsta Centrum ausmachen. Er wohnte jetzt schon ein gutes Jahr hier und begann sich langsam einzugewöhnen. Eigentlich gefiel es ihm, so weit oben zu wohnen und den Horizont sehen zu können. Zu viel Wald fand er bedrohlich. Er wollte weit sehen können.

Er dachte darüber nach, ob sie in seinen Genen steckte. Die Erinnerung an flaches Land und Meer. An Horizonte. Seine Eltern stammten aus der Ebene von Nordjütland. Bauern, die auch fischten. Wahrscheinlich würde er dort heute noch Verwandte finden. Er wusste, dass Janne und Birthe Anfang der fünfziger Jahre mit seinem Großvater mütterlicherseits eine Rundreise durch Nordjütland gemacht hatten. Sie hatten bei Cousins und Cousinen zweiten Grades gewohnt oder anderen entfernten Verwandten ... Birthe hatte offenbar jede Sekunde ihrer Reise verabscheut ...

Zerstreut schüttelte er den Kopf. Wer hatte ihm davon erzählt? Wahrscheinlich Janne. Birthe selbst war es wohl kaum gewesen. Er konnte sich nicht erinnern, dass sie überhaupt je miteinander gesprochen hatten. Wenn er an sie dachte, stellte sich spontan Schweigen ein. Und eine Art Leere. Natürlich irrte er sich, natürlich mussten sie miteinander gesprochen haben. Aber seine Erinnerung beharrte darauf und zeigte ihm immer nur ein schweigendes Gesicht und einen Blick, der ihn nie wahrzunehmen schien, als könne sie ihn nicht sehen oder als existiere er gar nicht.

Sie war erst sechzehn gewesen, als sie ihn geboren hatte, und sie hatte sich nie um ihn gekümmert. Er war bei ihrem fast zehn Jahre älteren Bruder und seiner Frau aufgewachsen, bei Janne und Kerstin. Obwohl sie ihn nie adoptiert hatten, waren sie seine eigentlichen Eltern geworden. Birthe war ihm immer fremd geblieben. Er hatte sie nie kennen gelernt. Auch jetzt würde sich ihm keine Gelegenheit mehr bieten. Als er zehn Jahre alt gewesen war, war sie von einer Fähre nach Finnland verschwunden. Alles deutete darauf hin, dass sie über Bord gefallen und ertrunken war. Ihre Leiche war nie gefunden worden.

Er begann, ruhelos in der Wohnung auf und ab zu gehen. Warum dachte er daran? Warum war Birthes Gesicht gerade jetzt vor seinem inneren Auge aufgetaucht? Scheinbar grundlos.

Er verzog das Gesicht. Natürlich gab es einen Grund. Jedes Mal, wenn er sich einem Rätsel, einem Geheimnis näherte – in diesem Fall dem wenig greifbaren Bild von Bo Erik Lindberg –, brachte sie sich in Erinnerung. Das große Rätsel. Für das es keine Lösung gab. Das Rätsel Lindberg war bedeutend einfacher. Entweder war er schuldig oder unschuldig. Das würde sich bald herausstellen und zwar ganz sicher ohne sein Zutun …

Das Telefon klingelte. Er unterbrach seine Überlegungen, warf einen Blick auf das Display und hob seufzend ab.

»Ich weiß«, begann er. »Ich hätte dich anrufen sollen …«

»Lindberg ist abgehauen«, fiel im Lasse Henning ins Wort.

Nielsen verschlug es die Sprache.

»Wann?«, fragte er dann.

»Beim Haftprüfungstermin, genauer gesagt, kurz davor. Heute Morgen. Er hat einen Beamten niedergeschlagen und ist getürmt.«

»War irgendwas vorgefallen?«

»Meines Wissens nicht. Und es stand auch gar nicht fest, dass sie die U-Haft verlängern würden. Er hat damit nicht viel gewonnen.«

Lasse Henning machte eine kurze Pause.

»Aber das ist nicht alles. Lindbergs Freundin ist auch verschwunden, hat sich in Luft aufgelöst, und die Frau, die gesehen haben will, wie er in der Mordnacht nach Hause gekommen ist, ebenfalls.«

Nielsen erstarrte.
»Und Lindberg könnte was damit zu tun haben?«
»Was würdest du glauben?«, entgegnete Lasse Henning. »Wäre doch seltsam, wenn da kein Zusammenhang bestände, oder?«
Nielsen war immer noch wie versteinert und starrte vor sich hin.
»Ich habe sie vorgestern getroffen«, sagte er. »Die Freundin. Anneli Holm.«
»Hab ich mir schon gedacht«, sagte Lasse Henning, »dass du versuchen würdest, mit ihr zu sprechen. Hast du etwas in Erfahrung gebracht?«
»Dass Lindberg ein Heiliger war«, antwortete Nielsen. »Und dass sie ihn bis zum letzten Blutstropfen verteidigt hätte.«
Er hing seinen Gedanken nach und konnte die Konturen ihres Gesichts vor sich sehen, ihre unerhörte Entschlossenheit, wenn sie die Zähne zusammenbiss. Ja, sie würde ihn verteidigen, dachte er. Gegen alles und jeden. In jeder Situation. Egal, ob er es wert war oder nicht.
Er zupfte an seinem Ohrläppchen.
»Und es war nicht mal sicher, ob der Verlängerung der Untersuchungshaft stattgegeben worden wäre?«
»Offenbar stand es auf der Kippe. Das einzig Neue war, dass die Spurensicherung glaubte, es sei ein Teppich aus seiner Wohnung verschwunden. Wohl bei diesem unerklärlichen Einbruch.«
»Ein Teppich?«, wiederholte Nielsen.
»Ja. Die Techniker haben Fasern eines handgeknüpften Teppichs gefunden. Magnusson hoffte erst, sie Rönnåsen zuordnen zu können, was ihm nicht gelang.«
Lasse Henning verstummte.
»Wieso haben sie dich denn angerufen?«, fragte Nielsen.

»Sie wollten mir wohl einfach mitteilen, dass er wieder auf freiem Fuß ist.«

»Glauben sie, dass er versuchen wird, mit dir Kontakt aufzunehmen?«

Der andere schwieg eine Weile.

»Die Möglichkeit besteht«, meinte er dann nachdenklich. »Schließlich scheint er ein gewisses Interesse an mir zu haben …«

»Und sie wollten dich nicht warnen?«, unterbrach ihn Nielsen.

»Vielleicht auch das«, sagte Lasse Henning. »Gefährlich ist er aber wohl kaum, jedenfalls nicht für mich …«

»Bist du dir da sicher?«, fragte Nielsen.

»Ja«, antwortete der andere knapp. »Ich kann auf mich aufpassen. Außerdem sehe ich keine Veranlassung, Angst zu haben. Du etwa?«

Nach dem Gespräch blieb Nielsen am Fenster stehen. Der Himmel war noch hell, aber die Dämmerung senkte sich langsam zwischen die Häuser.

Nein, es gab keinen Grund zur Beunruhigung. Lindberg konnte gefährlich wirken, vielleicht war er aber auch nur in die Sache reingezogen worden und hatte damit eigentlich nichts zu tun. Jedenfalls war er auf der Flucht und wurde wahrscheinlich sowieso bald wieder geschnappt. Oder er gab von selbst auf.

Er blickte in die zunehmende Dämmerung. Die Laternen, die die Fußwege zwischen den Häusern säumten, leuchteten heller. Aufmerksam betrachtete er einen Mann, der zwischen zwei Laternen stand und zu seinem Fenster hochzustarren schien …

Nielsen schüttelte sich. Er kannte die Symptome. Er hatte Lindberg zu nah an sich rangelassen und ihm einen Platz in seinem Bewusstsein eingeräumt. Er wusste auch, dass er ihn erst loswerden konnte, wenn er ihm noch näher gekommen war und sich ein begreifliches Bild von ihm geschaffen hatte.

Nachdenklich musterte er den Mann, bis er weiterging und hinter dem nächsten Haus verschwand.

Peter Larsson rannte. Über den Centralplan, hinunter zum Fluss, durch die Seitenstraßen. Er versuchte, keine Rekorde zu brechen, sondern lief ungefähr in dem Tempo, das er Bosse Lindberg zutraute. Er kam an der Rådhusesplanaden vorbei und lief Richtung Västra Vägen zum Boulognerwald weiter. Dort blieb er stehen und stoppte die Zeit. Etwa sechs Minuten hätte Lindberg für die Strecke gebraucht, wäre dann aber richtig erschöpft gewesen. Die Streifen waren nach sechs Minuten bereits unterwegs gewesen, und die Fahndung war auf Hochtouren gelaufen. Hätte er versucht, zu Fuß zu entkommen, wäre er wahrscheinlich bald gefasst worden. Außerdem gab es nur einen Zeugen, der jemanden in diese Richtung hatte rennen sehen. Eigentlich hätte er mehreren Passanten auffallen müssen.

Nein, entschied er kopfschüttelnd, auf diese Weise war Lindberg wohl kaum geflohen. Wahrscheinlich war an der Sache mit dem Auto vor dem Hauptbahnhof mehr dran. Dafür gab es immerhin zwei Zeugen, obwohl die Beschreibungen von Lindberg und dem Fahrzeug recht vage waren und nicht ganz übereinstimmten.

Er kehrte um und joggte am Fluss entlang zurück. In Höhe der Seemannskirche verlangsamte er, lehnte sich an einen Steinpoller und betrachtete die frühen Pendler auf ihrem Weg zum Hauptbahnhof.

Er versuchte, sich Lindberg vorzustellen, wie er aus dem

Transporter gestiegen war und sich aufmerksam umgesehen hatte. Dann der unvermittelte Angriff auf den Polizisten. Ohne innezuhalten musste er über die Straße gerannt sein und sich, noch ehe jemand hätte eingreifen können, über den Zaun zu den Gleisen geschwungen haben. Er musste den einfahrenden Zug bemerkt und eiskalt darauf spekuliert haben, dass er es noch rechtzeitig über die Gleise schaffen würde.

Und dann? Alles deutete darauf hin, dass er sich in aller Ruhe in den Strom der Berufstätigen eingereiht hatte, die von den Bahnsteigen kamen. Ohne Hast musste er den Wartesaal durchquert haben, über den Centralplan gegangen und in den Seitenstraßen verschwunden sein. Oder aber er war zu einem wartenden Auto geschlendert und ohne Eile eingestiegen.

Peter Larsson dachte an Magnussons Behauptung, dass Lindberg mit ihnen spielte. Traf das zu? Bildete er sich ein, unverletzbar und ihnen überlegen zu sein? Dass sie ihm nichts anhaben konnten, was auch immer er unternahm?

Bisher hatte er dieses Gefühl nie gehabt. Er hatte immer mehr den Eindruck gewonnen, dass das Ganze ein Irrtum und Lindberg unschuldig sei. Dass er nichts mit dem Vorfall in Rönnåsen zu tun hatte. Jetzt war er sich nicht mehr sicher.

Magnusson war bereits da. Peter Larsson sah ihn durch die halb offene Tür und deutete mit dem Kopf zur Uhr an der Wand.

»Du bist früh dran. Oder hast du hier geschlafen?«

Magnusson starrte ihn an.

»Schlafen? Wer vertrödelt denn noch Zeit mit so was?«

Dann machte er eine abwehrende Handbewegung.

»Ich bin gerade gekommen. Reyes rief an und wollte sich

mit mir unterhalten. Wahrscheinlich war *er* die ganze Nacht auf.«

»Ist was passiert?«, fragte Peter Larsson.

»Komm rein«, erwiderte Magnusson, »und mach die Tür hinter dir zu.«

Peter Larsson nickte, trat ein und ließ sich auf den Stuhl gegenüber von Magnusson fallen.

»Ich muss mich umziehen. Duschen.«

Magnusson musterte ihn.

»Joggst du neuerdings zur Arbeit? Man könnte fast meinen, du hättest nicht genug zu tun.«

»Ich wollte wissen, wie weit Lindberg gekommen sein könnte, ehe die Fahndung eingeleitet wurde«, entgegnete der Jüngere, »und ob er ohne Hilfe geflohen sein könnte.«

»Und zu welchem Ergebnis bist du gekommen?«

»Dass er vermutlich nicht weit gekommen wäre. Außerdem hätten ihn mehr Passanten bemerken müssen. Am wahrscheinlichsten ist es, dass er in ein wartendes Auto gestiegen ist.«

Magnusson nickte zerstreut.

»Ja, ja. Das wird sich zeigen. Im Zweifelsfall können wir ihn fragen, wenn wir ihn wieder zu fassen kriegen.«

»Das scheint noch zu dauern«, meinte Peter Larsson säuerlich. »Es sind fast vierundzwanzig Stunden vergangen, und uns fehlt noch immer jede Spur.«

Er betrachtete Magnusson forschend.

»Geht es darum? Hat Reyes was rausgekriegt?«

Magnusson schüttelte den Kopf.

»Es geht um den Mord an Haglund und seiner Lebensgefährtin. Und um die anderen Fälle, die wir uns angesehen haben. Er glaubt, dass er die Verbindung gefunden hat, also die Person, die die Verbindung darstellt.«

Peter Larsson beugte sich interessiert vor.

»Wen?«

»Das werden wir in Kürze erfahren, hoffe ich«, meinte Magnusson. »Er wollte es uns persönlich mitteilen.«

Er lachte und blinzelte dem anderen zu.

»Wahrscheinlich kann er sich dann besser hervortun.«

Dann wurde er wieder ernst.

»Aber er arbeitet wie eine Maschine«, meinte er nachdenklich. »Das muss man zugeben. Unermüdlich, rund um die Uhr. Er hat sogar noch Zeit gefunden, sich die Wohnungen von Anneli Holm und Katja Walter anzusehen.«

»Irgendetwas Wichtiges?«, fragte Peter Larsson.

»Immerhin ein interessantes Ergebnis hinsichtlich Katja Walter. Laut Reyes hat sie sich vor mindestens zwei Tagen aus dem Staub gemacht. Jedenfalls scheint seither niemand mehr in ihrer Wohnung gewesen zu sein. Das war sowohl an der Post als auch am Stromverbrauch zu erkennen.«

Nachdenklich starrte er vor sich hin.

»Man hat fast das Gefühl, dass sie wusste, was passieren würde.«

»Vielleicht wollte sie auch nur auf Nummer sicher gehen«, wandte Larsson ein, »hat sich rechtzeitig auf die Socken gemacht, falls Lindberg aus der Untersuchungshaft entlassen worden wäre. Das wäre nachvollziehbar. Schließlich haben wir ihr keine Hilfe angeboten.«

Magnusson lachte trocken.

»Glaubst du etwa, sie hätte unsere Hilfe angenommen? Da kennst du sie aber schlecht.«

Er rümpfte die Nase.

»Aber Anneli Holm hat sich am Vormittag noch zu Hause aufgehalten«, fuhr er fort. »Dafür gibt es zwei Zeugen, Nachbarn.«

»Aber niemand hat sie verschwinden sehen?«, fragte Peter Larsson. »Obwohl sie observiert wurde?«

Magnusson schüttelte den Kopf.

»Das Haus wurde nur von der Straße aus bewacht, vor allem die Haustür. Ein paarmal wurde auch das Treppenhaus kontrolliert, aber niemand hat sich um die anderen Ausgänge gekümmert, um den Fahrradkeller und die Waschküche beispielsweise. Beide führen auf den Hof.«

»Also hätte Lindberg dort gewesen sein können?«

Magnusson seufzte.

»Theoretisch hätte da ein ganzes Sinfonieorchester raus- und reingehen können.«

Er warf einen Blick auf die Uhr.

»Reyes müsste jeden Moment hier sein. Mit Norgren. Sie sind die Akten gemeinsam durchgegangen. Du musst später duschen.«

Peter Larsson hob das durchgeschwitzte T-Shirt an.

»Soll ich in dem Ding hier rumsitzen? Ist das dein Ernst?«

Magnusson verzog sein Gesicht.

»Du ziehst es auf jeden Fall nicht aus, so viel ist sicher.«

Inzwischen war es acht Uhr. Sie hatten sich in Magnussons Zimmer gequetscht, um Reyes' Bericht zu hören. Als er geendet hatte, starrte Peter Larsson ihn mit gerunzelter Stirn an.

»Bellander?«, fragte er. »Und er ist uns nie aufgefallen?«

Reyes schüttelte den Kopf.

»Nein. Man könnte sagen, dass er die ganze Zeit über da war. Am Rande der Ermittlung, ohne dass wir einen Grund hätten, uns näher für ihn zu interessieren.«

Er nickte Norgren zu.

»Danne und ich haben uns das von verschiedenen Seiten angesehen und sind zu demselben Ergebnis gekommen. Er könnte derjenige sein, den wir suchen. Oder einer von ihnen.«

Er lehnte sich über den Tisch.

»Mikael Bellander, genannt Bella. Pflegehelfer von Beruf. Er absolvierte seine Ausbildung vor etwa zehn Jahren. Er ist um die dreißig, hatte nur selten eine feste Stelle und immer nur für zwei Jahre. In Bollnäs am Krankenhaus und in Saltsjö-Boo bei Stockholm. Anschließend hat er nur noch vertretungsweise gearbeitet, selten für eine längere Zeit. In den letzten Jahren war er für Zeitarbeitsunternehmen tätig. Aber auch die haben ihn nicht länger beschäftigen wollen. Warum, erkläre ich später. Interessant ist jedoch, *wo* er überall gearbeitet hat. Vor ungefähr einem Jahr arbeitete er ein paar Wochen in Åmot. Vor zwei Monaten ist er nochmals für ein paar Tage dort eingesprungen. Beide Male hat er Hausbesuche bei Haglund gemacht! Sieht man sich nun die anderen interessanten Fälle an, stößt man auch dort auf Bellander. Einmal ist er in Sveg eingesprungen, und einmal in den Sommerferien bei der Hauspflege in Enviken, wo die andere Frau überfallen wurde. Beide Male war er kurz vor den Überfällen im Einsatz. Wenn wir noch gewissenhafter weitersuchen würden, wäre es durchaus möglich, dass wir auf weitere Fälle stoßen, die in dieses Muster passen. Es handelt sich um ein recht großes Areal. Offenbar war Bellander während der letzten Jahre in weiten Teilen von Svealand und im südlichen Norrland aktiv.«

Er holte kurz Luft.

»Womit wir bei der Frage angelangt wären, weswegen es ihm nie gelang, eine feste Anstellung zu finden. Dem sind wir ebenfalls nachgegangen. Es stellte sich heraus, dass er in Bollnäs und in Saltsjö-Boo aufhören musste, weil man ihn des Diebstahls verdächtigte. Arzneimittel, Eigentum von Patienten. Bei seinen befristeten Jobs war es meist ebenso. Es bestand jeweils begründeter Verdacht, dass er das eine oder andere entwendet hatte. Von Patienten, von Kollegen und aus dem Lager. Dann hieß es immer tschüs. Dass er überhaupt noch Arbeit fand, beruhte vermutlich auf mangelnder Kontrolle und auf seiner Methode. Er ist herumgefahren und hat sich nach kürzeren Vertretungen erkundigt. Meist waren alle heilfroh, dass jemand mit entsprechender Ausbildung einspringen konnte. Bei den ersten Unregelmäßigkeiten wurden die Zeugnisse genauer gelesen, und es stellte sich heraus, dass sie gefälscht oder zumindest geschönt waren.«

»Aber es wurde nie Anzeige erstattet?«, fragte Magnusson.

Reyes schüttelte den Kopf.

»Nein. Offenbar waren die Pflegedienste immer der Ansicht, über zu wenig Beweise zu verfügen. Vielleicht scheuten sie auch einfach den Ärger und befürchteten Schadensersatzforderungen. Und sie waren wohl einfach froh, ihn ohne großen Streit und negative Schlagzeilen los zu sein. Deswegen konnte er am nächsten Arbeitsplatz wie gewohnt weitermachen.«

Er hielt inne und blickte in die Runde.

»Das Drogendezernat kannte ihn. Er verkehrte in einschlägigen Kreisen. Das ist allerdings schon einige Jahre her. Es bestand der Verdacht, dass er dealte. Allem Anschein nach verkaufte er an Jugendliche. Man hatte ihn in der Nähe von Schulen beobachtet. Aber er hat keine Vorstrafen. Und hinsichtlich der laufenden Ermittlungen schien er bisher auch nicht von Interesse zu sein. Aber er war also sowohl in Rönnåsen als auch in Sveg und Enviken. Er hatte Zugang zu den Schlüsseln und konnte Nachschlüssel anfertigen lassen. Er kannte die Verhältnisse und wusste, bei welchen Alten sich ein Überfall lohnen würde. Und als wir immer tiefer gruben, stießen wir, sozusagen als

Bonus, auf noch etwas. Bellander und Lindberg kennen sich.«

Magnusson kniff die Augen zusammen. Er beugte sich zu Reyes vor.

»Bist du dir sicher?«

Reyes nickte Norgren zu, der nun das Wort ergriff.

»Die beiden sind wiederholt im Viksta Centrum zusammen gesehen worden. Ich habe mich mit ein paar Leuten unterhalten, die meistens dort herumlungern, und alle sagen, dass die beiden sich gut kennen, und zwar schon recht lange.«

»Wohnt Bellander auch dort?«, fragte Magnusson.

Norgren schüttelte den Kopf.

»Er ist bei seinen Eltern gemeldet, irgendwo Richtung Bomhus. Aber als ich dort anrief, sagte seine Mutter, er habe ›ein eigenes Zuhause‹, würde sie aber oft besuchen und ihnen helfen. Seine Adresse wusste sie nicht, er sei so oft umgezogen ...«

Er verstummte resigniert.

»Ich glaube nicht, dass sie gelogen hat. Die Eltern sind alt, der Vater geht auf die achtzig zu, und die Mutter ist weit über siebzig. Als ich mich mit ihr unterhielt, hatte ich den Eindruck, sie sei recht verwirrt. Es ist also gut möglich, dass sie nicht weiß, wo er sich aufhält, wenn er nicht bei ihnen zu Besuch ist. Ich habe jedoch erfahren, dass sie ein Sommerhaus besitzen, das laut seiner Mutter nicht mehr benutzt wird. ›Mein Mann und ich schaffen es nicht mehr bis dorthin.‹ Aber vielleicht Bellander, der Jüngere? Vielleicht sollten wir ja dort unsere Suche beginnen.«

»Ich vermute, du hast die Adresse?«

Magnusson sah Norgren an, dieser nickte. Dann wandte er sich an Larsson.

»Die Frage ist, wie weit wir damit kommen. Für einen

hinreichenden Tatverdacht dürfte das nicht genügen, aber für eine Unterhaltung mit Bellander allemal.«

Er überlegte.

»Ich finde, wir sollten hinfahren. Vielleicht erwischen wir ihn dort. Vielleicht kann er uns etwas von sich erzählen. Reyes und ich übernehmen das, schließlich ist er sein Kandidat.«

Das Haus lag in einer Senke zwischen einer vernachlässigten Tannenpflanzung und einem sumpfigen Bach. Der einst vermutlich hellgelbe Anstrich war verblichen und blätterte ab. Ein Teil des Fundaments war abgesackt, was dem Haus den Anschein verlieh, als wolle es die Wiese herunterschlittern.

Magnusson stand auf der Straße und sah sich um. In einigem Abstand war das nächste Haus auszumachen. Es lag höher und war in bedeutend besserem Zustand. Die Sommerhauskolonie stammte aus den fünfziger oder sechziger Jahren. Ihm war jedoch aufgefallen, dass die meisten Häuser renoviert worden waren, sodass man sie das ganze Jahr über bewohnen konnte.

Bellanders Haus lag am äußersten Ende der Kolonie, wo der Kiesweg vor einer ehemaligen Weide endete. Magnusson ließ seinen Blick über den Wildwuchs aus Gebüsch und Riedgras schweifen. Die Bellanders hatten das besonders ungünstig gelegene Grundstück erwischt. Hoffentlich war es auch das billigste gewesen.

Er betrachtete das Haus. Nichts deutete darauf hin, dass sich jemand darin aufhielt. Aber die Gardinen in den Fenstern sowie ein paar Topfpflanzen waren ein deutliches Indiz dafür, dass das Haus bewohnt war. Er sah Reyes auf die Mülltonne zugehen, den Deckel abheben und hineingreifen.

»Vielleicht sollten wir zuerst anklopfen«, sagte er, »bevor wir anfangen, im Müll herumzuwühlen.«

Reyes ließ den Deckel los und lächelte.

»Alte Angewohnheit. Der Müll ist jedenfalls frisch, falls es dich interessiert.«

Magnusson stieg die beunruhigend wackelige Außentreppe hoch und trat auf die kleine Veranda. Er klopfte an und drückte die Türklinke hinunter. Es war abgeschlossen. Er trat vor das Fenster neben der Tür, schirmte die Augen mit den Händen ab und versuchte, ins Innere des Hauses zu sehen. Ein Sofa, ein Tisch, ein paar durchgesessene Sessel. An der Wand hing ein Gemälde von einem Seemann mit Schifferkrause, Pfeife und Südwester. In der Ecke ein alter Fernseher. Keine Menschen, soweit er erkennen konnte. Auf der Spüle standen Geschirr und ein paar Töpfe. Außerdem erspähte er ein paar Kleider auf dem Sofa und auf einem der Sessel.

Reyes war auf dem Kiesweg in die Hocke gegangen.

»Wann hat es zuletzt geregnet? Gestern in der Früh, oder? Anschließend hat hier noch ein Auto gestanden.«

Magnusson nickte.

»Er ist also hier gewesen. Oder jemand anders. Auch drinnen sieht es ganz danach aus.«

Er ging an Reyes vorbei zum Schuppen am Ende des Grundstücks. Er war nicht abgeschlossen. Er öffnete die Tür und trat ein. Er blieb wie angewurzelt stehen und verharrte reglos. Dann rief er über die Schulter:

»Kannst du mal herkommen?«

Reyes erhob sich, näherte sich dem Schuppen und sah hinein.

»Komm wieder raus. Wenn es geht, in deinen eigenen Fußspuren.«

Magnusson nickte und ging rückwärts.

»Was glaubst du, seit wann?«, fragte er.

»Wir werden sehen«, antwortete Reyes. »Ich kann nur schätzen. Circa vierundzwanzig Stunden, denke ich. Kennst du sie?«

Magnusson nickte. Erst war er sich nicht sicher gewesen. Als er sie zuletzt getroffen hatte, um sie über die Vorfälle in Lindbergs Wohnung zu befragen, war ihm ihr facettenreiches Mienenspiel aufgefallen.

Doch jetzt lag sie stumm zwischen schwarzen Müllsäcken in einem baufälligen Schuppen. Ihr Gesicht wirkte im Halbdunkel des Schuppens bläulich, die aufgerissenen Augen wirkten durch die geplatzten Blutgefäße schwarz. Ihr Gesicht war grotesk aufgequollen, und die Zunge trat zwischen den dunkelblauen Lippen hervor. Die Schlinge lag ihr fest zugezogen um den Hals.

»Das ist Anneli Holm«, sagte er. »Lindbergs Freundin.«

»Ach?«, sagte Reyes. »Dann wissen wir zumindest über ihren Verbleib Bescheid. Hattest du das schon erwartet?«

Magnusson antwortete nicht, wandte sich ab und starrte auf den Bach hinunter, der an der Tannenschonung entlangfloss. Jetzt handelte es sich eher um einen verschlammten Graben, das Wasser bewegte sich kaum. Die Regenfälle der letzten Tage hatten den Wasserspiegel ansteigen lassen und ein paar trübe, dunkle Tümpel gebildet, die ihn an Anneli Holms Augen erinnerten.

Er war nicht besonders sensibel und hatte in vergleichbaren Situationen seine Gefühle stets unter Kontrolle. Normalerweise arbeitete er zielstrebig und ausdauernd, ohne an die Betroffenen allzu viele Gedanken zu verschwenden. Bei Anneli Holm fiel ihm das jedoch schwer, da er das lebendige Gesicht vor wenigen Tagen noch vor sich gesehen hatte. Eine ohnmächtige Wut stieg in ihm auf, und er musste tief einatmen, um sich zu beherrschen.

Er dachte nach. Erdrosselungen geschahen meist aus dem Affekt heraus. War das auch hier der Fall? Hatte ihr der Täter nahe gestanden? War Lindberg derjenige, nach dem sie suchen mussten? Und was war mit Bellander? Inwiefern war er beteiligt? Welche Rolle spielte er in diesem Drama?

Er schüttelte den Kopf. Es hatte keinen Sinn, nur zu spekulieren. Sie mussten die beiden finden. Lindberg und Bellander und auch Katja Walter, vorzugsweise lebend.

»Gibst du Bescheid?«, sagte er zu Reyes.

Dann machte er eine Runde um das Haus. Vor dem Küchenfenster stellte er sich auf die Zehenspitzen und warf einen Blick hinein. Dann ging er zum nächsten Fenster. Es gehörte zu einem kleinen Schlafzimmer. Er ließ seinen Blick schweifen. Er schnappte nach Luft und kehrte wieder zum Schuppen zurück. Reyes, der gerade mit seinem Handy telefonierte, verstummte und sah ihn fragend an.

»Da ist noch jemand im Haus«, keuchte Magnusson.

Lasse Henning stand mit einem Knäckebrot in der Hand vor dem Kühlschrank und starrte auf die Leberpastete. Dann griff er mit düsterer Miene nach dem fettarmen Schmelzkäse, stieß die Kühlschranktür zu und setzte sich an den Küchentisch. Er trank auch nur noch Wasser mit Zitrone oder fettarme Milch. Bier gab es nur zu festlichen Anlässen, die sich laut Gisela seltsam häuften.

Er warf einen raschen Blick auf seinen Bauch und fragte sich, was es eigentlich für einen Sinn hatte, sich zu quälen. Vor einem halben Jahr hatte die kritische Grenze noch bei 110 Kilo gelegen, jetzt war er schon froh, wenn der Zeiger der Waage diesseits der 115 innehielt.

Seufzend strich er den fettarmen Käse auf das Knäckebrot. Ziemlich dick. Dann goss er sich Zitronenwasser ein, hob das Glas und trank auf sein eigenes Wohl.

Er musste sich wieder mehr bewegen. Trainieren. Spazieren gehen. Egal was. Er hatte Zeit. Überstunden machte er so gut wie keine mehr, umging sie, wo er nur konnte. Obwohl er wusste, dass ihn das unbeliebt machte. Und was Arbeit betraf, legte er sich auch nicht sonderlich ins Zeug.

In gewisser Weise hatte Johnny Recht, dachte er. Er langweilte sich. Er sah in seiner Tätigkeit keinen Sinn mehr. Er war eine verdammt kleine Ameise in einem riesigen Ameisenstaat, der es verleidet war, das Ihrige zu tun. Aber es ging nicht nur um die Arbeit. Da war noch etwas anderes, was sich nicht recht in Worte fassen ließ. Eine Unsicherheit, vielleicht. Eine fast allgegenwärtige Unsicherheit. Als sei er zum Stillstand gekommen und wüsste nicht mehr, in welcher Richtung es weiterging. Er musste sich eingestehen, dass diese Vorstellung ihm Angst machte. Er hatte sich nie eine Schwäche erlaubt. Nicht einmal die Scheidung hatte daran etwas geändert. Er hatte Evas Wut und alles andere hingenommen, ohne sich zu verteidigen oder zurückzuschlagen. Er hatte sich eingebildet, stark sein zu müssen, ein ruhender Pol, dem nichts etwas anhaben konnte.

Jetzt war er sich nicht mehr sicher. Entdeckte gelegentlich eine zermürbende Ängstlichkeit an sich, die er sich nicht erklären konnte …

Er hatte ein paarmal von seinem Brot abgebissen, hielt abrupt inne und lauschte. Ohne ein Geräusch gehört zu haben, wusste er, dass sich außer ihm noch jemand in der Wohnung befand. Jemand war eingetreten und hatte lautlos die Tür hinter sich zugezogen. Giselas Ermahnungen zum Trotz schloss er tagsüber nur selten ab. Mit halb geschlossenen Augen lauschte er angestrengt und meinte, verhaltene Atemzüge zu hören. Einen Augenblick lang spürte er, wie sich ihm vom Nacken bis zu den dünnen Haarbüscheln über der Stirn die Haare sträubten. Seine Handflächen wurden feucht. Dann war er plötzlich vollkommen ruhig, aber gleichzeitig wachsam und vom Adrenalin erhitzt.

Abrupt erhob er sich und verließ mit einem geschmeidigen Satz die Küche. Er warf sich in die Diele und stürmte mit verblüffender Beweglichkeit vorwärts. Der Mann, der mitten in der Diele stand, wurde von seiner Schulter getroffen und fiel zu Boden. Er schrie auf, als Lasse Henning seine 115 Kilo auf ihn fallen ließ, sein Gesicht auf den Boden drückte und ihm gleichzeitig das Bein nach oben riss.

Lasse Henning suchte ihn nach einer Waffe ab. Er ließ das

Bein los und drehte den Mann auf den Rücken. Er starrte in das leichenblasse Gesicht von Bo Lindberg.

Dann riss er ihn hoch und schubste ihn vor sich her ins Wohnzimmer. Er stieß Lindberg auf das Sofa und baute sich vor ihm auf. Lindberg massierte sich mit verzerrtem Gesicht Brust und Schulter. Blut tropfte aus seiner Nase. Lasse Henning nahm eine Serviette aus dem Serviettenhalter und reichte sie ihm. Lindberg wischte sich das Blut ab.

»Können Sie mir erklären, was Sie hier zu suchen haben?«

Lindberg ließ die Hand mit der Serviette sinken.

»Ich habe geklopft, aber Sie haben mich offenbar nicht gehört. Dann wollte ich sehen, ob die Tür abgeschlossen ist, und das war nicht der Fall. Dann …«

Er machte eine hilflose Geste.

»Tja, und schon lag ich da.«

Lasse Henning starrte ihn wortlos an.

»Ich wusste, dass Sie zu Hause sind. Ich habe Sie vor einer Weile nach Hause kommen sehen.«

»Und woher haben Sie meine Adresse?«

»Es stehen nicht allzu viele Hennings im Telefonbuch«, antwortete Lindberg. Kein Lars. Am nächsten kam Gisela und L. E. Henning. Lars Erik? Irgendwie meinte ich mich zu erinnern. Jedenfalls scheine ich richtig zu sein.«

Lasse Henning musterte ihn misstrauisch.

»Sie wissen, was ich tun werde, nicht wahr? Ich werde Bescheid sagen, dass Sie hier sind.«

Der andere nickte.

»Ich weiß.«

»Warum sind Sie dann hergekommen? Warum suchen Sie mich auf?«

Lindberg sah ihn eine Weile an.

»Ich hatte einen Hintergedanken«, sagte er. »Ich dachte, Sie hätten vielleicht Lust mitzukommen. Nach Gävle, um mich auszuliefern. Ich könnte vermutlich ein wenig Hilfe gebrauchen. Ich nehme an, dass ich dort nicht mehr sonderlich beliebt bin.«

Lasse Henning verzog das Gesicht.

»Nicht gerade verwunderlich, oder?«

Dann zog er die Schultern hoch.

»Ich weiß nicht, mal sehen. Ich weiß gar nicht, ob das überhaupt möglich wäre. Außerdem gibt es keinen Grund zur Beunruhigung, das kann ich Ihnen versprechen. Sie können vermutlich froh sein, dass Sie einem Polizisten ausgerechnet in diesem Land das Bein kaputtgetreten haben.«

Er verstummte und starrte nachdenklich vor sich hin.

»Warum sind Sie eigentlich getürmt?«, fragte er.

Lindberg wischte sich wieder Blut ab. Dann lehnte er seinen Kopf zurück.

»Aus einem Impuls heraus«, antwortete er. »Die Gelegenheit ergab sich, und ich habe sie genutzt.«

»Jemand hat auf Sie gewartet«, wandte Lasse Henning ein. »Mit einem Auto.«

Bosse Lindberg richtete sich auf und befühlte seine Nase, die langsam anschwoll.

»Glauben die das wirklich? Dass mich jemand gefahren hat? Das wäre wirklich nett gewesen.«

Er lächelte schief.

»Nein. Ich musste rennen. Ich hatte eine halbe Minute Vorsprung, weil ich es noch vor dem Zug über die Gleise geschafft habe. Dann habe ich mich möglichst langsam bewegt, um nicht aufzufallen. Ich ging Richtung Stadtrand und wechselte immer wieder die Richtung. Schließlich erreichte ich ein Viertel mit Reihenhäusern, schlich in einen Garten und nahm das Ding hier von der Wäscheleine.«

Er zeigte auf die Trainingsjacke, die er über seiner Haftkleidung trug.

»Und dann?«, fragte Lasse Henning.

Lindberg warf ihm einen raschen Blick zu.

»Ich habe nie behauptet, ein Unschuldslamm zu sein, oder? Ich habe mir einen Wagen gesucht, ihn aufgebrochen, kurzgeschlossen und dann nichts wie weg.«

»Niemand hat Sie gesehen, und keine Streife hat Sie aufgehalten?«

Lindberg lächelte wieder.

»Offenbar wurde keine Großfahndung eingeleitet. Weit und breit keine Straßensperre. Außerdem kenne ich die Gegend. Hielt mich auf Nebenstraßen, Richtung Roslagen. Auf diese Weise gelangte ich hierher.«

»Sie verließen also Gävle unverzüglich nach der Flucht und waren nicht mehr im Vikstavägen?«, folgerte Lasse Henning.

Bosse Lindberg schüttelte den Kopf.

»Das wäre nicht sonderlich schlau gewesen, oder? Ich vermute, dass sie dort als Erstes gesucht haben.«

»War es denn so schlau, hierher zu kommen?«

»Tja. Hier habe ich immer mal wieder gewohnt. Ich kenne Leute. Wenn ich wollte, könnte ich vermutlich recht lange untertauchen …«

Lindberg verstummte und starrte geistesabwesend vor sich hin.

»Aber warum sollte ich das tun? Schließlich habe ich nichts verbrochen. Es gibt überhaupt keinen Grund, mich einzusperren!«

Er seufzte und zuckte mit den Achseln.

»Ich weiß auch nicht, warum ich abgehauen bin. Eine Dummheit. Aber alles war so verdammt unwirklich. Ich war gezwungen, irgendwas zu unternehmen, zu sehen, ob das hier etwas war, was wirklich passierte! In echt! Verstehen Sie?«

Er beugte sich zu Lasse Henning vor.

»Haben Sie nie das Gefühl, dass das alles um Sie herum aus irgendwelchen Kulissen besteht? Dass das, was sich ereignet, nicht wirklich ist … auch die Erinnerung nicht …«

Er verstummte und musterte Lasse Henning auf eine Art, die ihn erschaudern ließ.

»Oder dass da jemand anders ist. Jemand, der ohne zu fragen die Sache in die Hand genommen hat.«

Er presste die Handflächen an die Schläfen.

»Dass da drin jemand anders ist …«

Lasse hob die Hand.

»Beruhigen Sie sich«, unterbrach er den anderen.

Er musste das Gespräch beenden. Es war nicht abzusehen, was alles geschehen konnte, wenn er Lindberg weitersprechen ließ.

Bosse Lindberg erwiderte seinen Blick, dann entspannte er sich plötzlich und lachte.

»Klingt nicht ganz gesund, oder? Nein, ich gebe Ihnen Recht. Ich weiß auch nicht genau, warum ich das gesagt habe. Das sind so verdammte fixe Ideen, die mir manchmal kommen. Ich kann es nicht anders erklären …«

Er verstummte. Lasse Henning erhob sich.

»Ich telefoniere jetzt«, sagte er. »Und ich werde Ihnen nicht hinterherlaufen, falls Sie auf derartige Gedanken kommen sollten. Dafür bin ich zu alt. Aber ich vermute, dass Sie einsehen, dass Sie dadurch nicht viel gewinnen. Im Gegenteil.«

Lindberg nickte schweigend.

Es dauerte, bis es ihm gelang, Magnusson zu erreichen. Dieser hörte schweigend zu.

»Er sitzt also vor Ihnen?«, fragte er schließlich mit gedämpfter Stimme.

»Ja«, antwortete Lasse Henning.

»Außer Ihnen ist niemand zu Hause?«

»Nein.«

Lasse Henning runzelte die Stirn. Er hörte, wie Magnusson jemandem neben sich Anweisungen erteilte. Dann sprach er wieder in den Hörer.

»Halten Sie ihn nach Möglichkeit fest, bis die Kollegen eintreffen. Aber seien Sie vorsichtig. Gehen Sie keine unnötigen Risiken ein. Bleiben Sie möglichst gelassen.«

Lasse Henning wartete.

»Erklären Sie«, sagte er kurz.

Er hörte, wie Magnusson mit den Fingerspitzen auf den Tisch trommelte.

»Ich mache es kurz. Wir haben Anneli Holm gefunden. Ermordet. Außerdem eine weitere Person, ebenfalls tot. Wir haben beide heute Morgen gefunden.«

Magnusson hielt inne.

»Das muss, wie ich das sehe, keine unmittelbare Gefahr für Sie darstellen. Es muss sich bei dem Täter nicht zwangsläufig um Lindberg handeln. Es gibt auch ein anderes mögliches Szenario. Aber, gehen Sie, wie gesagt, keine Risiken ein.«

Die Verbindung brach ab, und Lasse Henning horchte einen Augenblick in den Hörer. Dann legte er auf und wandte sich an Bosse Lindberg.

»Es wird vermutlich eine Weile dauern. Wollen Sie was trinken? Oder essen?«

Lindberg musterte ihn eingehend.

»Was ist passiert?«

Lasse Henning schüttelte den Kopf.

»Nichts Besonderes. Wir haben nur geredet.«

Nachdenklich betrachtete er Lindberg und begriff, dass es ihm ohne das Überraschungsmoment kaum so ohne weiteres gelungen wäre, ihn zu überwältigen. Lindberg war zwar sicher mindestens zwanzig Kilo leichter, aber daher umso beweglicher. Außerdem war er zehn Jahre jünger und hatte einen kompakten, muskulösen Körper, der explosive Stärke ausstrahlte. Aber Lasse Henning fand, dass er weder bedrohlich noch aggressiv wirkte. Zumindest nicht jetzt. Weder seine Haltung noch seine Stimme deuteten das an. Er wirkte eher nachdenklich und ein wenig abwesend.

»Es ist etwas passiert«, sagte er nach einer Weile. »So viel ist mir klar. Aber Sie wollen mir nicht sagen, was, und das verstehe ich auch.«

»Sie müssen sich mit Magnusson unterhalten«, meinte Lasse Henning abweisend. »Ich kann Ihnen nichts sagen.«

Bosse Lindberg nickte, schloss die Augen und lehnte sich zurück. Lasse Henning betrachtete ihn, entspannte sich dann ebenfalls, warf einen Blick zur Diele und überlegte sich, wie lange es wohl dauern würde, bis die Streife auftauchte. Er hoffte, dass die Kollegen gelassen blieben und nicht bei ihm hereinstürmten, dass Giselas Zierteller von der Wand fielen ..., als wären sie in einer Fernsehserie.

Als er wieder aufblickte, war es bereits zu spät. Lindberg war aufgestanden, hatte den Couchtisch gepackt und in seine Richtung geschleudert. Er kippte mit dem Stuhl nach hinten, den Tisch über sich, und schlug mit dem Hinterkopf auf das Parkett.

Alles verschwamm. Er spürte einen stechenden Schmerz im Hals, als sich die Tischkante in seinen Kehlkopf bohrte. Röchelnd rang er nach Luft. Dann ließ der Druck auf seinen Hals nach, und er konnte wieder atmen. Lindberg presste ihn jedoch zu Boden.

»Ich habe es mir anders überlegt«, sagte er. »Ich mache mich lieber doch nicht mit Ihnen zusammen auf den Weg. Das könnte noch böse enden.«

Er schöpfte Atem.

»Ich habe übrigens noch eine Frage. Sie haben nicht zufällig von einem Journalisten gehört, der sich für meine unbedeutende Person interessiert, oder gar von Ihnen in die Sache eingeweiht worden ist?«

Er starrte mit ausdrucksloser Miene, die wie eine starre Maske wirkte, auf Lasse Henning hinunter und verstärkte den Druck auf seinen Hals. Lasse Henning spürte, wie seine Zunge an den Gaumen gepresst wurde. Er versuchte zu schreien, aber es drang kein Laut über seine Lippen.

Dann ließ der Druck nach. Lindberg hatte sich aufgerichtet.

»Das war nur eine kleine Ermahnung. Manchmal ist es von Vorteil, nichts zu unternehmen und sich auch nicht einzumischen.«

Gemächlich schlenderte er in die Diele, öffnete die Wohnungstür und verschwand nach draußen.

Lasse Henning blieb liegen, hustete und versuchte zu schlucken. Dann kippte er den Tisch zur Seite und stand auf. Es fiel ihm immer noch schwer zu atmen, und sein Kehlkopf schmerzte. Er fühlte sich so *einfältig* wie nie zuvor in seinem Leben. Seine eigene Dummheit ärgerte ihn maßlos.

Der dunkle Fluss

Nielsen bog auf die Statoil-Tankstelle ein, fuhr an die Zapfsäule und stieg aus. Während er tankte, las er die Schlagzeilen über den Mord an Anneli Holm. In der Schlange vor der Kasse blätterte er rasch die Zeitungen durch. Die Presse wusste noch nichts über die Verbindung zwischen Lindberg und den Morden in Rönnåsen.

Er zahlte und ging zum Wagen zurück. Er dachte darüber nach, was Lasse Henning ihm in der Nacht zuvor am Telefon erzählt hatte.

Anneli Holm war im Schuppen eines Sommerhauses etwa fünfzig Kilometer von Gävle entfernt gefunden worden. Erdrosselt mit einer Wäscheleine. Im Sommerhaus hatte außerdem die Leiche einer weiteren Person gelegen, eines Mannes Mitte dreißig, der etwa zur selben Zeit an einer Überdosis gestorben war. Auf der zum Mord an Anneli Holm verwendeten Schlinge waren seine Fingerabdrücke gefunden worden.

Der Mann hatte zur Clique von Anneli Holm und Bo Lindberg gehört. Eigentlich hatte man in dem Sommerhaus nach ihm gesucht, da einiges darauf hingedeutet hatte, dass er in den Doppelmord in Rönnåsen verwickelt sein könnte.

Danach hatte Lasse Henning einen Moment geschwiegen, tief Luft geholt und von Lindbergs Besuch erzählt.

»Soll das ein Scherz sein?«, hatte Nielsen nach einem Augenblick gefragt.

»Ich finde nicht, dass es so lustig klingt«, hatte der andere erwidert. »Du etwa?«

Nielsen hatte lächeln müssen.

»Nein, nicht unbedingt«, antwortete er.

»Kannst du das irgendwie erklären?«

»Nein«, antwortete Lasse Henning einsilbig.

»Und nichts deutete darauf hin, dass er etwas mit den Vorfällen im Sommerhaus zu tun hatte?«

»Nicht dass ich wüsste.«

»Und was glaubst du?«

Lasse Henning brummte vor sich hin. »Was Lindberg angeht, glaube ich überhaupt nichts mehr.«

»Und diese andere Frau?«, fragte Nielsen. »Weiß man was über sie?«

»Nein«, antwortete Lasse Henning, »von ihr fehlt jede Spur.«

Dann schwieg er wieder eine Weile.

»Er weiß von dir.«

»Wie bitte?«, stammelte Nielsen.

»Er kennt dich vielleicht nicht persönlich, aber er weiß, dass sich jemand für seinen Hintergrund interessiert.«

»Woher?«

»Er hat sich nicht die Mühe gemacht, mir das zu erklären«, sagte Lasse Henning, »aber vielleicht solltest du mal darüber nachdenken, mit wem du gesprochen hast.«

Am frühen Nachmittag fuhr er durch Västerås, verließ später die Autobahn und bog auf den Riksvägen 66 Richtung Surahammar ab. Nach etlichen Kilometern tauchte der Wegweiser nach Kulla auf, und er bog erneut ab. Das Haus lag etwas außerhalb des Ortes und gehörte zu einer von Ackerland, Weiden und Wald umgebenen Reihenhaussiedlung.

Nielsen betrachtete den Mann in der Tür. Conny Lagerstedt sah nicht so aus, wie er erwartet hatte. Am Telefon hatte er mit einem rauen Bass gesprochen. Die Stimme und das, was er über seinen Hintergrund wusste, hatten ihn das Bild eines bärtigen untersetzten Mannes, mit den Oberarmen und dem Oberkörper eines Gewichthebers, vermuten lassen.

So mochte es vielleicht einmal gewesen sein, früher.

Jetzt waren seine Arme, die auf einem Rollator ruhten, so schmal und zerbrechlich wie die eines Greises. Sein Brustkorb war eingesunken. Sein Bart war schütter und grau. Seine Augen versteckte er hinter einer dunklen Sonnenbrille. Er nickte seinem Besucher zu.

»Nielsen?«, fragte er. »Kommen Sie rein.«

Nur mit Mühe gelang es ihm, den Rollator in der Diele zu wenden. Nielsen bemerkte, dass ihm die Jeans fast von den abgemagerten Hüften rutschte und seine knochigen Schulterblätter sich unter dem T-Shirt abzeichneten.

»Sie interessieren sich also für Bobban?«, fragte ihn Conny Lagerstedt über die Schulter. »Es war ja fast zu erwarten, dass sich mal jemand nach ihm erkundigen würde.«

»Ah ja?«, meinte Nielsen. »Gibt es dafür einen besonderen Grund?«

Conny Lagerstedt schwankte. Nielsen befürchtete, dass er umfallen würde.

»Tja, nicht nur einen«, sagte er und lachte leise. »Ich könnte Ihnen Dutzende nennen.«

Er ließ sich auf einen Stuhl sinken, scheinbar eine Spezialanfertigung mit verstellbarer Höhe, Fußstütze und Rückenlehne. Ein Kissen verteilte den Druck auf den Körper. An der Rückenlehne war eine Sauerstoffflasche befestigt. Die Maske hing über der Armlehne.

Nielsen sah sich um.

»Sieht neu aus«, sagte er.

»Noch nicht mal ein Jahr alt«, entgegnete der andere mit seiner rauen Stimme. »Mein Vater hat mir diesen Schuppen hingestellt.«

Er zündete sich eine Zigarette an, inhalierte und griff dann zur Atemmaske, hielt sie vor sein Gesicht und atmete tief ein. Dann ließ er sie fallen und machte eine ausholende Armbewegung.

»Er hatte das Grundstück noch von früher. Es gehörte zu unserem einstigen Familienhof, auf dem er zur Welt kam. Lang ist's her. Als ich Bobban kennen lernte, wohnten wir in Väringe. Das ist so ein elendes Kaff bei Enköping. Mein Vater hatte so einen Drecksjob in einer Maschinenfabrik in der Stadt.«

Er nahm die Sonnenbrille ab. Seine Augen waren blutunterlaufen. Der Blick wirkte müde, aber gleichzeitig aufmerksam. Neugierig.

»Wie sind Sie auf mich gestoßen?«, fragte er.

»Ich habe mich durchgefragt«, antwortete Nielsen.

Er hatte sich an die Schulen gewandt. Er hatte Lindbergs Kindheit und Jugend durchforstet und eine Liste der Schulen aufgestellt, die er möglicherweise besucht haben könnte, und unzählige ehemalige Lehrer und anderes Schulpersonal angerufen. Auf diese Weise hatte er Schülerlisten erhalten, die er nach interessanten Mitschülern absuchte. Glücklicherweise hatte er nicht allzu viele Telefonate führen müssen, bis er auf Conny Lagerstedt gestoßen war. Bo Lindberg und er waren unzertrennlich gewesen.

Conny Lagerstedt schmunzelte.

»Es gibt also immer noch Leute, die sich an uns erinnern?«

Nielsen nickte.

»Das kann man wohl sagen.«

Conny Lagerstedt lachte.

»Mir geht das Herz auf.«

Er neigte den Kopf zur Seite und sah Nielsen blinzelnd an.

»Und Sie haben vielleicht weitergesucht und noch so manches andere über mich herausgefunden? Irgendwie habe ich das im Gefühl.«

Nielsen nickte wieder.

»Ja. Ich habe einen kurzen Blick auf Ihren Lebenslauf geworfen.«

Es hatte ihn nicht viel Mühe gekostet, Informationen über Conny Lagerstedt einzuholen. Mit Anfang zwanzig hatte er ein paar Gefängnisstrafen wegen Drogendelikten und schwerer Körperverletzung verbüßt. Anfang der neunziger Jahre hatte er wegen eines Totschlags, den er beharrlich leugnete, vier Jahre in Hall abgesessen. Vor einigen Jahren war er nochmals wegen mehrerer schwerer Drogendelikte verurteilt worden, aber nach der halben Haftzeit entlassen worden. Nielsen konnte gut verstehen, weshalb.

Conny Lagerstedt drückte seine bis zum Filter heruntergebrannte Zigarette aus.

»Ja, so war es in den guten alten Zeiten«, sagte er und schüttelte langsam den Kopf. »Aber Sie wollten doch nicht über mich reden, sondern über Bobban?«

»Sie kannten sich also gut?«, fragte Nielsen.

Der andere lächelte.

»Das kann man wohl sagen. Jedenfalls damals. Wir waren dauernd zusammen. Vierundzwanzig Stunden am Tag, wenn nicht sogar mehr …«

»Können Sie etwas über ihn erzählen? Wie war er?«

Conny Lagerstedt zuckte mit den Schultern.

»Verrückt.«

Nielsen runzelte die Stirn.

»Wie meinen Sie das?«

»Genauso wie ich's sage. Er war verrückt. Nicht ganz bei Trost. Man wusste nie, was passieren würde, wenn man mit Bobban herumzog.«

Conny Lagerstedt schüttelte lachend den Kopf.

»Er tat, was ihm gerade in den Sinn kam. Überkam ihn die Lust, aus dem dritten Stockwerk zu springen, machte er das einfach. Wenn ihn jemand irritierte oder einfach nur komisch ansah, griff er ihn an, egal, wie groß er war. Als Waffe griff er sich das, was gerade in der Nähe war, ein Bügeleisen beispielsweise oder auch einen Zahnstocher.«

Nielsen betrachtete ihn nachdenklich.

»Sie meinen, er war gewalttätig?«

Lagerstedt schaute ihn aus zusammengekniffenen Augen an.

»Kommt darauf an. Verglichen mit mir war er ein Unschuldslamm ...«

Er machte eine abwehrende Handbewegung und lachte.

»Wir standen einander in nichts nach! Davon haben Sie bei Ihren Recherchen sicherlich gehört? Wir haben uns geprügelt, bis sich keiner mehr an uns ranwagte. Eine Zeit lang waren wir die Kings. Aber Bobban, der war schon was Besonderes. Er war vollkommen durchgedreht, und ihm war alles egal. Ich erwähnte ja bereits den dritten Stock. Wir waren eine Viertelstunde dort oben. Er saß auf dem Fensterbrett und schaukelte vor und zurück. Ich riet ihm zur Vorsicht, denn wenn er runterfiele, würde er kaum wieder aufstehen. ›Was wetten wir?‹, fragte er und ließ sich fallen. Er landete im Gebüsch, brach sich eine Schulter und mehrere Rippen und stiefelte einfach wieder hoch in die Wohnung. Man wusste nie, was einen erwartete.«

Nielsen nickte schweigend.

»Wie lange wohnte er in der Gegend von Enköping?«, fragte er dann.

Conny Lagerstedt machte eine vage Handbewegung.

»Ein paar Jahre, glaube ich. Seine Mutter und er zogen schließlich oft um. Aber auch nachdem er weggezogen war, sahen wir uns oft. In regelmäßigen und auch unregelmäßigen Abständen tauchte er auf. Manchmal wohnte er wochenlang bei mir, ohne dass jemand davon wusste.«

»War er von zu Hause abgehauen?«

»Abgehauen wäre zu viel gesagt. Schließlich machten wir immer, was wir wollten. Seine Mutter war vermutlich heilfroh. Ab und zu versuchte sie, ihn bei Verwandten unterzubringen. Es fiel ihr schwer, ihre Männer und ihn unter einen Hut zu bringen. Bei uns war das einfacher. Da waren nur mein Vater und ich. Meine Mutter starb, als ich fünf war.«

»Eine Zeit lang wohnte er bei einem Verwandten, nicht wahr?«, sagte Nielsen.

Conny Lagerstedt zog die Brauen hoch.

»Was Sie alles wissen! Wozu brauchen Sie mich da eigentlich noch? Ja, ab und zu wohnte er bei einem Onkel. Irgendwo in der Gegend von Gävle, stimmt's? Haben Sie mit ihm geredet? Ja, dann wissen Sie ja Bescheid. Pfui Teufel!«

»Was soll das heißen?«, fragte Nielsen.

Der andere schnaubte verächtlich.

»Tun Sie jetzt so, oder was? Das sieht man dem doch an, verdammt nochmal!«

Conny Lagerstedt zündete sich eine weitere Zigarette an und zog ein paarmal daran. Dann wiederholte er die Prozedur mit der Sauerstoffmaske.

»Bobban sagte, er würde ihn totschlagen. Ich glaube, wir waren damals in der Neunten. ›Ich bin dabei‹, sagte ich. ›Wir fahren hin und machen ihn fertig. Wir klauen ein Auto und fahren hin.‹«

Er schüttelte den Kopf.

»Ich weiß nicht, ob er es wirklich getan hätte. Jedenfalls machten wir uns auf den Weg. Wir saßen bereits im Auto. Aber dann machte Bobban plötzlich einen Rückzieher. Sagte, es sei gar nichts passiert. Wollte nicht mehr davon reden. Ich glaube, es endete damit, dass wir einfach nur rumfuhren. Zum Schluss ist er dann in irgendeinen verdammten Fluss gerast und hätte uns dabei fast umgebracht.«

»Aber Lindberg hat diesen Onkel trotzdem weiterhin besucht?«

Lagerstedt sah Nielsen an und strich über seinen schütteren Bart.

»Stimmt«, erwiderte er und nickte. »Ich glaube, dass er manchmal hinfuhr. Es ist schon seltsam, manche Dinge sind unerklärlich. Wie gesagt, er verlor nie wieder ein Wort darüber.«

Conny Lagerstedt verstummte und zog nachdenklich an seiner Zigarette.

»Tja, unser Bobban hatte kein Glück mit seiner Verwandtschaft. Eine Mutter, die alle ranließ. Und dann dieser Arsch. Außerdem noch ein paar Großeltern väterlicherseits, die offenbar genauso drauf waren. Bauernpack. Aus irgendeinem Kaff im Wald. Wahrscheinlich hatten sie an jedem Fuß sechs Zehen mit Schwimmhäuten dazwischen. Als er klein war, sperrten sie ihn in den Erdkeller, wenn sie meinten, dass er was ausgefressen hatte. Einen Sommer haben sie ihn einen Monat lang nicht rausgelassen, erzählte er …«

Lagerstedt hielt inne und starrte ins Leere. Dann brach er plötzlich in polterndes Gelächter aus.

»Das könnte natürlich auch gelogen sein! Daran habe ich auch manchmal gedacht. Ich habe nie jemanden getroffen, der so viel gelogen hat wie Bobban. Das war schon fast unheimlich. Wenn wir was anstellten und uns jemand erwischte, schickten wir immer Bobban vor. Er hatte immer eine Story zur Hand. Und in neun von zehn Fällen glaubte man ihm. Er wirkte wahnsinnig überzeugend ...«

Er lachte wieder, aber sein Lachen ging nach einer Weile in einen krampfhaften Husten über, der ihn schüttelte. Als der Husten aufhörte, saß er vornübergebeugt da und keuchte.

Die Tür zum Nebenzimmer ging auf, und Nielsen drehte sich um. Die Ähnlichkeit von Lagerstedt und dem Mann, der vor ihm stand, war augenfällig. Er hatte ein breites, bulldoggenhaftes Gesicht mit eckigem Kinn, einen durchdringenden Blick, massive Oberarme und einen kräftigen Brustkorb, wie ihn wohl auch Conny Lagerstedt einst besessen hatte. Er starrte Nielsen an, dann wandte er sich an seinen Sohn.

»Jetzt müsst ihr aufhören, sonst wird es dir zu viel.«

Conny Lagerstedt schüttelte den Kopf.

»Schon in Ordnung. Wir sprechen über Bobban. Bleib doch einen Moment hier. Schließlich erinnerst du dich doch auch noch an einiges, oder?«

Der Ältere schüttelte ablehnend den Kopf. Dann nahm er eine Heizdecke vom Sofa, legte sie seinem Sohn über die Knie und schob den Stecker in die Steckdose. Er blieb noch eine Weile vor ihm stehen und sah ihn an. Dann drehte er sich um und verließ den Raum.

Conny Lagerstedt nickte hinter ihm her.

»Mein Alter. Aber das war Ihnen vermutlich klar. Er hat angebaut, als ich krank wurde, und mich dann zu sich geholt. Er wollte mich nicht in irgendeinem Heim verrotten lassen.«

Er betrachtete Nielsen.

»Der Alte wirkt doch ganz okay. Ich habe keinen Grund zur Klage.«

»Nein«, meinte Nielsen, »da haben Sie wohl Recht.«

Sein Blick ruhte auf Conny Lagerstedt.

»Was haben Sie für eine Krankheit?«, fragte er.

Lagerstedt lächelte ihn schief an.

»Ist Ihnen das nicht klar?«, erwiderte er nach einem Augenblick. »Denken Sie einfach an ein paar Buchstaben. Sie können auch das ganze beschissene Alphabet durchgehen, denn so allmählich gibt mein ganzer Organismus den Geist auf.«

»Möchten Sie das Gespräch beenden?«, fragte Nielsen.

Conny Lagerstedt zuckte mit den Schultern.

»Glauben Sie, das würde helfen?«

Dann holte er tief Luft.

»Vielleicht sollten wir uns ja wirklich etwas beeilen. Für längere Sitzungen bin ich nicht mehr in Form.«

Nielsen nickte.

»Haben Sie Lindberg auch in den letzten Jahren noch getroffen?«, fragte er.

»Gelegentlich sind wir uns über den Weg gelaufen.«

»Wissen Sie, welcher Beschäftigung er nachging?«

Conny Lagerstedt schien einen Augenblick lang nachzudenken.

»Er machte nur Unsinn«, antwortete er schließlich.

Nielsen sah ihn mit gerunzelter Stirn an, und Lagerstedt wiederholte:

»Wie gesagt, puren Unsinn! Nicht gerade, was man von ihm erwartet hätte.«

Er beugte sich vor.

»Bobban war clever, wussten Sie das? Und damit meine ich nicht, dass er sich aus allem rausreden konnte. Er war ganz einfach ein kluger Kopf. Kapierte alles in Sekundenschnelle. Er hätte alles erreichen können. Studium, eine Ausbildung. Oder Bombengeschäfte, wenn ihn das interessiert hätte. Aber womit beschäftigte er sich, als ich ihm wieder begegnete? Mit Diebstahl! Zog herum wie ein gammliger Landstreicher und klaute unsinnigen Kram!«

Conny Lagerstedt schwieg. Dann erinnerte er sich an etwas und lachte heiser.

»Ich bin auch nicht gerade ein rühmliches Beispiel. Aber ich bin meinen Weg gegangen, obwohl kein Atomphysiker aus mir wurde. Aber was Bobban da betrieb, das war nicht mal Kleinsthandel, das war fast schon tragisch.«

»Was war das denn im Einzelnen?«, fragte Nielsen.

Lagerstedt griff wieder nach der Sauerstoffmaske und atmete tief ein. Trotzdem bereitete ihm das Atmen jetzt größere Mühe. Als er wieder zu sprechen begann, keuchte er.

»Letztes Mal, besser gesagt zum allerletzten Mal, tauchte er vor drei Jahren, kurz bevor sie mich einbuchteten, in meiner damaligen Wohnung auf. Er hatte wohl nach mir gesucht. Er behauptete, er wolle sich mit mir unterhalten. Aber letztendlich ging es ihm nur darum, Geld zu leihen. Nur für ein paar Tage, er habe ein paar Eisen im Feuer, ich bekäme es nach einer Woche wieder zurück.«

Conny Lagerstedt schüttelte den Kopf.

»Ich warf einen Blick in sein Auto, da drin sah es aus wie in einem Trödelladen. Kupferkessel und lauter so Zeug, das die polnischen Zigeuner alten Weibern klauen. Sah aus, als würde es kaum genug Geld fürs Benzin einbringen. Natürlich lieh ich ihm was, für mich war das damals kein Problem …«

»Und er zahlte es zurück?«, fragte Nielsen.

»Einen Teufel tat er! Ich habe ihn seither nicht wiedergesehen.«

Conny Lagerstedt lachte und hustete. Nielsen erhob sich.

»Ich lasse Sie jetzt in Ruhe«, meinte er. »Nur eins wundert mich. Sie haben gar nicht wissen wollen, worum es geht. Warum ich mich für Lindberg interessiere. Geben Sie immer so freimütig Auskunft?«

Conny Lagerstedt kniff die Augen zusammen. Er lehnte sich zurück und musterte Nielsen lange.

»Noch vor ein paar Jahren hätte ich Ihnen kein Sterbenswörtchen verraten. Da hätten Sie auch kaum gewagt, mich zu fragen. Aber jetzt ...«

Er machte eine hilflose Geste.

»Jedenfalls konnte ich mich mit jemandem unterhalten. Das kommt in letzter Zeit nicht mehr sonderlich oft vor, beziehungsweise überhaupt nicht mehr. Ich könnte genauso gut schon im Grab liegen. Ich treffe keine Menschenseele mehr. Außer meiner Alten. Und die Ärzte. Und das ist manchmal recht eintönig. Als Sie anriefen, sah ich in Ihrem Besuch eine willkommene Abwechslung. Warum Sie Bobban hinterherschnüffeln, ist mir außerdem scheißegal. Der ist erwachsen und muss selbst auf sich aufpassen. Und aus dem, was ich Ihnen erzählt habe, kann man ihm wohl kaum einen Strick drehen, oder?«

»Wahrscheinlich nicht«, erwiderte Nielsen.

Er nickte Lagerstedt zu und ging in die Diele.

»Grüßen Sie ihn von mir«, rief ihm Conny Lagerstedt nach. »Sagen Sie ihm, er soll sich mal hierher bequemen, aber er muss sich beeilen.«

»Das tu ich«, antwortete Nielsen, »falls ich ihn treffe.«

Er drehte sich um und sah, dass der Vater wieder ins Wohnzimmer gekommen war. Er beugte sich über Lagerstedt und schob die Decke zurecht, die heruntergerutscht war. Dann zog er den mageren Körper seines Sohnes an sich und hielt ihn fest, ehe er ihn behutsam wieder zurücksinken ließ.

Er brauchte fast zwei Stunden für die Heimfahrt. Er fuhr auf Nebenstraßen über Enköping und dachte daran, dass er sich in der Gegend befand, in der Lagerstedt und Bo Lindberg ihre Jugend verbracht hatten. Hinter ihm schien die niedrig stehende, bleiche Sonne und verlieh der Landschaft etwas Unwirkliches wie aus einem Traum. Er sah die beiden vor sich. Fünfzehn oder sechzehn Jahre alt, aufgedreht, lachend und voller Kraft und Lebensfreude. Es musste etwas geschehen, egal was. Das Leben durfte nicht stillstehen. Diese Sorge, dass man gezwungen sein könnte, innezuhalten und nachzudenken. Man musste weiter, unbedingt ...

Als er den Parkplatz erreichte, war es bereits elf. Er nahm den Fahrstuhl, betrat seine Wohnung und stellte sich ans Fenster. Es dämmerte. Eine sich langsam verdichtende Wolkendecke ließ nächtlichen Regen erwarten. Er sah auf die Uhr und überlegte, wie lange er warten müsste. Nach einer Weile legte er sich angezogen aufs Bett.

Als das Telefon klingelte, träumte er, dass er seinen toten Vater treffen sollte, dem er nur zweimal begegnet war, denn dieser hatte soeben angerufen und mitgeteilt, sie müssten sich sehen, ehe es zu spät sei. Nielsen hatte die absurde Logik hingenommen und wollte sich anziehen, fand aber keine Kleider. Verzweifelt hatte er überall gesucht, aber nirgends etwas zum Anziehen gefunden. Er würde nicht wegkommen ...

Es dauerte eine Weile, bis er begriff, dass das Telefon schon länger klingelte und den Traum ausgelöst hatte. Ungelenk tastete er nach dem Hörer und hielt ihn ans Ohr.

»Sie scheinen sich für mich zu interessieren?«

Als er die Stimme hörte, war er sofort hellwach. Er antwortete jedoch nicht sofort.

»Conny hat Sie also angerufen? Damit hatte ich gerechnet.«

Einen Moment blieb es still, dann lachte der andere leise.

»Und das soll ich Ihnen glauben? Dass Sie nur darauf gewartet haben, meine Stimme zu hören? Das ist doch recht unwahrscheinlich, finde ich.«

Trotz des Lachens glaubte Nielsen, Verärgerung und Verbissenheit in der Stimme des Mannes zu hören. Als hätte ihn die Möglichkeit, dass ihn jemand beeinflusst und seine Handlungen vorausgesehen haben könnte, aus dem Gleichgewicht gebracht. Er wartete wieder, ehe er etwas sagte.

»Wir sollten uns treffen, Lindberg.«

»Wieso das?«

»Es könnte Ihnen vielleicht nützen.«

Lindberg lachte wieder.

»Glauben Sie das? Da bin ich mir nicht so sicher wie Sie.«

»Sie wissen, dass Anneli tot ist?«, fragte Nielsen.

In der Leitung blieb es still.

»Ich weiß«, erwiderte der andere schließlich. »Und ich bin schuld, nicht wahr?«

»Sieht nicht so aus«, meinte Nielsen.

»Ach, nein? Aber man wird mir trotzdem die Schuld zuschieben. Genau wie für alles andere auch. Er wird schon dafür sorgen.«

»Wer?«, fragte Nielsen. »Wer wird dafür sorgen, meinen Sie?«

Als er weitersprach, war seine Stimme leiser, die Worte waren unzusammenhängend, als würde er ein Selbstgespräch führen.

»Ich weiß nicht, woher er kommt ... Wo kommt er her? Wie kann er ...«

Er verstummte erneut.

»Wir können uns zu einem Gespräch treffen«, warf Nielsen ein. »Einfach nur unterhalten.«

Nach einer Weile hörte er Lindberg wieder lachen.

»Das klingt nach einer Einladung zu einem beknackten Kaffeekränzchen. Wahrscheinlich kommt der Rest des Nähkränzchens auch?«

Er schien nachzudenken und dabei mit den Fingerspitzen auf einen Tisch zu trommeln.

»Nein, wir wollen uns lieber nicht treffen«, meinte er schließlich. »Das hätte wenig Sinn, oder, Nielsen? Vom Reden wird man nur heiser.«

Seine Stimme klang wieder so spöttisch wie zu Beginn des Gesprächs.

»Was haben Sie vor?«, fragte Nielsen.

»Neugierig?«

»Ja«, erwiderte Nielsen. »Das bin ich.«

»Gut so.«

Lindberg lachte wieder, diesmal war es fast ein Kichern, dann legte er auf.

Sie hörte ihn die Kellertreppe herunterkommen und stehen bleiben, als horche er. Dann schepperte das Schloss, die Tür öffnete sich, und er drehte den Lichtschalter. Nichts geschah. Er blieb in der Tür stehen und spähte in die Dunkelheit. Das Kellerfenster war mit Brettern vernagelt, und es dauerte eine Weile, bis sich seine Augen an die Finsternis gewöhnt hatten. Dann entspannte er sich, ging ein paar Schritte und blieb ein Stück von ihr entfernt stehen.

Reglos lag sie da. Hände und Füße waren am Heizkessel festgezurrt. Doppeltes Klebeband über dem Mund. Die Augen geschlossen.

»Ich dachte schon, du wärst auf dumme Gedanken gekommen. Hättest dir am Licht zu schaffen gemacht. Wärst ungehorsam gewesen. Aber da habe ich mich geirrt. Du liegst immer noch da und wartest ganz lieb auf mich.«

Er stieß sie mit dem Fuß an und wartete einen Augenblick. Dann beugte er sich über sie.

»Aber jetzt versuchst du mich zu leimen, nicht wahr? Ich soll glauben, du seist bewusstlos. Aber ich werde dich schon wecken. Wetten?«

Er richtete sich auf und trat ihr mit aller Kraft in den Bauch. Sie schrie auf, aber das Klebeband verwandelte den Schrei in ein lang gezogenes, ersticktes Stöhnen.

»Aber Katja, so was will ich nicht hören. Das klingt doch gar nicht nach dir. Das ist nicht dein Stil.«

Er trat wieder zu, und sie schrie auf, verstummte aber rasch wieder. Sie versuchte, mit den Armen ihren Bauch zu schützen.

»Das klang schon besser, zivilisierter.«

Er trat einen Schritt zurück. Dieses Mal nahm er Anlauf und zielte genau. Sie schrie nicht mehr, sondern stieß nur ein dumpfes Röcheln aus.

»So ist es gut. Kein Gejammer. Du lernst es langsam. Man kann sich solche Unsitten mit der richtigen Erziehung auch abgewöhnen, das ist mir allmählich klar geworden. Jetzt klingst du eher wie eine verdammte Sau ...«

Er lachte und stupste sie vorsichtig mit dem Fuß.

»Das passt auch besser, hab ich Recht?«

Dann wartete er einen Augenblick und sah sie nachdenklich an.

»Wenn du nur allmählich reden würdest. Mir sagen würdest, was ich wissen will. Dann könnten wir das hier hinter uns bringen, und du müsstest keine Schmerzen mehr aushalten. Nie mehr. Das verspreche ich dir.«

Ihr Nasenbein war bereits gebrochen, und sie atmete pfeifend. Er breitete die Arme aus.

»Aber natürlich, ich vergaß. Du kannst ja gar nicht! Wie dumm von mir.«

Er zeigte sich einen Vogel und verzog bedauernd das Gesicht. Dann beugte er sich vor und riss ihr mit einer raschen Bewegung den Klebestreifen vom Mund. Sie winselte leise.

»Fang jetzt nicht schon wieder an, wo du doch schon so brav warst. Sag einfach was. Erzähl.«

Aufmerksam betrachtete er ihr Gesicht, ihre Lippen, die sich bewegten, und beugte sich näher heran. Nach einer Weile schüttelte er den Kopf.

»Ich muss mich verhört haben. Es klang, als hättest du ›Verdammtes Schwein!‹ gesagt. Das muss wohl daran liegen, dass man dich so schwer versteht, weil du fast keinen Zahn mehr in der Fresse hast. Die müssen irgendwie rausgefallen sein. Liegt das am Alter? Oder ernährst du dich falsch?«

Er richtete sich wieder auf.

»Aber vielleicht gelingt es dir noch, etwas Verständliches zu äußern. Schließlich warst du gerade eben noch so gelehrig. Man muss nur die richtige Methode anwenden.«

Er hielt inne.

»Uns bleibt nicht viel Zeit, wir müssen also versuchen, was zu finden, was schnell geht. Ich könnte mir Benzin vorstellen. Unterleib bis zur Ritze, dann ein Streichholz. Was hältst du davon?«

Er sah sich um.

»Irgendwo muss hier ein Kanister stehen, meine ich mich zu erinnern. Für den Rasenmäher.«

Er hatte sie einen Moment aus den Augen gelassen, und sie wusste, dass wahrscheinlich keine bessere Chance kommen würde. Sie hatte sich halb aufgerichtet. Als er das bemerkte, rammte sie den abgebrochenen Besenstiel nach oben. Er versuchte sich zur Seite zu werfen, aber es war zu spät. Das Holz bohrte sich in seine Leiste, und sie drückte immer weiter nach oben, immer weiter in ihn hinein.

Er packte ihren Hals und drückte zu, aber sie ließ nicht ab und spürte, wie seine Umklammerung nachließ. Er konnte nicht mehr stehen und sank in die Knie. Sie sah sein Gesicht jetzt ganz dicht vor ihrem. Er riss die Augen auf, die aus den Höhlen zu treten drohten. Immer wieder öffnete und schloss er den Mund, ohne einen Laut hervorzubringen.

»Hilfe«, hörte sie ihn schließlich flüstern. »Hilf mir …«

Sie sah ihn an und versuchte, mit ihrem zerschlagenen Gesicht zu lächeln.

»Natürlich, Bosse«, röchelte sie. »Mach ich.«

Sie legte ihm ihre Hände auf die Schultern, stemmte sich hoch und drückte ihn nach unten auf den abgebrochenen Besenstiel. Jetzt schrie er, brüllte lauter und immer lauter.

Sie lag mitten auf der Treppe. Sie hatte sich Stufe um Stufe hochgeschleppt. Sie verspürte keinen unterscheidbaren Schmerz mehr. Ihr ganzer Körper war eine einzige offene Wunde. Sie nahm an, dass ein Bein gebrochen war, da sie nicht auftreten konnte. Ihre Rippen waren ebenfalls gebrochen. Das Nasenbein. Irgendetwas mit ihrem Bauch war auch nicht in Ordnung. Aber ihre Hände und Arme waren noch funktionstüchtig, und sie zog sich unendlich langsam die steile Treppe hoch.

Manchmal meinte sie, ihn unten im Heizungskeller zu hören. Lebte er noch? Würde er sich gleich wieder über sie beugen? Sie spürte, wie die Panik in ihr aufstieg. Sie hatte nicht die Kraft, noch einmal zu kämpfen. Als sie auf dem Boden gelegen und den Besenstiel umklammert hatte, war sie so gut wie am Ende gewesen. Sie hatte Stunden gebraucht, um sich von dem Kabel zu befreien, mit dem ihre Handgelenke gefesselt gewesen waren. Sie hatte so lange ruckartig gezogen, bis das Metall in der Plastikummantelung poröser geworden war, stundenlang, hatte gespürt, wie ihr das Kabel in die Haut schnitt, und sich trotzdem gezwungen weiterzumachen. Als das Kabel schließlich gerissen war, hatte sie es nicht für möglich halten können. Erst als sie ihre ramponierten Handgelenke gesehen hatte, war ihr bewusst geworden, dass es ihr tatsächlich geglückt war. Aber sie wusste auch, was ihr noch bevorstand.

Sie hatte sich das Klebeband vom Mund gerissen und das Kabelgewirr von ihren Beinen losgemacht. Dann hatte sie versucht aufzustehen, doch sie hatte keine Kraft in den Beinen. Also war sie zur Tür hinübergekrochen und hatte sich an der Türklinke hochgezogen. Sie hatte an der Tür gerüttelt, aber rasch aufgegeben. Sie hatte den Besen neben der Tür entdeckt und unter die Türklinke geklemmt. Nach einigen Hebelbewegungen war er abgebrochen. Dann hatte sie den Besenstiel auf dem Betonboden glatt geschliffen. Als sie keine Kraft mehr gehabt hatte, war sie keuchend liegen geblieben. Sie hatte gewusst, dass sie versuchen musste, sich vor seiner Rückkehr auszuruhen und Kräfte zu sammeln, obwohl auch das nicht ausreichen würde. Sie hatte an die Decke gestarrt. Trotz der Dunkelheit hatte sie die nackte Glühbirne erkennen können. Mühsam hatte sie sich auf ein Bein und den abgebrochenen Besenstiel gestützt aufgerichtet und die Glühbirne leicht herausgedreht. Dann war sie wieder zum Heizkessel zurückgekrochen. Widerwillig hatte sie sich das Klebeband wieder vor den Mund geklebt, die Kabel um Hand- und Fußgelenke gewickelt und ihre alte Position eingenommen, wobei sie den Besenstiel unter sich versteckt hatte.

Dann hatte sie gewartet …

Jetzt zog sie sich unendlich langsam die Treppe hoch. Manchmal machte sie eine Pause, hielt den Atem an und lauschte. Sie wusste, dass sie den Keller verlassen musste. Sie musste weg. Sie durfte nicht aufgeben und auch nicht das Bewusstsein verlieren. Sie musste weiter, Zentimeter um Zentimeter. Sie musste überlegen, planen. Was sie anschließend sagen würde. Wie viel oder wie wenig.

Das Haus wirkt unbewohnt, dachte Nielsen. Irgendwie tot. Vielleicht war das so früh am Morgen auch nicht weiter verwunderlich. Außerdem hatte ihn dieses Gefühl bereits bei seinem letzten Besuch beschlichen. Er betrachtete das Einfamilienhaus und erkannte, was dieses Mal anders war: Der weiße Volvo 740 stand nicht mehr in der Auffahrt.

Er blieb im Auto sitzen.

Gegen drei Uhr morgens – nach ein paar Stunden Schlaf – war ihm plötzlich klar geworden, wo Lindberg sich aufhielt. Er hatte sich aus dem Bett gerollt, zu seinem Notizbuch gegriffen und eine Telefonnummer gewählt. Lagerstedt der Ältere hatte schlaftrunken abgehoben. Seine Stimme hatte feindselig geklungen, als ihm klar geworden war, dass Nielsen der Anrufer war und worum es ging.

»Ich soll Conny wecken? Kommt nicht in Frage.«

»Ich kann mich auch mit Ihnen unterhalten«, sagte Nielsen. »Ich weiß, dass Conny Lindberg angerufen hat. Er wusste, wo er sich aufhielt. Bei seinem Onkel. Dort hat er ihn erreicht. Stimmt's?«

Es wurde still, dann knallte der Mann den Hörer auf die Gabel.

Sein Schweigen hatte ihn überzeugt. Fast wie ein Schlafwandler hatte er sich seine Schuhe angezogen, sein Jackett umgehängt und die Wohnung verlassen.

Jetzt war er sich plötzlich nicht mehr so sicher. Nachdenklich sah er weiterhin zum Haus hinauf. Was sollte er tun? Klingeln? Und wenn niemand öffnete? Die Tür eintreten? Und wenn der Onkel auftauchte und ihn rauswarf?

Er fluchte halblaut vor sich hin, stieß die Fahrertür auf und stieg aus. Er ging auf die Haustür zu und hinkte dabei ein wenig, weil seine Glieder nach der stundenlangen Autofahrt vollkommen steif waren. Mit schmerzverzerrtem Gesicht erklomm er die Stufen. Er klingelte, wartete eine Weile und klopfte dann fest an die Tür. Nichts geschah. Unentschlossen blieb er stehen und klopfte ein weiteres Mal. Er wollte schon die Treppe hinunter und um das Haus herumgehen, als er plötzlich innehielt. Aus dem Haus drang ein Geräusch. Ein Klopfen. Leise, aber beharrlich wiederkehrend.

»Hallo! Ist da jemand?«, rief er und lauschte.

Kurz darauf hörte er das Klopfen wieder. Dieses Mal lauter. Dann hörte es auf, und er hörte ein Geräusch, bei dem sich ihm die Haare sträubten. Ein unmenschlicher Laut, ein gedämpfter Aufschrei. Dann wurde es wieder still.

Nielsen eilte die Treppe hinunter und auf die Feuerleiter zu. Er zog sein Jackett aus, wickelte es um seinen Arm und kletterte ein paar Sprossen hinauf. Er schlug das Fenster neben der Leiter ein, schob die Splitter beiseite, griff hinein und öffnete. Keuchend schwang er sich von der Leiter zum Fenster, wälzte seinen schweren Körper über die Fensterbank und rollte kopfüber ins Wohnzimmer.

Als er wieder auf die Beine kam, sah er sie. Sie lag mit dem Gesicht nach unten quer über der Schwelle der Kellertür. Er trat einen Schritt auf sie zu, und sie hob mit großer Mühe den Kopf. Ihr Anblick ließ ihn erstarren. Ihr Gesicht war so übel zugerichtet, dass die Gesichtszüge kaum noch zu erkennen waren.

Er trat zwei Schritte näher und kniete sich neben sie.

»Katja Walter?«

Fast unmerklich nickte sie. Er beugte sich zu ihr herab.

»Lindberg«, fuhr er mit leiser Stimme fort. »Ist er hier? Hier im Haus?«

Sie deutete mit dem Kopf zum Keller. Nielsen sah sie eine Weile an.

»Dort unten?«

Ohne die Antwort abzuwarten, stand er auf und schaute sich nach einer Waffe zur Verteidigung um. Er ging in die Küche, durchsuchte die Schubladen, fand ein großes Messer, warf es aber wieder zurück. Hinter sich hörte er ein Geräusch. Er drehte sich um und sah, dass sich die Lippen der Frau bewegten.

»...eeeiiioo ...«

Er ging wieder auf sie zu und lauschte auf ihre schwache, undeutliche Stimme.

»Was wollen Sie sagen?«, fragte er. »Können Sie es nochmal versuchen?«

Das Gesicht der Misshandelten verzog sich zu einer wütenden Grimasse.

»...EEEIIIOOO!«

Plötzlich verstand er.

»Tot? Er ist tot?«

Sie nickte. Ihr Kopf sank wieder zu Boden, als hätte sie keine Kraft mehr, ihn anzuheben. Nielsen machte einen Schritt über sie hinweg und ging vorsichtig die Kellertreppe hinunter.

Das Licht schien nicht zu funktionieren. Er blieb auf der Schwelle stehen und versuchte, sich zu orientieren. Der Mann lag mit angezogenen Knien auf der Seite in einer Blutlache. Er hielt seine Hände zwischen den Beinen und schien etwas zu umklammern. Sein Gesicht war in einem Ausdruck von Schmerz und Entsetzen erstarrt. Als Nielsen näher kam, begriff er. Lindberg war mehr oder minder gepfählt worden und hielt mit beiden Händen den Gegenstand umklammert, der in seinen Körper eingedrungen war.

Nielsen rang nach Luft und schwankte leicht. Dann ging er wieder die Treppe hinauf, an der Frau vorbei, die immer noch regungslos an der gleichen Stelle lag. Er zog sein Handy aus der Tasche, wählte die Notrufnummer und sah im gleichen Augenblick ein, dass er dies sofort hätte tun müssen. Eine Unterlassung, die man ihm später sicher vorwerfen würde.

Nach einem ersten, vorläufigen Bericht hatte man ihn aufgefordert zu warten.

Etwa zwei Stunden später wartete er immer noch. Er schob den Stuhl näher an die Wand, zog sein Jackett aus, rollte es zusammen, schob es sich hinter den Kopf und lehnte sich zurück. Erstaunlicherweise gelang es ihm, einzuschlafen. Er schlief traumlos, tiefer und ruhiger als seit langem.

Er erwachte, als ihn jemand schüttelte. Ein magerer, fast schmächtiger Mann stand vor ihm.

»Nielsen, ja?«

John Nielsen rieb sich den Schlaf aus den Augen und räusperte sich bejahend. Der Mann blieb einen Augenblick vor ihm stehen und betrachtete ihn kritisch.

»Fällt es Ihnen schwer, wach zu bleiben? Vielleicht hätten Sie zu Hause bleiben sollen, statt solche Expeditionen zu unternehmen.«

Ohne eine Antwort abzuwarten, machte er kehrt und verschwand rasch einen Gang entlang in ein Büro. Als Nielsen dort eintrat, saß der andere bereits zurückgelehnt mit hinter dem Kopf verschränkten Armen an seinem Schreibtisch. Er wartete, bis Nielsen sich gesetzt hatte.

»Ich bin Magnusson«, sagte er, »aber das wussten Sie bereits?«

Er spitzte den Mund und ließ seinen Blick auf Nielsen ruhen.

»Ich hoffe, Sie glauben nicht, ich sei so dumm, wie ich aussehe?«

Nielsen zog die Brauen hoch.

»Auf diese Frage gibt es wohl kaum eine passende Antwort, oder?«

»Nicht?«, meinte der andere. »›Nein, das wäre auch tragisch‹, wäre doch eine Möglichkeit?«

Nielsen schüttelte den Kopf.

»Das würde nur zeigen, wer der Dümmere ist.«

»Vor einer Woche erhielten wir Hinweise darauf, dass ein Journalist mehrere Personen, die für unsere Ermittlungen von Interesse sind, befragt hat. Mir war klar, dass es irgendwo eine undichte Stelle gibt, und ich erkundigte mich. Unter anderem holte ich Informationen über einen gewissen Kollegen in Stockholm ein, über Lasse Henning, der uns geholfen hatte. Und siehe da, schon tauchte der Name John Lean Nielsen auf. Freiberuflicher Journalist, spezialisiert auf Verbrechen und Strafprozesse. Vor fünf oder sechs Jahren sehr gefragt. Dass er diesen Lasse Henning schon sehr lange kannte, war auch kein Geheimnis. Was sagen Sie dazu?«

Er verstummte einen Augenblick und legte den Kopf fragend zur Seite. Als Nielsen nicht antwortete, seufzte er leise.

»Jetzt hören Sie mal zu. Sie tauchen unter gelinde gesagt ausgesprochen seltsamen Umständen auf und berufen sich auf einen Tipp, den Sie angeblich erhalten haben. Sie machen geltend, dass Sie sich schon seit geraumer Zeit für den Doppelmord in Rönnåsen interessieren und für Bo Erik Lindberg, von dem die Presse, soweit ich weiß, nicht mal den Namen kennt. Das kann einen doch schon mal wundern. Vielleicht können Sie mir ja in diesem Punkt weiterhelfen.«

»Sie wollen, dass ich meine Informanten preisgebe?«, fragte Nielsen.

Magnusson betrachtete ihn eine Weile und schüttelte dann den Kopf.

»Gar nicht nötig. Mir ist ohnehin klar, wie es abgelaufen ist.«

Er lehnte sich über den Schreibtisch.

»Die Sache ist verdammt ernst. Es handelt sich hier um Informationen, die, falls sie an die Öffentlichkeit geraten, eine laufende Ermittlung gefährden können …«

»Soweit ich weiß, war die Presse schon lange bevor ich ins Bild kam bestens unterrichtet«, unterbrach ihn Nielsen. »Außerdem haben Sie doch wohl kaum etwas von mir Publiziertes gelesen, weder vorher noch jetzt. Oder?«

»Vielleicht nicht«, sagte Magnusson. »Aber jetzt sitzen Sie vor meiner Nase, weil Sie in eine Sache reingestiefelt sind, von der Sie uns sofort hätten unterrichten müssen.«

Nielsen schüttelte den Kopf.

»Dass sich Lindberg dort aufhalten könnte, war eine reine Vermutung. Was sich da abgespielt hat, hätte ich gar nicht vorausahnen können.«

Magnusson stützte die Ellbogen auf den Tisch und starrte Nielsen an.

»Vermutungen«, meinte er seufzend, »damit beschäftigen Sie sich also? Wäre es zu viel verlangt, dass Sie mich zumindest jetzt an diesen Vermutungen teilhaben lassen?«

»Nicht im Geringsten«, erwiderte Nielsen bereitwillig, »wo ich schon mal hier bin. Wahrscheinlich würden Sie mich vorher sowieso nicht gehen lassen.«

Er begann seinen Bericht mit der Begegnung mit Nils

Lindberg in der vergangenen Woche und seiner Unterhaltung mit Conny Lagerstedt, dessen Namen er für sich behielt. Dann erzählte er von dem Anruf, den er von Bosse Lindberg erhalten hatte, und endete mit dem Anblick, der sich ihm geboten hatte, als er in das Haus eingedrungen war.

Magnusson schwieg.

»Das sind ja interessante Informationen über Lindbergs Hintergrund. Wissen Sie noch mehr?«

Nielsen schüttelte den Kopf.

»Nicht mehr als Sie, eher weniger.«

Er kratzte sich am Kinn und trommelte mit seinen kräftigen Fingern auf die Tischplatte.

»Ich kann mir nicht recht erklären, was in dem Haus vorgefallen ist. Oder warum. Haben Sie eine Idee?«

Magnusson sah ihn an und zog die Brauen hoch.

»Glauben Sie etwa, wir wollen hier einen Kuhhandel betreiben?«

Nielsen zuckte leicht mit den Schultern.

»Ich hatte nicht vor, über diese Sache zu schreiben. Jedenfalls nicht sofort. Aber ich garantiere Ihnen, dass die anderen das tun werden. Wahrscheinlich schon in der nächsten Auflage. Was macht es also für einen Unterschied, wenn Sie mir etwas erzählen? Und sollte ich doch etwas schreiben, wäre das zumindest eine korrekte Version.«

Magnusson seufzte.

»Sie hatten nie die Absicht, Gebrauchtwagenhändler oder Politiker zu werden?«

Er starrte einen Augenblick vor sich hin und fuhr dann fort.

»Katja Walter. Sie haben ja selbst gesehen, wie sie zugerichtet war. Und dennoch waren die Verletzungen nicht lebensbedrohlich. Wir haben kurz mit ihr gesprochen, aber sie hat kaum etwas sagen können. Nur dass Lindberg versucht hat, sie umzubringen, und sie in Notwehr gehandelt hat.«

»Und was glauben Sie?«

»Unseren Untersuchungen zufolge wurde sie im Keller gefangen gehalten, konnte sich aber befreien. Und dann wurde Lindberg angegriffen, wobei er so schwere Verletzungen erhielt, dass er starb. Sie haben es ja selbst gesehen. Kein hübscher Anblick. Im Übrigen gibt es noch eine Vielzahl unbeantworteter Fragen, über die ich mich nicht äußern will. Wie alles ablief. Wie er sie in das Haus gelockt hat. Was er damit bezweckt hat. Weshalb er sie so übel zugerichtet hat. Ob das irgendwie mit dem Mord an Anneli Holm zusammenhängt und so weiter. Sind Sie zufrieden?«

Nielsen schwieg und betrachtete Magnusson mit gerunzelter Stirn.

»Wer ist sie eigentlich?«, fragte er.

Magnusson lächelte.

»Katja Walter? Wollen Sie etwa behaupten, dass Sie nichts über sie wissen? Das ist aber mau! Es wäre nicht weiter schwer gewesen, einiges über Mama in Erfahrung zu bringen.«

Er lehnte sich wieder zurück.

»Das ist ihr Spitzname. Jedenfalls seit den achtziger Jahren, seit einer Bordellgeschichte, die sich bis in den Süden verzweigt hat. Es ging um die Vermittlung junger – teilweise sehr junger – Mädchen an Kunden mit sehr viel Geld. Sie und eine weitere Frau waren die Drahtzieherinnen, aber nur Katja Walter wurde verurteilt und zwar recht milde. Vieles wurde offenbar unter den Teppich gekehrt, da einflussreiche Personen, die kein großes Interesse daran hatten, dass allzu viel an die Öffentlichkeit drang, involviert gewesen sein sollen.«

Er schöpfte Atem.

»Mit dieser Geschichte hatte ich nichts zu tun. Aber ich kannte sie bereits aus meiner Zeit als Streifenpolizist und hätte mich auf alle Fälle an Katja Walter erinnert, denn sie sah damals wahnsinnig gut aus. Sie war eine außergewöhnliche Schönheit. Damals war sie achtzehn oder neunzehn, aber schon etliche Jahre auf der schiefen Bahn. Das war eher ungewöhnlich, denn sie stammte nicht gerade aus dem Slum. Im Gegenteil. Sie besaß einen gutbürgerlichen Hintergrund. Die Mutter entstammte einer adligen Familie, Papierfabrikanten – Korsnäs, Iggesund und so weiter. Sie hatte ziemlich viel Geld in die Ehe gebracht, das Katjas Vater, soweit ich weiß, bis zur letzten Krone durchbrachte. Wie auch immer, Katja tat sich knapp zwanzigjährig mit einem recht erfolglosen, hier ansässigen Künstler zusammen. Er war fast doppelt so alt wie sie und schon seit Jahren drogenabhängig, einer der ersten in Schweden überhaupt. Er hat auch gedealt. In den Siebzigern wurde er deswegen einige Male verurteilt, saß jedoch nie für längere Zeit. Damals sahen die Gerichte das noch nicht so eng, ein paar Tütchen Heroin hin oder her spielten keine Rolle ...«

»Und sie?«, fragte Nielsen.

»Dass sie irgendwie verwickelt war, davon waren wir überzeugt, jedenfalls, was die Drogen anging«, antwortete Magnusson. »Aber, soweit ich weiß, nahm sie das Zeug nicht selbst. Es ist auch nie gelungen, sie im Zusammenhang damit zu verurteilen. Nein, aktenkundig wurde sie erst mit dieser Bordellgeschichte. Anschließend vergingen ein paar Jahre, bis wir wieder auf sie aufmerksam wurden, dieses Mal jedoch in einer ganz anderen Sache. Eine Zeit lang betrieben sie und ihr Partner ein kleines Antiquitätengeschäft. Oder vor allem sie. Sie war geschäftstüchtig, zumindest glaubte ich das. Dieses Unternehmen tauchte im

Zusammenhang mit einigen Ermittlungen auf. Verdacht auf Hehlerei, ohne dass sich je etwas beweisen ließ. Aber irgendwann in den neunziger Jahren machten sie den Laden trotzdem dicht. Konkurs und eine Menge Schulden. Kurz darauf starb ihr Mann. Fiel eine Treppe runter und brach sich das Genick. Es vergingen ein paar Stunden, bis Katja Walter Alarm schlug. Sie schob es auf den Schock, und man fand auch nichts, was auf verdächtige Umstände in Bezug auf den Todesfall hingedeutet hätte. Ich weiß jedoch, dass manch einer sein Misstrauen äußerte.«

»Handelte es sich um denselben Mann?«, fragte Nielsen.

Magnusson nickte.

»Weine Strand. Sie waren nie verheiratet, haben aber sehr lange zusammengelebt. Ein strebsames Pärchen. Und dann? Dann ging es mit ihr nur noch den Bach runter. Sie begann zu saufen und hat auch ein paar Entziehungskuren hinter sich. Außerdem war sie tablettenabhängig. Wiederholte Male wurden ihr die Mietverträge gekündigt. Vor vier Jahren landete sie in dem Viertel, in dem sie immer noch wohnt, in derselben Straße wie Lindberg. Allerdings zog er ungefähr ein Jahr später dorthin.«

Er hob die Hände.

»Ja, das wäre es wohl in kurzen Zügen. Über diese Dame ließe sich noch mehr sagen, aber nur so viel gebe ich preis. Zufrieden?«

Nielsen nickte und erhob sich.

»Einstweilen ja. Und ich darf diese Räumlichkeiten als freier Mann verlassen?«

Magnusson schnaubte verächtlich.

»Wenn Sie mir nicht wieder auf die Nerven fallen, schon.«

»Ich werde mich bemühen«, erwiderte Nielsen und ging auf die Tür zu, hielt inne und drehte sich um.

»Was ist eigentlich mit Lindbergs Onkel?«, fragte er. »Er war nicht im Haus, oder?«

Magnusson schüttelte den Kopf.

»Nein, er war nicht da.«

»Wissen Sie, wo er steckt?«

Magnusson hatte die Arme über der Brust verschränkt.

»Haben Sie vergessen, was ich über meine Nerven gesagt habe?«

Dann seufzte er.

»Im Garten liegt er jedenfalls nicht begraben, falls Sie das meinen. Wir haben ein paar Informationen über seinen möglichen Verbleib erhalten. Ich glaube, dass wir ihn recht bald finden. Könnten Sie jetzt bitte die Tür schließen? Vorzugsweise von außen.«

Nielsen nickte, trat auf den Gang und zog die Tür zu.

Die Straße verschwand wie ein schwarzes, endloses Band unter seinem Auto. Der wolkenlose Himmel über ihm war glatt und klar und entbehrte jeglicher Tiefe, fand er, wie alles andere hier draußen. Alles kam ihm unwirklich vor, bestand gewissermaßen nur aus Oberfläche.

Es ging ihm nicht gut. Ein leichtes Gefühl der Übelkeit stieg in ihm auf. Aber das war ihm jetzt egal. Müde. Nicht so, dass er Angst haben musste, am Steuer einzuschlafen. Eher matt. Kraftlos mit weit geöffneten Augen. Er hatte das Gefühl, sie nicht schließen zu können, auch wenn er gewollt hätte. Er sah sich genötigt, weiterhin geradeaus zu starren. Alles lief durch ihn hindurch. Die Straße, der Himmel, der Wald. Alles war gleichermaßen unwirklich. Eine Scheinwelt. Eine Art Legoland im Maßstab eins zu eins …

Er wischte sich über die Stirn. Er schwitzte. Vielleicht wurde er doch krank. Vielleicht sollte er anhalten. Aber er war unschlüssig, hatte nicht mal dazu die Kraft. Weiterfahren war das Einfachste. Nicht nachdenken, einfach weitermachen, weiterfahren.

Vor Uppsala wurde der Verkehr dichter und stand plötzlich still. Es fehlten nicht viele Millimeter, und er hätte das Auto vor sich gerammt. Kerzengerade saß er in seinen Sitz gepresst. Der Fahrer in dem Wagen neben ihm drehte sich zu ihm um. Er bewegte die Lippen und zeigte ihm mehrmals einen Vogel. Da erst bemerkte er, dass seine Hand auf der Hupe lag.

Gleichzeitig bekam er keine Luft mehr. So sehr er sich auch bemühte, er konnte nicht atmen. Er hob die Hände vom Lenkrad und starrte auf das Gesicht in dem anderen Auto, bis es sich wie in einem Zerrspiegel verformte.

Dann lag er am Boden. Er wusste nicht, was passiert war. Weder, wie er aus seinem Auto gekommen war, noch, wo er sich befand. Alles war auf einmal dunkel, obwohl er die Bäume sehen konnte, die ihn umgaben, das Grün, den Himmel über sich. Aber alles war von einer Dunkelheit durchdrungen, die aus dem Grün sickerte. In dem Graben unterhalb von ihm floss träge dunkles Wasser vorbei. Es stieg langsam an und kam immer näher. Plötzlich hatte er den Geruch von Blut in der Nase, denselben Geruch wie unten im Keller. Er schlug ihm süßlich und schwer entgegen. Drohte ihn zu ersticken.

Heftig warf er sich nach hinten und spürte plötzlich, wie die Luft in seine Lungen strömte, als käme er nach längerer Zeit unter Wasser wieder an die Oberfläche. Er hatte Schmerzen in der Brust und schrie beim Atmen. Er rang nach Luft, als könne er nicht genug davon bekommen.

Nach einer Weile wurde er sich der Menschen um ihn herum bewusst und hörte ihre Stimmen, ihre Fragen. Wie es ihm gehe. Ob man einen Krankenwagen rufen solle. Er hatte nicht die Kraft zu antworten, nicht einmal, sie anzuhören. Schwankend stand er auf und ging zum Auto. Er stieß jemanden beiseite, der versuchte, ihn aufzuhalten. Er setzte sich ans Steuer, ließ den Motor an und fuhr weiter.

Das Licht war zurückgekehrt. Die Sonne. Der Himmel war blassblau, diesig. Aber immer noch konnte er den dunklen, ansteigenden Strom sehen, einen dunklen Fluss, der alles durchfloss.

Verzweiflung, dachte er. Die einem das Herz abdrückt, bis es nur noch so groß ist wie eine Erbse. Verzweiflung, die einem eine Schlinge um den Hals legt. Das war ihm schon früher passiert, und es würde sicher wieder vorkommen. Er atmete tief ein und wartete darauf, dass der lähmende Schrecken wie üblich einem Gefühl der Erleichterung Platz machen würde.

Aber dieses Mal war es anders. Keine Erleichterung stellte sich ein, sondern unerbittliche Klarheit darüber, wie bedeutungslos alle Menschen waren und was sie einander antun vermochten, ohne dass es dafür eine Erklärung gab.

Der weiße Volvo fuhr langsam am Haus vorbei, beschrieb vor der Auffahrt eine Kurve, als hätte der Fahrer einen Augenblick nicht aufgepasst und zu lange auf die Absperrung gestarrt. Es war etwa acht Uhr abends, und Peter Larsson hatte seit dem frühen Nachmittag gewartet. Jetzt schaute er noch einmal auf das Nummernschild, ließ den Motor an, überholte den Volvo und gab dem Mann am Steuer ein Zeichen anzuhalten. Dieser warf ihm jedoch nur einen raschen Blick zu, starrte dann stur geradeaus und fuhr weiter.

Peter Larsson ließ ihn gewähren. Die Straße endete etwa 50 Meter weiter an einem Wendeplatz. Dort stellte er sich quer, sprang aus dem Wagen, riss die Fahrertür des Volvo auf und drehte den Zündschlüssel um. Der Fahrer starrte ihn wütend an.

»Was soll denn das?«

»Sind Sie Nils Lindberg?«, fragte Peter Larsson.

»Was geht Sie das an?«

Der Fahrer versuchte, die Tür zu schließen, und Peter Larsson sah sich gezwungen, seine Hand unsanft vom Türgriff zu entfernen. Mit der freien Hand zog er seinen Ausweis aus der Tasche.

»Peter Larsson«, sagte er, »von der Kripo in Gävle. Ich muss Sie bitten, mich zu begleiten.«

»Kommt nicht in Frage!«, brüllte der Mann.

Larsson sah ihn an.

»Wir müssen mit Ihnen reden«, sagte er. »Sie können freiwillig mitkommen, andernfalls lasse ich Sie auch gegen Ihren Willen in die Stadt bringen.«

Er schaute auf die anderen Häuser.

»Falls Sie Ihren Nachbarn keine Vorstellung geben wollen, schlage ich vor, dass Sie so schnell wie möglich bei mir einsteigen. Dann können wir das Ganze hinter uns bringen.«

»Was die meinen, ist mir scheißegal«, erwiderte der Mann dumpf, stieg aber trotzdem aus.

Drohend starrte er Peter Larsson an.

»Dafür werde ich Sie anzeigen. Damit kommen Sie nicht durch. Wenn's sein muss, gehe ich damit bis zum Europäischen Gerichtshof!«

»Tun Sie das, was Sie für nötig halten«, meinte Peter Larsson und öffnete die Beifahrertür.

»Ich habe nichts getan. Ich habe wirklich nichts getan!«

Plötzlich klang die Stimme des Mannes flehend, fast weinerlich. Peter Larsson musterte ihn. Er versuchte, seinen Ärger zu unterdrücken.

»Sie brauchen sich keine Sorgen zu machen. Wir wollen uns mit Ihnen nur über Ihren Neffen Bosse Lindberg unterhalten.«

Der Mann schwieg. Die ganze Fahrt über starrte er reglos geradeaus.

Magnusson erwartete sie bereits. Er erhob sich, umrundete seinen Schreibtisch und streckte freundlich lächelnd die Hand aus.

»Schön, dass wir Sie endlich erreicht haben. Sie sind Nils Lindberg, richtig?«

Der Mann nickte und schüttelte Magnusson die Hand. Sein Blick zuckte unstet hin und her.

»Worum geht's?«, fragte er. »Was wollen Sie von mir?«

Magnusson kehrte zu seinem Stuhl zurück und bedeutete Lindberg, Platz zu nehmen.

»Das wissen Sie nicht?«

»Angeblich geht es um Bo Erik …«

Lindberg warf Peter Larsson einen Blick zu.

»Aber ich weiß nichts«, fuhr Nils Lindberg fort. »Ich war ein paar Tage verreist, und als ich zurückkam, sah ich, dass die Einfahrt abgesperrt war wie bei Bauarbeiten … und dann riss mich auch schon jemand aus dem Auto und schrie mich an …«

»Wo waren Sie?«, unterbrach ihn Magnusson.

Lindberg zuckte zusammen.

»Bei Bekannten … ich hatte das Bedürfnis, ein paar Tage auszuspannen …«

»Wo?«, wiederholte Magnusson. »Können Sie uns Namen und Adresse mitteilen?«

»Hören Sie … Was soll das …«

Lindberg fing an zu stottern und verstummte.

»Ein paar Tage habe ich in einem Hotel gewohnt«, sagte er schließlich.

»In welchem Hotel?«, fuhr Magnusson unerbittlich fort.

Lindberg starrte zu Boden.

»Svea. Hier in der Stadt. Nur eine Nacht. Das wurde so verdammt teuer. Anschließend habe ich im Auto übernachtet.«

Magnusson rieb sich das Kinn und schüttelte den Kopf.

»Das klingt nicht gerade nach Urlaub«, meinte er. »Wie viele Tage waren Sie weg?«

»Vier oder fünf. Ich weiß nicht …«

»Möglicherweise seit Dienstag?«

Magnusson sah Lindberg fragend an. Schließlich schaute er auf und machte eine vage Handbewegung.

»Ja, könnte sein. Ja, es war wohl Dienstag.«

Magnusson lehnte sich zurück.

»Also der Tag, an dem Ihr Neffe entkam. Hat er sich seither in Ihrem Haus aufgehalten?«

Nils Lindbergs Gesicht verlor jeglichen Ausdruck.

»Ich sagte doch, dass ich nicht zu Hause war. Ich weiß nichts davon. Außerdem habe ich Bo Erik schon seit Ewigkeiten nicht mehr gesehen.«

Magnusson starrte an die Decke, dann beugte er sich über den Tisch.

»Glauben Sie, wir sind dumm? Glauben Sie, Sie sitzen hier und unterhalten sich mit Idioten? Warum haben wir Sie wohl abgefangen? Weil wir von Ihren Nachbarn erfahren haben, dass Sie seit Dienstag jeden Tag an dem Haus vorbeigefahren sind. Außerdem hat man Sie im Ort gesehen. Wir wussten, dass Sie irgendwo in der Nähe stecken, und wir sind uns recht sicher, dass Sie wussten, dass er sich dort im Haus aufhielt.«

»Die Schweine lügen alle!«, rief Lindberg. »Keiner kann mir nachweisen, dass ich …«

»Sie haben gar keine Ahnung, was wir Ihnen nachweisen können und was nicht«, fiel ihm Magnusson ins Wort. »Sie sollten hier lieber keine große Lippe riskieren, sondern mit uns zusammenarbeiten. Wir haben eine tote und eine schwer verletzte Person in Ihrem Haus vorgefunden. Jetzt überzeugen Sie mich erst mal davon, dass Sie damit nichts zu tun haben.«

»Wer … was für Personen?«

Mit offenem Mund starrte Lindberg Magnusson an.

»Erzählen Sie mir der Reihe nach, was sich seit letztem Dienstag ereignet hat. Wenn möglich, die Wahrheit.«

Lindberg fuhr sich mit der Zungenspitze über die Lippen und atmete tief durch. Er drückte eine Hand an sein Herz.

»Er ist bei mir zu Hause aufgetaucht«, sagte er mit belegter Stimme. »Also Bo Erik. Hat gesagt, er bräuchte das Haus. Hat mich gezwungen, mich dünn zu machen. Ich habe nicht gewagt, es ihm abzuschlagen.«

»Warum haben Sie uns nicht verständigt?«, fragte Magnusson.

»Er hat mich bedroht ...«

Lindberg senkte den Blick.

»Nein, ich habe nicht gewagt, Sie zu informieren. Ich bin einfach weggefahren. Ich habe darauf gewartet, dass er wieder verschwindet.«

Magnusson sah ihn nachdenklich an.

»War er in Begleitung, als er zu Ihnen kam?«

Stumm schüttelte der andere den Kopf.

»Sind Sie sich da vollkommen sicher?«, hakte Magnusson nach.

»Ich habe jedenfalls niemanden gesehen.«

Lindberg beugte sich vor und sah Magnusson flehend an.

»Ich hatte gar keine Zeit. Er hat mich einfach aus dem Haus geworfen. Das ist auch schon früher vorgekommen. Er hat einfach gesagt, ich solle verschwinden ...«

»Wie oft?«, fragte Magnusson.

»In den letzten drei Jahren drei- oder viermal. Vielleicht öfter.«

Magnusson faltete die Hände.

»Was hatten Sie eigentlich für ein Verhältnis, Ihr Neffe und Sie?«, fragte er nach einer Pause.

Lindberg zuckte zusammen.

»Verhältnis? Wie meinen Sie das?«

»Wie nahe standen Sie sich? Wie viel Kontakt hatten Sie?«

»Ich habe ihn kaum getroffen«, erwiderte der andere rasch. »Jahrelang. Abgesehen von den Malen, als er bei mir auftauchte ... Was hat er denn selbst gesagt?«

Magnusson überhörte die Frage. Dann setzte er sich gerade hin und sah Lindberg in die Augen.

»Ich bedaure es, Ihnen mitteilen zu müssen, dass wir ihn tot in Ihrem Haus aufgefunden haben. Wahrscheinlich ist er nicht eines natürlichen Todes gestorben. Die Umstände haben uns zu einer näheren Untersuchung des Tatorts gezwungen, deswegen haben wir Ihr Haus auch abgesperrt.«

Der andere holte tief Luft und nickte.

»Wie …?«

»Dazu kann ich gegenwärtig nichts sagen«, antwortete Magnusson. »Die Ermittlungen laufen noch. Aber Sie erfahren es so bald wie möglich.«

»Und die Frau?«, begann Lindberg und hielt abrupt inne.

Magnusson kniff die Augen zusammen und beugte sich vor.

»Wer?«

Lindberg machte eine vage Handbewegung.

»Ja, diese andere Person. Sie hatten doch gesagt, jemand sei misshandelt worden?«

»Ich habe mit keinem Wort erwähnt, dass es sich um eine Frau gehandelt haben könnte«, meinte Magnusson.

Lindberg rutschte unruhig auf seinem Stuhl hin und her, Schweiß perlte auf seiner Stirn.

»Ich muss mich wohl verhört haben, ich dachte …«

Er unterbrach sich und hielt sich eine Hand vor die Brust.

»Ich bin dem nicht gewachsen. Es geht mir nicht gut, ich muss mich ausruhen.«

Magnusson betrachtete ihn.

»Sie müssen für uns erreichbar sein«, sagte er. »Wir müssen uns mit Ihnen noch über die verbliebenen Unklarheiten unterhalten.«

Nils Lindberg stand auf und war schon fast an der Tür, als Magnusson sich räusperte.

»Ich muss Ihnen weiterhin mitteilen, dass wir in Ihrem Haus mehrere Gegenstände beschlagnahmt haben. Unter anderem Videokassetten. Wir haben den Verdacht, dass es sich dabei um Kinderpornos handelt.«

Lindberg drehte sich um.

»Was ... Sie können doch nicht einfach bei mir reinstiefeln und ...«

»In diesem Fall hielten wir es für angezeigt«, fiel ihm Magnusson ins Wort. »Außerdem handelt es sich um derart obszönes Material, dass eine Beschlagnahmung ganz klar motiviert war. Wir werden dieser Sache nachgehen und eruieren, woher diese Filme stammen ...«

»Die gehören nicht mir!«, stieß Lindberg hervor. »So was besitze ich nicht! Die müssen Bo Erik gehören. Er hat sie sicher bei mir liegen lassen. Ja, ganz bestimmt. Jedes Mal bringt er mir Ärger ins Haus!«

Magnusson nickte.

»Gut. Dann brauchen Sie sich ja keine Gedanken zu machen.«

Lindberg blieb noch einen Augenblick in der Tür stehen und starrte ihn an. Dann trat er leicht schwankend auf den Gang.

Mit verbissener Miene saß Magnusson am Schreibtisch.

»Er wusste die ganze Zeit über, dass sie da unten im Keller war.«

Peter Larsson nickte.

»Zumindest wusste er, dass da etwas nicht mit rechten Dingen zuging. Aber das werden wir ihm kaum nachweisen können. Was die Videos betrifft, wird er sich allerdings kaum rausreden können. Wenn wir ihn überhaupt festnageln können, dann damit.«

Er sah Magnusson an.

»Wahrscheinlich war da was dran, was dieser Journalist über Onkel Nils erzählt hat.«

Magnusson nickte, rieb sich das Kinn und überlegte. Dann warf er Larsson einen Blick zu.

»Sonst habt ihr nichts von Interesse im Haus gefunden?«

Larsson schüttelte den Kopf.

»Nein, aber Reyes hat noch gar nicht richtig losgelegt.«

Plötzlich fiel ihm etwas ein.

»Doch, das weißt du vielleicht noch nicht? Auf der anderen Straßenseite stand ein Corolla. Der Wagen ist auf Bellander zugelassen. Die Schlüssel lagen in Lindbergs Jackentasche. Er muss mit dem Wagen gekommen sein.«

Magnusson starrte ihn an. Dann nickte er langsam.

»Er muss im Sommerhaus gewesen sein. Er kam von dort. Er muss gewusst haben, was Anneli Holm und Bellander zugestoßen war ...«

Er verstummte und rieb sich nachdenklich seine Hände.

»Soll ich dir sagen, woran mich das erinnert? Als stünde man bis zu den Knien in einer Jauchegrube. Sobald man einen Schritt tut, sinkt man noch tiefer ein.«

»Katja Walter«, meinte der Jüngere. »Sie muss doch eigentlich wissen, was passiert ist? Es sollte doch in ihrem Interesse liegen, uns davon zu erzählen.«

Magnusson warf ihm einen unfrohen Blick zu.

»Ich bin mir nicht so sicher, dass sie das auch so sieht. Im Augenblick sieht es so aus, als hätte sie sich für das genaue Gegenteil entschieden.«

Peter Larsson sah seinen Kollegen an.

»Nielsen«, sagte er. »Der Journalist. Er hat sich doch so manchen Gedanken gemacht?«

Magnusson verzog das Gesicht.

»Ich weiß nicht recht. Ich hatte eher den Eindruck, dass er versucht hat, mich auszuhorchen.«

»Aber schließlich ist er durch die Gegend gefahren und hat sich mit allen möglichen Leuten unterhalten. Hat einiges an Informationen zusammengetragen. Vielleicht sollten wir doch noch mal mit ihm reden?«

»Und was bringt uns das?«

Larsson zuckte mit den Schultern.

»Vielleicht einen neuen Blickwinkel.«

Magnusson holte Luft.

»Natürlich können wir uns nochmal mit ihm unterhalten. Vielleicht hat er noch etwas Interessantes zu dem Fall beizutragen. Aber ich würde mir an deiner Stelle keine allzu großen Hoffnungen machen. Und wir haben ja selbst schon allerhand. Vielleicht sollten wir uns damit begnügen.«

Ich will nicht sterben

Es war Anfang Juni, aber schon so warm wie im Hochsommer. Die Nachmittagssonne knallte auf die Terrasse. In der Wohnung staute sich die Luft, obwohl die Tür nach draußen offen stand. Lasse Henning saß mit schweißglänzendem Gesicht am Tisch.

»Sie waren also bloß ganz gewöhnliche, beschissene Kleinkriminelle«, sagte er und schüttelte den Kopf.

»Vielleicht nicht ganz so gewöhnlich«, entgegnete Nielsen.

»Du weißt, was ich meine«, sagte Lasse Henning. »Es fing mit Kleinkram an und artete dann aus ...«

Nielsen nickte.

»So könnte man es sehen. Obwohl noch vieles ungeklärt ist.«

Er hatte strategisch günstig auf der Schwelle zur Terrasse Posten bezogen und versuchte erfolglos, einen Lufthauch von draußen einzufangen.

»Hinsichtlich Rönnåsen können wir nach wie vor nur Bellander etwas nachweisen. Die Blutprobe, die Bellander entnommen wurde, stimmte laut DNA-Test mit dem Blut vom Türrahmen in Rönnåsen überein. Das Blut stammte zweifelsfrei von Bellander. In Bellanders Sommerhaus haben wir außerdem Gegenstände von Einbrüchen und Raubüberfällen in ganz Mittelschweden gefunden. Die Opfer waren meist ältere Leute. Außerdem sind wir auf Verbandsmaterial und Medizin aus Krankenhäusern und Pflegeheimen gestoßen, in denen Bellander gearbeitet hat.«

Lasse Henning verzog das Gesicht.

»Nein, Lindberg scheint vorsichtiger gewesen zu sein. Mal abgesehen von der Sache mit seiner Brieftasche. Und dann natürlich die Vorfälle in dem Haus …«

Er schwieg eine Weile.

»Was sagt der Onkel? Hast du das in Erfahrung gebracht?«, erkundigte er sich.

»Behauptet, dass er nichts weiß. Weder über die Vorfälle in seinem Keller noch über alles andere. Sein Neffe sei aufgetaucht und habe ihn fortgeschickt, und er habe es nicht gewagt, sich zu widersetzen. Gleiches hatte sich bereits früher einige Male ereignet.«

»Und Katja Walter? Hat sie aussagen können?«

Nielsen trat in das schattige Innere des Wohnzimmers. Hier war es ein paar Grade kühler.

»Sie kann sich offenbar an nichts erinnern. Aber sie ist in dem Auto, das vor der Tür stand, zum Haus gebracht worden. Wahrscheinlich nicht freiwillig. Blutspuren von ihr sind im Auto sichergestellt worden.«

»Und der Wagen gehörte also Bellander?«, fragte Lasse Henning.

Nielsen nickte.

»Aber Lindberg saß am Steuer. Zumindest auf der letzten Fahrt. Er hatte die Autoschlüssel in der Tasche. Aber alles Übrige …«

Er hob ratlos die Hände.

»… wird nach wie vor von dichtem Nebel verhüllt wie damals bei Lützen. Was eigentlich geschah. Wer was tat. Und warum.«

Lasse Henning zuckte mit den Schultern.

»Auch nicht ganz ungewöhnlich. Ich habe das selbst

schon erlebt. Es gab Fälle mit mehreren Toten, in denen die Überlebenden keine Lust hatten, den Mund aufzumachen, und die Spurensicherung auch nicht alle Fragen beantworten konnte. Da steht man dann da und kommt nicht weiter.«

Nielsen nickte.

»Schon möglich.«

Er ging im Zimmer auf und ab und setzte sich dann Henning gegenüber an den Tisch. Eine Tür fiel ins Schloss.

»Ist Gisela zu Hause?«

Lasse Henning nickte.

»Sie kommt sicher nachher noch runter«, meinte er entschuldigend. »Offenbar hat sie einiges vorzubereiten. Sie hat heute Abend zwei Besichtigungstermine.«

Als Lasse sie kennen gelernt hatte, war Gisela Schreibkraft auf der Polizeistation in Södermalm gewesen. Sie hatte ihre Arbeit verloren, als ein Großteil des Verwaltungspersonals entlassen worden war. Damit hatte sie das große Los gezogen. Nach einem halben Jahr als Sekretärin bei einem Immobilienmakler hatte sie die Möglichkeit erhalten, eine Ausbildung zur Maklerin zu absolvieren. Inzwischen verdient sie in manchen Monaten bestimmt doppelt so viel wie Lasse, dachte Nielsen. Er betrachtete Lasse Henning nachdenklich.

»Was findet sie eigentlich an dir?«, fragte er. »Kannst du mir das mal erklären?«

Lasse Henning sah auf.

»Meine Schönheit ist es nicht, meinst du? Tja, dann ist es wohl mein Charakter. Oder vielleicht mein Vermögen?«

Nielsen nickte langsam.

»Du hast also über alles nachgedacht, genau wie ich, und bist ebenfalls zu dem Schluss gekommen, dass da irgendwas nicht stimmen kann.«

Lasse Henning lächelte schwach.

»Jetzt treffen wir uns schon zum dritten Mal, Johnny. Und zwar innerhalb eines Monats. Es ist lange her, dass wir so regen Umgang gepflegt haben, ist dir das aufgefallen?«

Nielsen runzelte die Stirn.

»Wir rennen einander förmlich die Tür ein.«

»Wir sollten vielleicht auf der Hut sein. Das könnte zu einer schlechten Gewohnheit werden.«

Dann wurde Lasse Henning wieder ernst und kehrte zum Thema zurück.

»Wie haben sich Lindberg und Bellander eigentlich kennen gelernt?«

»Ich weiß nicht«, antwortete Nielsen, »und auch sonst scheint das niemand zu wissen.«

Er starrte eine Weile ins Leere.

»Aber ich glaube nicht, dass es sich um eine neue Bekanntschaft handelt. Sie könnten sich hier in der Stadt begegnet sein, schließlich haben beide hier mal gewohnt. Wahrscheinlich verkehrten sie auch in denselben Kreisen.«

Er machte eine kurze Pause.

»Aber ich glaube, sie kannten sich schon länger. Sie sind nicht sonderlich weit voneinander entfernt aufgewachsen. Trotz des Altersunterschieds von zehn Jahren und der Tatsache, dass Lindberg in seiner Jugend so oft umgezogen ist, könnten sie sich schon früher begegnet sein.«

Er stützte einen Ellbogen auf den Tisch und massierte nachdenklich sein Kinn.

»Sie könnten sich zu Hause bei seinem Onkel kennen gelernt haben«, meinte er. »Ich kann mir vorstellen, dass sie sich schon lange vor dieser Sache kannten.«

»Gibt es irgendwelche Hinweise darauf?«, fragte Lasse Henning.

Nielsen schüttelte den Kopf.

»Das ist nur so ein Gefühl, ein Gefühl, das noch etwas dahinterstecken könnte – ein Pakt, ein Abhängigkeitsverhältnis oder etwas Ähnliches. Das würde ins Bild passen. Obwohl dieser Onkel behauptet, nichts über Bellander zu wissen, ihn nie gesehen und nie von ihm gehört zu haben. Aber das war kaum anders zu erwarten.«

Lasse Henning nickte.

»Eigentlich spielt es auch keine Rolle mehr, oder?«

Nielsen sah ihn nachdenklich an.

»Hast du schon aufgegeben? Gibt es keine Frage mehr, auf die du eine Antwort suchst?«

Lasse Henning schwieg.

»Eigentlich nicht«, meinte er schließlich, »außer einer. Und auf die werde ich keine Antwort mehr erhalten. Was wollte Bosse Lindberg überhaupt von mir? Wieso hat er mich benachrichtigen lassen?«

Nielsen schaute aus dem Fenster.

»Hast du schon mal von den Heilfischen gehört?«

Der andere starrte ihn an.

»Wovon redest du?«

Nielsen verschränkte die Arme.

»Alter Aberglaube. Fische, die Heilkräfte besitzen. Kranke Fische schwimmen zu ihnen und reiben sich an ihnen.«

Lasse Henning sah ihn unverwandt an. Dann schüttelte er den Kopf.

»Gehe ich recht in der Annahme, Johnny, dass du mich gerade mit einem Fisch verglichen hast?«

Nielsen lächelte.

»Es gibt doch Schlimmeres?«

»Und das wäre?«, erwiderte Lasse Henning trocken.

Nielsen grinste breit. Dann war er wieder ernst.

»Du besitzt solche Fähigkeiten, Lasse«, meinte er. »Heilende. Dessen bist du dir doch bewusst? Sonst kann ich dir das hiermit bestätigen.«

Er wartete einen Augenblick.

»Vielleicht kam er tatsächlich deswegen zu dir. Weil er deine Hilfe gebraucht hat.«

Lasse Henning wurde nachdenklich.

»Da hat er sich dann ganz offensichtlich den Falschen ausgesucht, nicht wahr?«

Er kniff die Augen zusammen und sah Nielsen an.

»Und wie kam dir sein Gedächtnis vor?«, fragte er schließlich.

Nielsen zog die Brauen hoch.

»Du meinst, weil er beteuert hat, nicht in die Sache verwickelt zu sein, sich aber trotzdem ein Hintertürchen offen gehalten hat: Amnesie, Verdrängung. Daran hast du doch selbst nicht geglaubt. Ich bin jedenfalls skeptisch. Besonders seit den jüngsten Ereignissen.«

Lasse Henning holte tief Luft.

»Ich habe in eine ganz ähnliche Richtung gedacht. Als ich mich mit Lindberg über Rönnåsen unterhalten habe ... war ich mir noch recht sicher, dass er die Wahrheit sagte und nichts mit der Sache zu tun hatte, das muss ich zugeben ...«

»Was willst du damit sagen?«, fragte Nielsen.

Lasse Henning zuckte die Achseln.

»Dass man nur schwer weiß, was in anderen Menschen vorgeht, und dass das mit zunehmendem Alter nicht unbedingt leichter wird. Im Gegenteil.«

Nielsen starrte vor sich hin. Er hatte Bosse Lindberg nur einmal gesehen, im Keller seines Onkels, zusammengekrümmt, das Gesicht zur Totenmaske verzerrt. Was er über ihn wusste, hatte er, einmal abgesehen von dem kurzen Telefongespräch, aus zweiter und dritter Hand über Umwege erfahren.

Er versuchte, zu dem Gefühl zurückzufinden, das er nach dem Gespräch mit dem Onkel gehabt hatte. Das Gefühl, sich plötzlich ein Bild von ihm machen und sagen zu können, wer er war. Aber es gelang ihm nicht mehr, das sah er jetzt ein. Nur ein Gefühl des Schwindels ergriff ihn, als starrte er in ein schwarzes Nichts.

Er erhob sich und wechselte das Thema.

»Hast du dich mit Magnusson unterhalten?«, fragte er und nahm sein Sakko von der Stuhllehne.

»Er hat mich angerufen«, antwortete Lasse Henning mit einem schwachen Lächeln. »Das Gespräch dauerte allerdings nicht lange. Er war auch nicht sonderlich freundlich. Er legte mir ans Herz, an einen warmen Ort zu reisen und nicht wieder zurückzukehren.«

»Was hast du geantwortet?«

»Etwas Ähnliches. Bei dieser Art von Unterhaltungen ergibt schließlich ein Wort das andere. Aber mit dir redet er noch?«

»Wir hatten Kontakt, ja«, antwortete Nielsen ausweichend. »Eine Hand wäscht die andere, du weißt schon. Wahrscheinlich denkt er, ich könnte ihm noch nützlich sein.«

»Also wird weiter ermittelt?«, fragte Lasse Henning.

Nielsen war schon auf dem Weg zur Tür und blieb stehen.

»Eigentlich nicht«, erwiderte er. »Die Ermittlung gilt wohl als abgeschlossen. Sehr viel weiter kann man auch nicht kommen. Du hast es ja selbst gesagt.«

»Und du, Johnny?«, fragte Lasse Henning. »Gibst du dich auch zufrieden?«

Nielsen sah ihn eine Weile an und nickte dann.

»Ja«, erwiderte er.

Er war sich seiner Lüge bewusst. Das hatte Lasse Henning vielleicht nicht verdient. Aber er wollte nichts erzählen. Es widerstrebte ihm stets, Pläne preiszugeben, als würde das ihr Scheitern heraufbeschwören. Er versuchte, sich damit zu rechtfertigen, dass er tatsächlich gar nicht wusste, was er unternehmen würde.

Er hob zum Abschied die Hände.

»Ja, mal abwarten, was passiert«, meinte er vage. »Ich melde mich.«

Lasse Henning hustete.

»Ach, wirklich?«, erwiderte er. »In ein paar Jahren vielleicht?«

Nielsen grinste.

»Tja, vielleicht auch früher. Aber bleib abends nicht meinetwegen auf.«

Die Sonne war weitergewandert, und die Terrasse lag im Halbschatten. Lasse Henning hatte sich auf einem Liegestuhl ausgestreckt und schaute auf, als Gisela nach draußen kam.

»Ach, jetzt hast du auf einmal Zeit?«

»Ich hatte noch etwas zu tun«, antwortete sie. »Und ihr seid doch ganz gut ohne mich zurechtgekommen.«

»Du hättest wenigstens guten Tag sagen können«, meinte Lasse Henning.

Sie entgegnete nichts.

»Du hast ihn noch nie leiden können«, fuhr er kopfschüttelnd fort. »Oder?«

»Was vermutlich auf Gegenseitigkeit beruht«, erwiderte sie kurz.

Er betrachtete sie. Ihr kurz geschnittenes Haar. Ihr Gesicht mit den ein wenig eckigen, energischen Zügen. Dennoch verbarg sich dort auch etwas Sinnlich-Aufreizendes, was er immer gespürt hatte. Schon bei ihrer ersten Begegnung, als ihre Blicke sich trafen, hatte er diese Spannung gespürt und erkannt, wohin sie führen konnte.

Sie stellte sich breitbeinig über den Liegestuhl. Dann ließ sie sich langsam zu ihm herabsinken, wobei sie ihn unverwandt betrachtete, als wolle sie sich keine seiner Regungen entgehen lassen.

Lasse Henning sah rasch zu den Nachbarhäusern hinüber.

»Doch wohl nicht hier draußen?«, meinte er.

Sie sah ihn unverwandt an. Dann lachte sie, stand auf und boxte ihn in den Bauch.

»Was? Glaubst du etwa, ich bin so eine Liederliche?«

Lasse Henning schüttelte den Kopf.

»Nein, soweit ich das beurteilen kann, steht es nicht ganz so schlimm um dich.«

Sie versetzte ihm einen zweiten Hieb, dieses Mal so fest, dass er aufstöhnte. Sie stellte sich neben die Liege.

»Er hat also das Trinken aufgegeben?«, meinte sie nach einer Weile. »Weißt du, warum?«

Lasse Henning überlegte.

»Eigentlich nicht. Offenbar hat er von einem Tag auf den anderen aufgehört.«

Sie sah ihn an.

»Du klingst nicht gerade begeistert.«

Lasse Henning schnitt eine schwer zu deutende Grimasse.

»Klar finde ich das gut, wenn er wirklich aufgehört hat. Ich habe nur keine Ahnung, wo das hinführen soll. Es war noch nie leicht, sich einen Reim auf Johnny zu machen, aber er wechselt oft von einem Extrem ins andere. Schwarz oder weiß. Entweder oder. Nur selten zwischendrin.«

»Das kann doch wohl kaum deine Sorge sein«, meinte Gisela. »Er ist erwachsen oder sollte es zumindest sein.«

»Was hast du eigentlich an ihm auszusetzen?«, fragte Lasse Henning irritiert.

Sie sah ihn an.

»Er ist nicht unbedingt die gute Laune in Person.«

Lasse Henning schnaubte.

»Das ist doch noch lange kein Grund, ihn nicht zu mögen.«

»Er ist aber kein Freund.«

»Wie bitte?«

Er starrte sie an.

»Er ist kein Freund«, wiederholte sie. »Darum geht es auch gar nicht. Hast du denn nie begriffen? Du bist in die Rolle seines Vaters geschlüpft! Und das vermutlich schon vor vielen Jahren.«

Sie holte Luft.

»Und ich bin die Schlange, die ihn der perfekten Familie beraubt hat.«

Er war sprachlos.

»Aha«, meinte er schließlich. »Und was tut man in so einem Fall?«

Sie zuckte mit den Schultern.

»Nichts. Aber man sollte sich dessen vielleicht bewusst sein.«

Er erwachte gegen drei Uhr im ersten grauen Licht des Tages und konnte nicht wieder einschlafen. Er stand auf, ging zum Schreibtisch am Fenster, ließ sich auf den Stuhl sinken und starrte hinaus.

Es hatte geregnet. Auf dem Asphalt hatten sich Pfützen gebildet. Der Duft von Nässe drang durch den schmalen Fensterspalt. Plötzlich fiel ihm auf, wie sehr er diese frühen Morgenstunden, wenn noch kaum jemand wach war, vermisste. Diese Gerüche und das vorsichtige Vogelgezwitscher, das bald ohrenbetäubend anschwellen würde. In letzter Zeit kam er so gut wie nie mehr so früh aus dem Bett oder aus dem Haus. Als er noch einen Hund gehabt hatte, war er jeden Morgen eine Drei-Kilometer-Runde gegangen. Tjarrko war immer zehn Meter hinter ihm geblieben, hatte geschnüffelt und alle zwanzig Meter sein Bein gehoben. Er war leise fluchend vor ihm hergetrottet. Der Hund hatte ihm ab und zu einen bedauernden Blick zugeworfen, als wäre ihm bewusst gewesen, mit was für einem Dummkopf er es zu tun hatte ... Ja, er vermisste es wirklich, wie so vieles andere im Leben, das für immer verloren war.

Tief hängende, zerfetzte Regenwolken jagten über den Himmel. Laut Wetterbericht sollte es den ganzen Tag regnen. Er spähte in das graue Wetter. Alles näherte sich einem Ende, einer Schlussphase, jedenfalls was ihn betraf. Das Wetter bildete einen passenden Rahmen. Regenschleier, die der Wind vor sich hertrieb, verdeckten jegliche Sicht.

Seine Kontakte zu Magnusson hatten sich auf wenige Gespräche beschränkt. Recht bald hatte er eingesehen, dass die Ermittlungen zum Erliegen gekommen waren. Wahrscheinlich würden sie auch nicht wieder aufgenommen werden.

»Wir bleiben natürlich mit den Bezirken im Gespräch, deren Ermittlungen mit den unsrigen im Zusammenhang stehen könnten«, hatte Magnusson bei ihrer letzten Unterhaltung gesagt. »Manches von dem Diebesgut, das wir gefunden haben, lässt sich bisher ungeklärten Verbrechen zuordnen. Aber von einer größeren Ermittlung kann kaum mehr die Rede sein. Schließlich verfügen wir gar nicht über die Mittel ...«

»Und was ist mit den Todesfällen in Bellanders Sommerhaus?«, fragte Nielsen.

»Was schlagen Sie vor?«, fragte Magnusson säuerlich. »Wen sollten wir Ihrer Meinung nach befragen?«

»Katja Walter beispielsweise«, antwortete Nielsen.

»Sie behauptet immer noch, dass sie sich an die Tage, bevor wir sie gefunden haben, nicht erinnern kann. Bellander kannte sie kaum. Von dem Sommerhaus wusste sie nichts.«

»Und Sie glauben ihr?«

Nielsen hörte, wie Magnusson tief Luft holte.

»Glauben tut man in der Kirche, heißt es doch so schön. Solange nichts vorliegt, das ihre Angaben entkräftet, können wir auch nichts unternehmen.«

Er schwieg einen Augenblick.

»Nein, ich glaube ihr ehrlich gesagt nicht. Aber ich weiß auch nicht recht, ob sie etwas Wesentliches zu der Lösung des Falles beizutragen hätte. Wir haben schließlich einiges herausgefunden und können somit die meisten Fragen beantworten, finde ich ...«

»Aber nicht die Frage, was sich zwischen ihr und Lindberg in dem Haus abgespielt hat«, unterbrach Nielsen ihn. »Und auch nicht, wie Bellanders Auto dorthin geraten ist.«

Magnusson schwieg.

»Es wäre denkbar, dass Bellander Lindberg nach der Flucht irgendwo abgeholt hat, dass sie irgendwie miteinander in Verbindung standen«, meinte er schließlich. »Aber man könnte auch einen anderen Schluss ziehen. Vielleicht war ja an der Sache, die Lindberg seinem guten Freund Lasse Henning erzählt hat, was dran. Ihm gegenüber hat er behauptet, die Flucht sei vollkommen ungeplant gewesen und der Gunst der Stunde entsprungen. Er habe sich einfach davongemacht, sei auf gut Glück losgerannt und habe unterwegs ein Auto gestohlen. Und in der Tat wurde an jenem Morgen ein Auto aus einem Viertel mit Einfamilienhäusern am Stadtrand als gestohlen gemeldet.«

Erneut machte er eine kurze Pause.

»Das Auto haben wir in einer Kiesgrube eineinhalb Kilometer von Bellanders Sommerhaus entfernt gefunden. Ausgebrannt. Es ließ sich nicht mehr feststellen, ob Lindberg damit gefahren war.«

»Und trotzdem finden Sie, dass alle Fragen geklärt sind?«, wunderte sich Nielsen.

»Im Gegenteil«, erwiderte Magnusson verärgert. »Und das wissen Sie sehr wohl. Aber ich sage auch, dass eine ausreichende Anzahl der Indizien darauf hindeutet, dass Bellander in Rönnåsen war, und dass er den Mord an Anneli Holm verübt hat. Was Lindberg angeht, lässt sich ihm die schwere Misshandlung von Katja Walter nachweisen. Außerdem liegt der Verdacht nahe, dass auch er in Rönnåsen war. Vielleicht müssen wir uns damit begnügen!«

Nielsen dachte nach.

»Und Katja Walter? Was wird jetzt aus ihr?«, fragte er dann. »Wird man Notwehr gelten lassen?«

»Das habe ich nicht zu entscheiden«, antwortete Magnusson. »Aber es würde mich nicht wundern und auch nicht enttäuschen. Meiner Meinung nach blieb ihr keine andere Wahl. Aber Sie wissen vielleicht mehr darüber?«

Nielsen hatte nicht geantwortet. Ohnehin war die Frage rhetorisch gewesen. Er wusste auch nicht mehr. Niemand wusste mehr darüber außer Katja Walter selbst.

Er erhob sich von seinem Platz am Fenster, kehrte zum Bett zurück, setzte sich auf die Kante und legte seine Beinprothese an. Er versuchte, sich vorzustellen, wie sein Leben verlaufen wäre, wenn sich der Unfall damals nicht ereignet hätte. Wahrscheinlich wäre er bereits tot oder es würde wie bei Conny Lagerstedt bis zu seinem Ableben nicht mehr lange dauern. Oder er würde mit Gestalten wie Anneli Holm oder Katja Walter an einem dieser unendlich vielen Orte hierzulande, die sich wie ein Ei dem andern glichen, leise brabbelnd und mit verschleiertem Blick herumgammeln …

Er schob den Gedanken von sich und dachte wieder an Katja Walter. Wie war sie ausgerechnet in diese Gruppe am Vikstatorget geraten? Ihn beschlich das Gefühl, dass es hier nicht um Drogenabhängigkeit und sozialen Abstieg ging. In ihrem Fall hatte noch etwas anderes mitgewirkt. Eine bewusste Entscheidung.

Er blieb auf der Bettkante sitzen und starrte vor sich hin. Sie hatte sich für diese Gestrauchelten entschieden, dachte er. Es fragte sich bloß, warum?

Die Misshandlung hatte tiefe Spuren hinterlassen. Die Wunden im Gesicht waren inzwischen fast verheilt, aber der Nasenbeinbruch war nicht ganz geheilt. Einige tiefe Schnittwunden waren genäht und die Fäden bereits gezogen worden. Wahrscheinlich sind die Nerven beschädigt, dachte Nielsen. Ein Augenlid hing kraftlos herunter.

»Haben Sie sich satt gesehen?«

Die nasale Stimme klang ungewöhnlich tief für eine Frau. Im Ober- und Unterkiefer fehlten Zähne, wodurch sie eher undeutlich sprach.

»Entschuldigen Sie«, sagte er hastig. »Ich wollte nicht …«

»Ich erkenne Sie wieder«, fiel sie ihm ins Wort. »Kommen Sie rein.«

Sie ging vor ihm in die Wohnung. Ein Bein war bis zur Hüfte eingegipst. Sie ging langsam und keuchte bei jeder Bewegung vor Anstrengung.

»Sie brauchen sich nicht zu entschuldigen«, sagte sie. »Ich weiß, wie ich aussehe.«

Nielsen folgte ihr.

»Sie scheinen es aber gut überstanden zu haben …«

Katja Walter schnaubte verächtlich.

»Sind Sie immer so übertrieben höflich? Oder sind Sie blind?«

Sie ließ sich auf das Sofa im Wohnzimmer sinken und

legte mühsam das Bein hoch. Nach einer Weile deutete sie auf den einzigen Stuhl im Zimmer.

»Sie sind Journalist, ja? Magnusson hat's mir erzählt. Und jetzt hätten Sie gern was für Ihre Mühe? Etwas, worüber Sie schreiben können.«

Nielsen zog sich den Stuhl heran und nahm Platz.

»Das dürfen Sie selbst entscheiden«, erwiderte Nielsen. »Ich kann Sie zu nichts zwingen.«

Katja Walter verzog den Mund.

»Das wäre ja noch schöner!«

Sie griff nach der Zigarettenschachtel auf dem Tisch.

»Aber ich kann Ihnen das kaum abschlagen, nicht wahr? Wenn Sie nicht gewesen wären, säße ich jetzt nicht hier.«

»Das ist nicht mein Verdienst«, entgegnete Nielsen.

»Ach? Kein Schwein hätte mich in dieser Bruchbude gehört. Und ich wäre aus eigener Kraft nicht mehr von dort weggekommen.«

Katja Walter musterte die Zigarettenschachtel in ihrer Hand und warf sie auf den Tisch zurück. Sie deutete auf ihre Lippen.

»Kein sonderlich hübscher Anblick, nicht wahr? Und es tut so verdammt weh, dass ich kaum noch rauchen oder sprechen kann.«

Sie lächelte.

»Alles hat eben auch seine guten Seiten.«

Sie betrachtete ihn.

»Sie wollen natürlich, dass ich drauflosrede und Ihnen Material liefere. Aber leider habe ich nicht viel zu sagen.«

»Sie erinnern sich nicht?«, fragte Nielsen.

Katja Walter schnitt eine Grimasse.

»An die Vorfälle im Haus erinnere ich mich, obwohl ich sie lieber vergessen würde. Aber wie ich dort hingeraten bin und was vorher war …«

Sie machte eine ratlose Geste.

»Wenn Sie Lust haben, mir zu erzählen, woran Sie sich erinnern, höre ich gern zu«, meinte Nielsen.

Katja Walter dachte nach.

»Ich bin in diesem verdammten Keller aufgewacht«, sagte sie dumpf. »Wusste nicht, wie lange ich schon dort gelegen hatte, zwei Tage müssen es mindestens gewesen sein. Er hatte mich wie Schlachtvieh festgebunden. Immer wieder ist er runtergekommen und hat mich getreten ...«

Sie verstummte und schüttelte den Kopf.

»Weshalb?«, fragte Nielsen.

»Hat man Ihnen das nicht verraten?«

Sie sah ihn verärgert an.

»Ich sah ihn an jenem Morgen nach dieser Sache in Rönnåsen nach Hause kommen. Das habe ich den Bullen erzählt. Wahrscheinlich haben sie diese Information an ihn weitergegeben, obwohl sie versprochen hatten dichtzuhalten. Aber denen ist vermutlich scheißegal, was aus so jemandem wie mir wird ...«

»Hat er gesagt, dass es deswegen war?«, unterbrach sie Nielsen.

»Er sagte ungefähr Folgendes: ›Ich zeige dir, was passiert, wenn man die Schnauze nicht hält. Ich glaube nicht, dass dir das nochmal passiert.‹«

Sie ließ ihren Blick auf Nielsen ruhen.

»Er hätte mich totgeschlagen. Wenn es mir nicht gelungen wäre, mich zu befreien, und ich den Besenstiel nicht gefunden hätte, wäre ich jetzt tot. Sie glauben mir nicht? Sie haben doch gesehen, wie ich aussah, oder etwa nicht?«

Er nickte.

»Doch, das hab ich gesehen.«

Er machte eine Pause, bevor er weitersprach.

»Und erinnern Sie sich, was davor passiert ist?«

»Ich bin nach Hause gekommen ... Ich weiß nicht, an welchem Tag das war ... Dann ist alles schwarz ... Doch, ich muss in einem Auto gelegen haben. Gefesselt. Wie ein Paket bin ich hin und her gerollt und habe mich nirgends festhalten können. Ich habe mir die Lunge aus dem Leib gekotzt ... Daran erinnere ich mich ...«

Sie atmete tief ein und schüttelte sich vor Unbehagen.

»Aber sonst an nichts.«

»Mikael Bellander ...«

Nielsen hatte kaum gesprochen, da fiel sie ihm schon ins Wort.

»Glauben Sie etwa, die hätten mich nicht über ihn ausgefragt? Ununterbrochen! Über Bella. Und Li. Über diese Geschichte weiß ich nichts. Und ich begreife es auch nicht. Pfui Teufel ...«

Sie schüttelte den Kopf.

»Ich will nicht daran denken und auch nicht darüber reden. Es ist schon schlimm genug.«

In dem Licht, das durch die Jalousien sickerte, wirkte ihr Gesicht aschfahl.

»Und was geschieht jetzt?«, fragte er nach einer Weile.

»Nichts«, antwortete sie.

»Sie glauben nicht, dass es zum Prozess kommt?«

»Das ist mir scheißegal und spielt auch keine Rolle.«

Katja Walter holte tief Luft.

»Ich hätte nichts anderes tun können. Und ich würde es, wenn nötig, wieder tun.«

Nielsen musterte sie. »Eine außergewöhnliche Schönheit.« Hatte sich Magnusson nicht auf diese etwas gestelzte Art ausgedrückt? Wahrscheinlich hatte er nicht übertrieben. Spuren ihrer Schönheit waren immer noch zu erkennen, trotz ihres Lebenswandels und der Misshandlung, obwohl sie jetzt gut dreißig Jahre älter war. Die hohen Wangenknochen. Die geschwungenen Lippen. Die Augen. Vor allem die Augen. Hellblau, wie er es nie zuvor gesehen hatte. Aber diese Augen hatten auch noch etwas anderes. Sie waren intelligent, kühl und berechnend. Bereits als er ihrem Blick zum ersten Mal begegnet war, hatte er das bemerkt.

»Ich habe nicht die Absicht, Ihnen etwas anzubieten«, sagte sie. »So höflich bin ich nicht, müssen Sie wissen. Außerdem bin ich müde. Ja, das alte Weib ist müde. Und Sie haben schließlich so einiges in Erfahrung gebracht, oder?«

Er nickte und erhob sich.

»Was diesen Teppich betrifft«, sagte er, als sei er ihm gerade erst in den Sinn gekommen. »Ich glaube nicht, dass es ratsam wäre, ihn jetzt zu verkaufen. Ich glaube nicht, dass er sich momentan gut absetzen lässt.«

Katja Walter schwieg und fixierte ihn.

»Sie haben doch nicht im Ernst geglaubt, dass man dieses Detail übersehen würde? Schließlich war es nicht schwer zu erraten. Zum einen die Fasern eines handgeknüpften Teppichs in Lindbergs Wohnung, zum anderen Anneli Holm, die der Polizei erzählt, dass dort vor dem Einbruch ein Teppich gelegen hatte. Sie glaubte, er stammte vom Trödler oder aus einem Müllcontainer. Aber beschreiben konnte sie ihn. Ein *Dosar*, in Tabris geknüpft, vermutete der Experte, mit dem ich mich unterhalten habe.«

Nielsen verstummte und sah sie an. Er meinte, ein Lächeln über ihr Gesicht huschen zu sehen.

»Bei einem der Raubüberfälle, für die Bellander und Lindberg als Täter in Betracht kommen – eine alte Frau in der Gegend von Sveg, die erschlagen wurde –, verschwand unter anderem ein Perserteppich. Ein Tabris, ein Erbstück, das irgendwann in den zwanziger Jahren nach Schweden gelangte und damals schon eine Antiquität war. Die Enkel wussten, dass sie ihn in den siebziger Jahren hatte schätzen lassen. Damals war er zwischen fünfzig- und sechzigtausend Kronen wert gewesen. Als ich beim Auktionshaus Bukowski in Stockholm anrief, wollten die den Teppich natürlich sehen, um ihn schätzen zu können. Sie meinten jedoch, dass für echte Teppiche dieser Art auf internationalen Auktionen je nach Zustand Preise von einer Million erzielt würden. Außerdem erfuhr ich, dass sie bereits eine gleichlautende Anfrage erhalten hatten. Eine Frau hatte etwa einen Monat zuvor angerufen und den Tabris beschrieben.«

Er hielt wieder inne. Katja Walters Miene verriet nichts.

»Sie haben den beiden geholfen, habe ich Recht? Lindberg und Bellander. Sie haben ihnen Käufer für ihre Waren besorgt. Sie besaßen noch Kontakte aus Ihrer Zeit mit dem Antiquitätengeschäft. Interessenten mit viel Geld, die es nicht so genau nahmen. Ich frage mich, ob Sie nicht noch tiefer mit drinstecken. Sie haben ihnen gesagt, wonach sie suchen sollten. Vielleicht haben Sie sogar Bestellungen bei ihnen aufgegeben.«

Katja Walter schnappte nach Luft.

»Sie scheinen ja ordentlich gegrübelt zu haben. Und ich dachte, Sie würden mir einen Besuch in aller Freundschaft abstatten. Aber offenbar scheinen Sie der Ansicht zu sein, dass mir noch das Messer im Rücken fehlt?«

Sie richtete ihre blauen Augen auf ihn.

»Jemand hat angerufen und wegen eines Teppichs gefragt, sagen Sie? Und Weine und ich haben eine Zeit lang mit Antiquitäten gehandelt. Ist das alles? Das legt dann den Schluss nahe, ich hätte mich der Beihilfe zu einem Raubmord schuldig gemacht, vielleicht sogar noch mehr?«

Sie legte den Kopf schief.

»Ich weiß nicht, ob ich lachen oder weinen soll. Mir wäre

es fast lieber, wenn Sie sich mit jemand anderem über diese Sache unterhalten würden. Dann würden Sie vielleicht wegen Verleumdung und Rufmord ordentlich was aufs Maul kriegen!«

Nielsen zuckte gleichgültig mit den Schultern.

»Sie glauben, dass man keine Beweise gegen Sie finden wird? Sind Sie sich ganz sicher, dass Sie nie eine Spur hinterlassen haben? Man hinterlässt immer Spuren, auch wenn man das selbst nicht glaubt.«

Katja Walter betrachtete ihn. Dann lachte sie beinahe herzlich.

»Versuchen Sie, mir Angst einzujagen? Und Sie meinen, das könnte Ihnen gelingen? Für wen halten Sie sich eigentlich?«

»Sie waren dabei«, fuhr Nielsen stur fort. »Sie wussten genau, was Lindberg und Bellander trieben. Sie haben mit ihnen zusammengearbeitet. Wahrscheinlich schon seit Jahren. Aber hinsichtlich dieses Teppichs erwies sich die Zusammenarbeit als problematisch. Wollten die beiden Sie nicht am Gewinn beteiligen? Oder sollte Bellander nichts abbekommen? Lindberg behielt das kostbare Stück einfach für sich. Aber nach der Schlamperei in Rönnåsen sahen Sie Ihre Chance gekommen und versuchten, Lindberg kaltzustellen. Sie sind in seine Wohnung eingedrungen und haben den Teppich einfach mitgenommen. Vielleicht haben Sie ja auch mit Bellander gemeinsame Sache gemacht? Recht gewagt, nicht wahr? Schließlich war mit ihm nicht zu spaßen, und das wussten Sie. Ihm muss klar gewesen sein, worum es ging, als er von dem Einbruch erfuhr. Deswegen ist er auch, sobald sich die Gelegenheit ergab, abgehauen. Wahrscheinlich hat er Sie nur deswegen misshandelt. Er wollte Sie zum Reden bringen ...«

»Langsam gehen Sie mir auf die Nerven«, unterbrach ihn

Katja Walter. »Ich habe Ihnen bereits gesagt, dass ich müde bin. Ich habe keine Lust, mir den ganzen Unsinn anzuhören, den Sie zusammenphantasiert haben. Und keiner kann mich dazu zwingen. Schließlich gibt es Gesetze in diesem Land, wussten Sie das, Nielsen? Wenn Sie nicht sofort verschwinden, werde ich mich dieser Gesetze bedienen.«

»Sie haben sie umgebracht«, sagte Nielsen.

Sie starrte ihn an.

»Wie bitte? Wovon reden Sie eigentlich?«

»Anneli Holm. Vielleicht haben Sie sie nicht eigenhändig erdrosselt, aber Sie haben dafür gesorgt, dass ihr die Schlinge um den Hals gelegt wurde.«

Rasch wandte Katja Walter ihr Gesicht ab.

»Sie waren im Sommerhaus«, sagte Nielsen. »Bellander und Sie kamen zu dem Schluss, dass es das Beste wäre, sie aus dem Weg zu räumen. Hat sie zu viel gewusst?«

Er hielt inne.

»Bosse Lindberg muss ebenfalls dort aufgetaucht sein. War das geplant? Oder war das eine Überraschung ...«

»Kein Wort mehr!«

Sie wandte sich ihm wieder zu. In ihrem zerstörten Gesicht zuckte es.

»Was sind Sie bloß für ein Klugscheißer! Pfui Teufel! Sie reden, aber Sie haben nichts begriffen. Aus Ihrem Mund kommt nur Schrott!«

»Ach?«, gab Nielsen zurück. »Ich glaube, ich habe Sie da an einem wunden Punkt erwischt. Etwas angesprochen, das Ihnen ein verdammt schlechtes Gewissen bereitet ...«

»Wollen Sie wissen, was ihr zugestoßen ist?«, unterbrach sie ihn.

Nielsen betrachtete sie.

»Ich will die Wahrheit wissen. Das scheint ja nicht gerade Ihre Stärke zu sein ...«

»Wollen Sie es jetzt wissen oder nicht?«

Sie hatte ihre Stimme erhoben. Er nickte. Sie streckte sich wieder nach der Zigarettenschachtel, nahm einen Glimmstängel heraus und zündete ihn mit dem Feuerzeug aus der Tasche ihres Trainingsanzugs an.

»Sie bilden sich ein, dass Sie so verdammt schlau sind, was? Aber Sie wissen überhaupt nichts. Weder über mich noch darüber, was vorgefallen ist. Wissen Sie, was ich getan habe? Ich habe versucht, sie zu retten! Die ganze Zeit. Ich habe versucht, sie von diesem verdammten Schwein wegzubringen. Aber sie war zu dumm, um zu begreifen, was gut für sie war. Bis zuletzt.«

Sie lehnte sich zurück, blies den Rauch zur Decke und sah ihm versonnen nach.

»Sogar Bella hat begriffen, dass auf Bosse Lindberg kein Verlass war. Dass er früher oder später jeden betrog. Auch sich selbst. Aber Li glaubte ihm jedes Wort und obwohl er log, sobald er den Mund aufmachte …«

Schweigend starrte sie in den Zigarettenrauch, der sich mit dem einfallenden Sonnenlicht vermengte.

»Was ist passiert?«, fragte Nielsen.

»Bella hat sie abgeholt«, antwortete sie. »Ich hatte ihn geschickt. Sie glaubte, er würde sie zu Bosse bringen. Sonst wäre sie nie mitgekommen. Und getroffen hat sie ihn zuletzt ja auch …«

»Sie waren also auch im Sommerhaus«, meinte Nielsen, »wussten aber nicht, dass Lindberg dorthin kommen würde?«

Sie sah ihn ausdruckslos an.

»Ich wusste, dass er die Biege gemacht hatte. Das habe ich sofort erfahren. Ich habe noch meine Kontakte. Unverzüglich schickte ich Bella los, um Lillan abzuholen. Ich hielt es für das Sicherste. Ich glaubte nicht, dass Bosse es bis zum Sommerhaus schaffen würde, bevor wir das Quartier gewechselt hätten. Ich glaubte nicht, dass er überhaupt so weit kommen würde. Aber ich irrte mich. Es dauerte nur eine Stunde, bis er da war. Er riss die Tür auf und trat ein.«

Sie nahm einen Zug und inhalierte.

»Ich versuchte, ihr zu erklären, was er für ein Mensch war«, fuhr sie fort, »aber ich hätte genauso gut gegen eine Wand reden können. Ich sei ganz einfach ein eifersüchtiger alter Drachen, sagte sie. Dann stand Bosse Lindberg plötzlich vor uns, und der Spaß fing an.«

Sie schüttelte den Kopf. Dann deutete sie auf ihre Nase.

»Damit fing er an. Dann wollte er mir die Zähne in den Hals treten. Ich lag da und blutete wie ein Schwein.«

»Und wie reagierte Bellander?«, fragte Nielsen.

Sie hustete.

»Was glauben Sie? Er wagte es nicht mal, ohne Erlaubnis zu blinzeln, wenn Bosse in der Nähe war. Aber Li versuchte, ihn zum Aufhören zu bewegen. Er nahm die Wäscheleine, die über dem Ofen hing, und legte sie ihr um den Hals …«

Katja Walter verstummte und starrte verbittert ins Leere.

»Wissen Sie, wie lange so etwas dauert? Er schien eine Ewigkeit dafür zu brauchen! Sie kämpfte wie eine Löwin, aber er ließ nicht locker. Die ganze Zeit schrie sie. Wissen Sie, was sie schrie? ›Ich will nicht sterben! Ich will nicht sterben, Bosse!‹ Immer wieder. ›Ich will nicht sterben!‹, bis sie blau anlief und in sich zusammensackte …«

Sie verstummte und schluckte mehrmals.

»Dann ließ er von ihr ab und begann zu schluchzen und zu jammern wie ein kleines Kind. ›Du musst es tun!‹, schrie er Bella an. ›Du musst!‹ Und Bella gehorchte. Er zog die Schlinge an, bis sie sich nicht mehr regte …«

Die Zigarette war bis zum Filter heruntergebrannt. Einen Augenblick betrachtete sie die Glut zwischen ihren Fingern, dann ließ sie die Kippe in den Aschenbecher fallen.

»Sie behaupten also, dass Lindberg und Bellander sie gemeinsam getötet haben?«, sagte Nielsen nach einer Weile. »Aber dass Lindberg der eigentliche Täter war?«

Sie erwiderte nichts, nickte nicht einmal.

»Aber soweit ich weiß, hat er keine Spuren hinterlassen«, fuhr er fort. »Weder auf der Wäscheleine noch woanders im Sommerhaus.«

Sie schnaubte verächtlich.

»Nein, natürlich nicht. Man hat ja auch sonst nirgends Spuren von ihm gefunden, oder? Und selbst in seiner eigenen Wohnung gab es kaum welche. Wahrscheinlich hatte er eine krankhafte Angst vor Bakterien. Er hat sich dauernd die Hände gewaschen und nichts angefasst, was vor ihm schon andere berührt hatten.«

Sie sah ihn wieder an.

»Außerdem trug er Handschuhe. Welche aus dem Schuppen. Bella besaß ein ganzes Lager von Kleidung aus dem Krankenhaus und OP-Handschuhen. Sachen, die sich vielleicht noch mal verwenden ließen, pflegte er zu sagen.«

»Lindberg hatte es also geplant?«

Katja Walter verzog den Mund.

»Ich habe ihn nie gefragt, kam nicht dazu.«

Nachdenklich starrte Nielsen sie an.

»Und Bellander?«, fuhr er fort. »Was geschah mit ihm?«

Sie schnippte eine neue Zigarette aus der Schachtel.

»Ich kann mir vorstellen, was passiert ist«, entgegnete sie nach einer Weile. »Obwohl ich es nicht gesehen habe. Denn da hatten sie mich bereits verschnürt und verklebt wie eine Mumie. Ich bekam kaum noch Luft. Aber ich hörte sie. Sie gingen in die Küche, und Bosse sagte so was wie, Bella sähe aus, als könnte er eine Stärkung gebrauchen und dass er ihm eine vorbereiten würde. Dann fragte er Bella, wo er den Stoff aufbewahre.«

»Also mischte Bosse Lindberg ihm einen Schuss, der ein Pferd umgebracht hätte, und Bellander nahm ihn dankbar entgegen und setzte ihn sich ohne weiteres. Und das soll ich Ihnen abnehmen?«

Katja Walter zündete die Zigarette an und inhalierte tief. Dann warf sie Nielsen einen abschätzigen Blick zu.

»Glauben Sie, was Sie wollen. Das geht mir sonstwo vorbei.«

Ein paarmal hustete sie rasselnd, dann fuhr sie fort:

»Bosses Wunsch war Bella Befehl. Er gehorchte ihm wie ein Hund, und vielleicht versuchte er auch, sich einzureden, dass es nichts weiter sei als ein gewöhnlicher Fix, und dass Bosse ihm verziehen und vergessen habe, wie ungehorsam er gewesen sei. Dass es ein Test sei. Ich glaube nicht, dass Sie sich vorstellen können, welche Macht er über andere Menschen besaß ...«

Sie verstummte. Nielsen wischte sich den Schweiß von der Stirn. Sein Rücken schmerzte, bis ins Bein hinunter und in den Fuß, den er nicht mehr besaß. Er ging ein paar Schritte durchs Zimmer.

»Aber nicht über Sie, Katja. Mit Ihnen konnte er nicht umspringen, wie er wollte, nicht wahr?«

Sie würdigte ihn keiner Antwort und zuckte leicht mit den Schultern. Sie rauchte schweigend. Nielsen blieb vor dem Sofa stehen.

»Wieso haben Sie sich überhaupt in diesem Sommerhaus aufgehalten?«

»Ich wusste, dass Bosse Lindberg wahrscheinlich nicht länger in Untersuchungshaft bleiben würde. Wie ich schon sagte: Ich verfüge immer noch über Kontakte. Ich hatte keine Lust, zu Hause zu sitzen und abzuwarten, bis sie ihn laufen ließen.«

Nielsen schüttelte den Kopf.

»Das erklärt immer noch nicht, was Sie in Bellanders Sommerhaus zu suchen hatten.«

Er musterte sie.

»Es ist also genau so, wie ich dachte, nicht wahr? Sie waren von Anfang an dabei. Sie wussten die ganze Zeit, welche Geschäfte Lindberg und Bellander miteinander gemacht haben. Sie haben genauso tief dringesteckt wie sie.«

Katja Walter betrachtete ihn mit ausdrucksloser Miene.

»Ich wusste nicht, dass die beiden solche Idioten waren«, sagte sie dann.

Sie starrte ihn eine Weile mit gerunzelter Stirn an.

»Ich habe ihnen ein paar Ratschläge gegeben«, fuhr sie schließlich fort. »Das war dumm von mir. Bis zu der Sache in Rönnåsen war mir nicht klar, wozu die beiden fähig waren. Damit hatte ich nichts zu tun. Davon habe ich erst anschließend erfahren, als Bella mir davon erzählt hat. Er hatte in Rönnåsen in der Hauspflege gearbeitet und über drei Ecken gehört, dass Haglund in seiner Hütte ein halbes Vermögen hortete. Er ließ also die Hausschlüssel mitgehen, bevor er bei dem Pflegedienst aufhörte, und hat ein paar Wochen abgewartet. Dann fuhr er mit Bosse hin, und sie gingen rein. Aber sie fanden nur ein paar Hunderter. Bosse zerrte den Alten aus dem Bett und wollte ihn dazu zwingen preiszugeben, wo er sein Geld versteckt hatte. Aber er weigerte sich, und da drehte Bosse plötzlich durch …«

Sie presste die Lippen aufeinander.

»Sie hatten eine Axt mitgenommen für den Fall, dass der Schlüssel nicht passte, oder nur, um Schrecken zu verbreiten, wie Bella behauptete. Aber Bosse Lindberg hat sie nicht nur zur Abschreckung benutzt. Er hat ein Blutbad angerichtet. Die Frau ist vor ihm auf die Knie gefallen und hat um ihr Leben gefleht. Er hat ihr den Schädel gespalten.«

Sie verstummte und schüttelte den Kopf.

»Verrückt«, fuhr sie fort. »Danach ist er auf der Schwelle stehen geblieben, hat nach Bellas Arm gegriffen und ihm mit der Axt die Hand eingeritzt. Er hat bei sich das Gleiche getan und anschließend sowohl Bellas als auch seine Hand gegen den Türrahmen gedrückt. ›Wir wollen doch mal sehn, wer von uns beiden berühmt wird!‹, hat er gesagt und gelacht ...«

Sie drückte die halb gerauchte Zigarette im Aschenbecher aus.

»Sie erzählen sehr anschaulich«, meinte Nielsen nach einer Weile. »Fast so, als seien Sie selbst dabei gewesen.«

Katja Walter warf ihm einen misstrauischen Blick zu.

»Mir ist es scheißegal, was Sie glauben.«

»Warum erzählen Sie mir dann davon?«

»Ich dachte, Sie wollten es wissen.«

Nielsen kniff die Augen zusammen.

»Und erwarten Sie auch, dass ich alles für mich behalte?«

Sie sah ihn unverwandt an. Er hatte das Gefühl, als überlegte sie sich genau, was sie darauf erwidern sollte. Dann zuckte sie mit den Schultern.

»Machen Sie doch, was Sie wollen. Wollten Sie einen Artikel schreiben? Tun Sie das. Glauben Sie, dass mich das kümmert? Dass ich Angst um meinen Ruf habe? Haben Sie denn was Konkretes in der Hand? Außer dem, was ich gesagt haben soll? Ich habe kein Sterbenswörtchen gesagt, soweit ich mich erinnern kann. Ich werde auch nichts mehr sagen. Vielleicht gibt es gar nichts, was Sie für sich behalten könnten?«

Nielsen wurde langsam ärgerlich.

»Soll ich Ihnen mal sagen, warum Sie sich meiner Meinung nach in Bellanders Sommerhaus aufgehalten haben?«, fragte er schließlich. »Ich glaube, dass Sie ihm nicht trauten. Dass es etwas gab, womit er nicht verschwinden sollte.«

Katja Walter schwieg. Dann holte sie tief Luft und verzog das Gesicht.

»Liegen Sie mir schon wieder mit diesem blöden Teppich in den Ohren?«

Sie schüttelte den Kopf.

»Falls es überhaupt einen Teppich bei Bosse Lindberg gab«, fuhr sie fort, »wie viel könnte der wert gewesen sein, was glauben Sie? Eine Idee?«

Sie sprach langsam und überdeutlich.

»Ich kann Ihnen auf die Sprünge helfen. Vielleicht ein Hundertstel. Höchstens ein paar Tausend. So viel hätte man bekommen, egal wie antik er war.«

Nielsen runzelte verwundert die Stirn.

»Wollen Sie damit sagen, dass Sie nicht mehr bekommen haben? Das ist sehr unwahrscheinlich. Ich glaube auch gar nicht, dass Sie ihn verkauft haben. Denn dann wären Sie nicht länger hier geblieben und hätten auch nicht in diesem Sommerhaus gesessen, obwohl Lindberg auf freiem Fuß war.«

Katja Walter schwieg und schüttelte erneut den Kopf.

»Sie sind einfach strohdumm, Nielsen. Ich hätte das nicht für möglich gehalten, aber so ist es nun mal. Traurig, aber wahr. Sie sind ganz einfach dumm.«

»Wenn ich so dumm bin, können Sie mich vielleicht aufklären?«, meinte Nielsen. »Warum sind Sie dageblieben? Sagen Sie mir das.«

»Wohin hätte ich fahren sollen? Glauben Sie etwa, ich hätte eine große Auswahl gehabt?«

Katja Walter sah ihn wütend an. Dann trat Hilflosigkeit in ihr Gesicht.

»Ich wollte sie einfach nur von ihm loseisen«, sagte sie mit leiserer Stimme. »Ich wusste, dass er zu allem fähig war. Ich wollte, dass sie das begreift. Ich hätte mich früher aus dem Staub machen sollen. Egal wohin. Oder ich hätte zu den Bullen gehen sollen. Sie hätte mir egal sein sollen. Wahrscheinlich wäre sie dann noch am Leben …«

Sie verstummte. Nielsen stand reglos im Zimmer und starrte sie an.

»Darum ging es Ihnen also? Um Anneli? Die ganze Zeit?«

Er wartete.

»Sie hatten es auf sie abgesehen? Vielleicht war sie eine neue Jenny Larsson?«

Katja Walter war blass geworden. Ihr verletztes Auge tränte.

»Sprechen Sie ihren Namen nicht aus«, sagte sie leise. »Nehmen Sie ihren Namen nicht in Ihre dreckige Schnauze. Sie sind das nicht wert. Kein verdammter Mann ist so viel wert!«

Sie stützte sich auf den Couchtisch und erhob sich. Sie war fast so groß wie er. Ein eiskalter Blick traf ihn aus ihrem gesunden Auge, und Nielsen trat unwillkürlich einen halben Schritt zurück.

»Sind Sie jetzt stolz auf sich?«, fragte sie. »Sind Sie jetzt zufrieden?«

Nielsen schüttelte den Kopf.

»Nein«, erwiderte er und ging zur Tür. »Nein, das bin ich nicht.«

Magnusson hatte ihm davon erzählt:

»Ob Katja selbst an den Aktivitäten beteiligt war?«, fragte er und lachte, nachdem Nielsen ihn danach gefragt hatte. »Nein, sie hat vermutlich auch nicht mehr herumgehurt als Sie und ich. Was immer das heißen mag …«

Dann schüttelte er den Kopf.

»Nein, ihre Begabung lag eher im Management. Aber sie hatte fachkundige Hilfe. Jenny Larsson. Sie war zehn Jahre jünger, Fixerin aus der Gegend von Stockholm. Sie hatte Routine, war schon als Teenager auf den Strich gegangen. Dann begegnete sie Katja. Ich glaube, sie tauchte zusammen mit jemandem, der Weine Strand mit Speed beliefert hat, auf. Dann blieb sie offenbar, zog bei Strand und Katja ein. Und ungefähr ein Jahr später fing der Betrieb an. Das lief dann etwa fünf Jahre so. Als der Laden aufflog, war uns klar, dass Jenny Larsson genauso in die Sache verwickelt war wie Katja Walter. Ja, und Weine Strand natürlich. Aber plötzlich kämpfte Katja wie eine Löwin dafür, um die ganze Schuld auf sich zu nehmen, und das ist ihr auch mehr oder weniger gelungen.«

Nachdenklich betrachtete er Nielsen.

»Dabei hat sich herausgestellt, dass Jenny und sie ein Paar waren. Sie war sozusagen zum anderen Ufer gewechselt. Vielleicht hat sie auch schon früher solche Neigungen gehabt, ich weiß es nicht. Man konnte ihr daraus auch keinen Vorwurf machen. Jenny Larsson war, soweit ich mich erinnere, viel netter als Strand. Außerdem sah sie viel besser aus.«

Er lachte.

»Aber sie haben nach wie vor mit Weine Strand zusammengewohnt. Ich vermute allerdings, dass er Platz machen musste und nicht sonderlich viel mitzureden hatte. Katja hatte das Kommando.«

»Was ist aus Jenny Larsson geworden?«, fragte Nielsen.

»Hat sich dünn gemacht. Als Katja rauskam, war sie wieder da, wo sie vorher gewesen war. Ging anschaffen, war ziemlich down. Sie starb ein paar Jahre später, vermutlich an Aids.«

Magnusson machte eine abwehrende Geste.

»So kann's gehen. Und Katja ist angeblich nie darüber hinweggekommen. Deswegen gab es wohl auch ständig Streit, wie an jenem Tag, als Strand das Zeitliche gesegnet hat. Offenbar hatte Weine Strand Jenny Larsson rausgeworfen, als Katja im Knast war. Es gibt das Gerücht, dass sein Tod kein Unfall, sondern späte Rache war.«

»Was glauben Sie?«, fragte Nielsen.

Magnusson verzog das Gesicht.

»Ich weiß nicht so recht. Nichts deutete auf ein Verbrechen hin. Außerdem war er schon über siebzig. Er war eigentlich nur noch ein wandelndes Skelett. Hatte sich fast schon totgesoffen, von den anderen Drogen ganz zu schweigen. Es ist also gut möglich, dass er auf der Treppe gestolpert ist und sich dabei das Genick gebrochen hat.«

»Ein leichter Stoß hätte vielleicht genügt?«

Magnusson bedachte ihn mit einem ironischen Lächeln.

»Tja, so kann man es natürlich auch sehen. Aber für mich ist dieser Fall abgeschlossen. Was geschehen ist, kann man auf dem Totenschein nachlesen.«

Nielsen nickte nachdenklich.

»Und dieser Fall? Ist der auch abgeschlossen?«

Magnusson musterte ihn.

»Noch nicht. Mal abwarten. Aber ich werde kaum jede Minute bis zu meiner Pensionierung dafür verwenden. Ich habe Ihnen ja schon gesagt, dass ich nicht weiß, wie weit man kommen kann und wie viel das bringen würde. Sie etwa?«

Er hatte sein Auto an der Straße geparkt, ging aber daran vorbei. Er musste sich die Beine vertreten, brauchte Bewegung. Er bog zwischen die lang gestreckten Mietshäuser ein, und überquerte mit ruckartigen Schritten einen Innenhof mit einem Klettergerüst und einem Sandkasten, in dem Kinder spielten. Eine Mutter mit einer Zigarette im Mundwinkel starrte ihm misstrauisch nach.

Er durchquerte ein Wäldchen und gelangte zu einem zur Hälfte weggesprengten Felsen. Unterhalb lag eine neue Straße mit braungrauen, dreistöckigen Mietshäusern. Es hatte zu nieseln begonnen. Bei Regen erinnerten die Fassaden an aufgeweichte Pappe.

Er dachte an das Gesicht von Katja Walter. Eine Maske, die er nicht zu durchschauen vermochte. Vielleicht sagte sie über Lindberg und die Ereignisse im Sommerhaus die Wahrheit. Oder war es anders gewesen? Katja Walter, die außer sich vor Eifersucht und unerwiderter Liebe hinter Anneli Holm stand und die Schlinge um ihren Hals zuzog …

Und der Teppich. Hatte Bellander ihn sich unter den Nagel gerissen? War er bereits weiterverkauft? Oder lag er in irgendeinem Schließfach? Falls er überhaupt wertvoll war.

Er erinnerte sich an Magnussons Worte. »Über diesen Teppich existieren nur die Angaben der Enkel. Er stand auf keiner Inventarliste und war nicht versichert. Auch wenn ein Teppich dieser Art irgendwo auftauchen sollte, hätten wir keine Möglichkeit, ihn zu identifizieren.« Falls Katja Walter das wusste, konnte sie in aller Ruhe abwarten.

Er blieb stehen und blickte sich um. Er hatte keine Ahnung, wo er sich befand. Es hatte aufgehört zu regnen, und die Sonne schien durch die Wolken.

Er ließ sich auf eine Bank an dem Fußweg sinken, dem er schon seit geraumer Zeit gefolgt war. Die feuchte Luft drang durch seine Kleider, aber er blieb sitzen und hing seinen Gedanken nach. Er würde nie erfahren, was geschehen war. War es ihm wichtig? Vielleicht nicht. Nichts wurde davon besser. Nichts wurde dadurch ungeschehen gemacht. Dafür war es zu spät.

Anneli Holms Gesicht mit dem Schmollmund tauchte plötzlich vor seinem inneren Auge auf, und ihm wurde klar, dass ihm nicht Katja Walters mögliche Schuld zu schaffen machte, sondern seine eigene.

»Du hattest Recht«, sagte er. »Mir war es ziemlich egal, was aus dir wurde. Oder aus Lindberg.«

Sein Blick glitt in die Ferne.

»Und das spielt eigentlich auch keine Rolle. Ich hätte ohnehin nicht viel unternehmen können. Nicht ein Wort von mir hätte etwas ändern können.«

Er schwieg eine Weile und fuhr dann fort.

»Du hättest die Tür nicht öffnen dürfen, weder mir noch sonst jemandem. Du hättest in deiner Wohnung bleiben sollen, bis alles vorüber war.«

Wieder konnte er ihre Stimme hören.

»Habe ich nicht auch Anrecht auf ein kleines bisschen Glück! Ein einziges, verdammtes Mal!«

Er nickte.

»Klar«, log er. »Klar hast du das.«

Drei junge Männer schlenderten vorbei und musterten ihn neugierig. Nielsen starrte mit ausdrucksloser Miene zurück. Wahrscheinlich hielten sie ihn für ein ungeeignetes Opfer, für einen Idioten, der Selbstgespräche führte. Außerdem war er zu schäbig gekleidet. Und zu groß. Es war also besser, keine Energie auf ihn zu verschwenden.

Er stand auf und sah sich um. Er musste jemanden finden, den er nach dem Weg zu seinem Auto fragen konnte. Aber er hatte Zeit. Genug Zeit.

Ein kleiner Hund kam aus dem Wäldchen hinter ihm angesaust. Er jagte einem angekauten Ball hinterher, den jemand geworfen hatte. Er schnappte ihn sich und machte kehrt. Vor lauter Eifer wäre er beinahe über seine eigenen Pfoten gefallen. Nielsen sah dem Hund hinterher.

Glücklich, dachte er. Vollkommen glücklich.

IAN RANKIN

»Rankin ist nach wie vor der unübertroffene Meister aller lebenden britischen Krimiautoren.«
The Times

45015

45016

45428

45387

GOLDMANN